蜘蛛文库

得到的不仅仅是真相

关 山——著

遗骸拼图

Puzzle of
Remains

浙江文艺出版社
Zhejiang Literature & Art Publishing House

图书在版编目（CIP）数据

遗骸拼图 ／ 关山著. -- 杭州 ：浙江文艺出版社，
2024. 9. -- ISBN 978-7-5339-7675-0

Ⅰ. I247.5

中国国家版本馆CIP数据核字第20240LZ751号

责任编辑　於国娟　　　责任印制　吴春娟
责任校对　牟杨茜　　　营销编辑　汪心怡
装帧设计　象上设计　　　数字编辑　姜梦冉　诸婧琦

遗骸拼图

关山　著

出版发行　浙江文艺出版社
地　　址　杭州市环城北路177号
邮　　编　310003
电　　话　0571-85176953（总编办）
　　　　　0571-85152727（市场部）
制　　版　杭州天一图文制作有限公司
印　　刷　浙江省邮电印刷股份有限公司
开　　本　880毫米×1230毫米　1/32
字　　数　189千字
印　　张　9.125
插　　页　2
版　　次　2024年9月第1版
印　　次　2024年9月第1次印刷
书　　号　ISBN 978-7-5339-7675-0
定　　价　58.00元

"蜘蛛文库"总序

褚盟

"他像一只蜘蛛蛰伏于蛛网的中心,安然不动,可是蛛网却有千丝万缕。他对其中每一丝的震颤都了如指掌!"

这是史上最伟大的侦探福尔摩斯对好友华生说出的经典台词,而被比喻为"蜘蛛"的,就是福尔摩斯生平最大的对手——有着"犯罪界的拿破仑"之称的莫里亚蒂教授。就这样,"蜘蛛"这种独特的生物,在推理文学中成了一个独特的象征——

它象征着最难缠的反派,象征着最复杂的谜题,象征着大侦探无法回避的终极困难。它精心布设的蛛丝,可以把试图找到真相的人死死缠住;但与此同时,希望也隐藏在其中。无论是抽丝剥茧,还是快刀斩乱麻,只要找到那个正确的方式,这些恼人的蛛丝就会变成通往真相的条条线索。

正因为这样,这个文库以"蜘蛛"来命名;这个名字想告诉所有人,这是一个关于推理小说的文库。

1841年,一个叫埃德加·爱伦·坡的美国人发表了一篇名为《莫格街凶杀案》的小说。这篇小说第一次同时满足了三个条件:侦探成了故事的主角;谜题成了故事的主体;解谜成了故事的主导。

因此,我们把这篇小说认定为历史上第一篇推理小说,尽管作者从来不承认自己写过推理小说。

从1841年到2022年，推理文学已经走过了181个春秋。

爱伦·坡创作的这种故事，成了后世推理文学中的绝对主流。在西方，这种以侦探解谜为最大卖点的小说被称为"古典推理"；而今天，我们通常用一个日语词"本格推理"称呼它——本格者，正统也。

爱伦·坡是推理文学的创造者，而将其发扬光大的则是一个英国人。这个人叫阿瑟·柯南·道尔，他创造出了世上最伟大的侦探——夏洛克·福尔摩斯。福尔摩斯在1887年登场，一共有60篇故事传世。他的伟大无须多言，毫不夸张地说，即便再过181年，也依旧没有人能取而代之。

福尔摩斯的成功开创了推理文学史上一个最辉煌的时代。从19世纪末一直到第二次世界大战结束，这个时期被称为推理小说的"黄金时代"。在短短几十年里，有上百个可以被称为"天才"的作家创作了上千部经典作品——而他们写的，都是本格推理。这些作家的作品无人不知，比如阿加莎·克里斯蒂的《无人生还》《东方快车谋杀案》，埃勒里·奎因的《希腊棺材之谜》，约翰·迪克森·卡尔的《三口棺材》……

黄金时代的光芒不仅跨越了大西洋，甚至跨越了太平洋，照射到了东方的中国和日本。在这个时期，被誉为"中国推理之父"的程小青创作了"霍桑探案系列"；被誉为"日本推理之父"的江户川乱步更可以用横空出世来形容，他在1923年创作出了第一篇真正具有日本特色的推理小说。受他的影响，另一位大师横沟正史在20世纪四五十年代通过一系列经典作品，开启了日本自己的本格时代。

不过，不管是欧美还是日本的推理文学，都难免走向衰落。本格推理的核心是诡计，而诡计则是会枯竭且套路化的。诡计一且不能吸引读者，本格推理也就发展不下去了。穷则思变，推理作家开始思考这种类型文学的出路。既然小说的游戏性已被挖掘殆尽，那么路也就只剩下一条——提高现实性和文学性，把智力博弈变成心灵风暴。

就这样，以美国作家达希尔·哈米特和雷蒙德·钱德勒为代表，一群作家在推理领域掀起了大风暴，开始创作完全不同的推理小说。这些作品不再以解谜为卖点，而是把焦点集中在了人与大环境的碰撞上。侦探不再像福尔摩斯那样从容不迫，而是一次次被社会毒打，一次次头破血流。我们把这次变革称作"黑色革命"，而这场革命的成果则是"冷硬推理"走上舞台。

无独有偶，同样的革命也发生在日本。只不过，日本的新式推理不像欧美那样"暴虐"，而是更注重揭露社会的阴暗面和人性的丑恶。这种推理小说和冷硬推理异曲同工，被称作"社会推理"。社会推理的开创者是日本一代文豪松本清张，他因为创作了《点与线》《砂器》等新派推理，而与柯南·道尔、阿加莎·克里斯蒂一起被称为"世界推理三大家"。

任何事物都处于变化之中，没有什么能一成不变却永远屹立不倒。西方的"冷硬推理"也好，日本的"社会推理"也罢，这种现实主义推理看多了，读者又难免开始厌倦。到了20世纪末，越来越多的人希望推理小说回归本质，回到"智力博弈"上。有需求就会有生产，于是，在社会推理盛行30年后，一大批日本作家开始推动一场名为"本格维新"的运动。

这些作家的代表是岛田庄司和他的学生绫辻行人。他们认为本格推理是没有错的，只是故事中的诡计是属于19世纪、20世纪的，而读者想看的是21世纪的新的华丽诡计。只要解决这个问题，本格推理就可以重获生机。于是，这些作家用一部部匪夷所思的作品，开启了一个新时代，我们称其为"新本格时代"。

从游戏性到现实性，再从现实性回到游戏性——经过这样一个历程，无论是在西方还是在东方，推理小说的外延已经被彻底打破了，无数"子项目"应运而生——间谍小说、悬疑小说、惊悚小说，甚至是轻小说，都可以看作是推理小说的衍生品。如今，已经没有读者在意小说应该注重游戏性还是现实性，只要人物够鲜活，只要节奏够紧凑，只要反转够震撼，只要元素够新颖，就是一部出色的推理小说。

在这种理念的推动下，东西方都出现了一大批无法分类却备受推崇的超级畅销书作家。西方的代表是写出了《达·芬奇密码》《天使与魔鬼》的丹·布朗；而东方的代表无疑是有"出版界印钞机"之称的东野圭吾——他的代表作《嫌疑人X的献身》《白夜行》可以说是无人不知。

就是这样，在180多年的岁月里，推理文学兜兜转转，起起伏伏，不断变化，不断壮大。看上去，今天的推理小说已经和福尔摩斯故事大相径庭；但细细品味，就会发现如今的推理小说初心未改，却早已身兼百家之长。也正因为如此，推理文学不仅没有被时代抛弃，反而吸引了越来越多的读者。

想要走进推理的世界，就要去触动那一根根精巧敏感的蛛丝；既然如此，就应该有个专门帮助我们收集蛛丝的文库。而这也就是蜘蛛文库存在的意义。目前蜘蛛文库有原创系列和引进系列两个分支，其中原创系列收录了《红楼梦事件》《第七位囚禁者》《乱神馆记·蝶梦》等诸多华语优秀推理作品，未来也将持续关注华语推理的新锐之作。而引进系列则有《脑髓地狱》《杀戮的双曲线》这样的经典作品，也收录《老虎残梦》《法庭游戏》这样的新作。未来，蜘蛛文库将同时关注经典与新锐，为华语读者持续展现来自推理世界的魅力。

目录

第一章

自白·第一个梦

　　我经常失眠，原因是晚上总做噩梦。一模一样的梦。

　　这个梦的内容十分残忍诡异，好像和我毫无关系，但却一直莫名其妙地纠缠在我的脑海中，挥之不去。

　　梦的开头，总是从黑暗中的一束火光开始。

　　一个男人举着火把，行走在夜路之中。路两旁一片漆黑，他的脸也在火光摇曳中变得模糊不清。唯一被照亮的是他举着火把的左臂，诡异的是，那紧握着火把的左手上，竟然长着六根手指。

　　男人慢慢地从一条坡道上往下走着，四周万籁俱寂，只有男人脚下的布鞋与土地摩擦所发出的沙沙声响。

　　可是，不知从什么时候开始，这沙沙声似乎变成了两道，就像有什么东西在跟着男人一般。

男人似乎也注意到了，他停下脚步，警惕地四下张望，但他的眼前只有无边蔓延的深邃黑暗。另一道沙沙声也随着他停下脚步而停止了。坡道的右侧是高耸的悬崖，左侧则是深不可测的密林，男人将火把举得高高的，四下探视，但都徒劳而返。

男人咂了咂嘴，继续向前面走去。

窸窣、窸窣……

这次，密林中似乎又传来了树叶被拨动的声响。

然而，黑夜中连一丝微风都没有。天上看不到一颗星星，只有一轮黯淡的圆月从薄云的背后冒出头来，洒下一丝可怜的微光。

男人又停下脚步，狐疑地看向树林。

突然间，他仿佛听到一串笑声。

若有若无的笑声，从他的背后飘过。

男人猛地回头，却只看到无边无际的黑暗。

"呸，"男人向地上吐了一口唾沫，骂道，"什么孤魂野鬼，都别想吓老子！"接着大步向前走去。

在那些若有若无的声响伴随下，男人走下坡道，向右后方拐去。

在坡道尽头转过一个弯，就是刚刚男人所走的悬崖下方。在月光的掩映下，一个个黑黢黢的洞口若隐若现。无数的洞口仿佛无穷无尽一般，一直延伸到看不见的远方。

男人毫不犹豫地向着其中一个洞口走去。此时，无数细语声、衣物摩挲声、树叶的沙沙声、若有若无的笑声，都在他的四周响了起来。然而，他却像没听见，舔了舔干燥开裂的嘴唇，嘴角流露出一丝阴狠的笑容。

他对着空气挥了挥右手，仿佛要将空气中那些看不见的东西驱逐干净，一步一步地逐渐逼近那个洞口。

走到洞口处才可以看到，原来这些洞口都是有门的，破旧的木门上方是一扇木栅栏式的高窗，一格一格，像监狱里的铁栅栏一般。

男人将手中的火把插在门边的一个孔洞之中，然后轻轻地推了一把门。木门伴随着吱嘎的声响打开了，只见洞内的角落里，一张土炕上正躺着一名女子。她双眼紧闭，瘦弱的身体上盖着一席破了洞的棉花被，被子随着呼吸均匀地起伏着，看来睡得很熟。女子的脸庞在黑暗中无法辨识，不过我感觉十分陌生，我应该从未见过这个女子。

男人的嘴咧得越来越开了。门口的火把为他在洞壁上留下一个剪影，看上去好像怪物的影子一样。他擦了擦嘴角流下的口水，反手将门关上后便踮起脚尖走向洞穴角落，然后一把捂住了女子的嘴巴。

女子猛然睁开眼睛，看到面前男人的面孔，眼中不禁流露出一丝恐惧。她猛烈地挣扎起来，身上破旧的棉被掉落到地上，露出了下面单薄的土灰色布衫。因为嘴巴被捂住，她只能发出低沉的呜呜声。

男人凶狠地瞪了她一眼，骂道："闭嘴，小娘皮。别乱动，要不然把你的脖子拧断。"

女子拼命地摇着头，双手慌乱地摆动，泪水从眼睛里不住地流下。可是，男人一把便拉住了她的双臂，从口袋里拿出一团散发着臭味的破布，把她的嘴巴塞了起来。

接下来的场景我不愿再细讲。我不明白，为何这样的场景会出现在我的梦中，难道因为我生来便是一个如此堕落罪恶的人吗？我不愿相信，可是，梦境却将我折磨得无比憔悴。

梦境的转折点出现在男人的动作停止之时。

木门突然被打开了。门口出现了一个庞大的黑色身影。男人的脸上浮现出惊恐之色。就在那一瞬间，那个黑影举起了火把，火把下映照出黑影、男人以及女子的脸庞。就在我即将要看清楚他们模样的那一刻——

梦醒了。我猛地从床上坐起，后背已经湿透。

梦境每次都在这个时候戛然而止。我不知道他们——那个黑影、男人，以及被强暴的女人到底是谁，我的生活中也没有符合的对象，我只是一而再，再而三地梦到他们。

这个梦一直困扰着我，让我害怕和他人建立亲密关系。我总是在脸上挂着礼貌的微笑，在酒桌上与他人推杯换盏，但一旦有人想要走进我的生活，我就会变得无比恐惧，不知所措。曾经有一个女孩像慈母一样包容我，容忍我古怪的性格，不论我说了什么任性的话，多久不在她面前出现，她都总是带着温柔的微笑将我拥入怀中。但是，在我们第一次共度夜晚的时候，我一看到她白皙细嫩的皮肤，顿时就想到了梦中那个女子枯瘦的双臂与低沉的呜呜声。

我完全没有办法面对女孩的身体。

我去看过心理医生，但无济于事，心理医生也对我这种情况无能为力，他只能建议我去寻找做这个梦的原因。

做梦的原因。

听起来很可笑，不是吗？可是我想，不管是这个古怪的梦，还是我现在这样扭曲的人格，恐怕都源自我的家庭。

第二章

现在·一枚花钱

尧卯书坐在桌前，眼睛紧紧地盯着面前的那枚花钱。

那是一枚银币，表面已经氧化发黑，遍布的划痕仿佛诉说着它所经历的漫长岁月。黄昏时分，橙红的阳光透过燃烧着的晚霞洒在桌面上，将钱币上的图案映照得一清二楚。

只见那钱币正面左侧画着一位眉清目秀的公子。他面目含笑，绾髻束发，身着一长衫，两手合握于身前，侧立在湖边。右侧则画着一棵枝丫盘曲的老树，树上枝叶繁茂，唯有一葫芦状的果实垂落下来，仿佛在与那公子对视一般。画面左上方端端正正地题着三个大字——壶中仙。

尧卯书伸出左手，将钱币翻到背面，只见背面题着一首诗。他抚摸着钱币上凹凸不平的字迹，不由得跟着念了出来：

"有时壶内去，去即一千年。荣辱悲欢外，须知别有天。"

这是一枚北宋时的"选仙钱"，那时的文人雅士非常喜欢用它来进行一种桌上游戏。每一枚选仙钱上，正面均印着一仙家，反面则印着关于这个仙家的传说故事。这枚"壶中仙"，讲的便是张良游赤松的故事。

传说，西汉的开国功臣张良在辅佐刘邦建立汉王朝之后，恐功高盖主，又无心留恋功名利禄，便主动退隐，出世求仙。这雨神赤松子，风度翩翩，随性洒脱，故张良便对汉高祖刘邦说："愿弃人间事，欲从赤松子游耳。"后来，他随着赤松子云游四方，安享晚年。于是，这"壶中仙"的典故，便被人们用来形容事成之后退隐避祸。

夕阳西下，天边紫红色的晚霞将天空染成了一片赤色。原本洁白无瑕的云朵，此时如同在染缸里浸染过的棉花，被沾染得浓淡不一。尧卯书心里不由得涌起一丝淡淡的惆怅。

离开了学校的自己，想必也不得不如同这云彩一般，掉进社会的大染缸里染得一身斑驳。可是，一事无成，身处这滚滚失业大潮中的自己，又有什么资格像张子房一样去追寻赤松子，去追寻那荣辱悲欢外的别有洞天呢？而那壶中洞天，想必也并不存在于这世间吧。

唯有上班，唯有先随便找一份工去做。连自己都养不活的话，又何谈梦想呢？但自己又是否甘心承认自己毫无才能，只能庸庸碌碌地过完这一生？又是否情愿天天往返于家和单位之间，从早到晚做着自己并不感兴趣的工作，以换取勉强的温饱呢？

应该没有人愿意吧，只是没有选择。尧卯书手中把玩着那枚花钱，茫然地盯着窗外，想着下午发生的那一幕。

今天下午，他如同往常一样窝在自己这逼仄的小屋里，装模作样地摊开桌上的复习资料，叼着笔呆呆凝视着站在窗外树上的小鸟。小鸟疑惑地歪着头，仿佛在惊讶人类竟可以如此无谓地浪费时光，随即拍了拍翅膀，转眼便飞得无影无踪。家门口久违地传来了敲门应门的声音，是在外做工的父亲回来了。父亲难得回一趟家，他想出屋打个招呼，站起身来，转头握住门把，却听到从客厅传来父母悄声议论的声音，不由得停在了房间门口。

"可不能再这样了……"

"这样下去该怎么办啊……"

父母一定是又在谈论自己的事情了。也是，花费二十几年时光，勤勤恳恳却养出一个只会"啃老"的废物，想必每对父母都会不甘心吧。

正当他又要开始陷入无止境的自怨自艾时，外面的低语声突然消失了。随着越来越近的脚步声，门外传来阵阵敲门的声音。

他僵在门后，等待了半分钟之后，才缓缓打开了门。面前是父母忧虑而佝偻的身影。

即便是大白天，采光不好的客厅还是笼罩在一片昏暗之中。父母二人在餐桌一侧落座，另一侧留着一张空空的椅子。

枣红色的椅子散发着寒冷的光泽，他颤颤巍巍地走到椅子旁，拉开椅子坐了下来。

尧卯书的母亲黄丽抿着嘴，原本美丽的大眼睛如今眼角微微下垂，留到耳下的直发原本十分干练，现在看却如同枯草般了无生气。母亲似是不忍与他对视，目光低垂。父亲尧和平则直直地凝视着他，开口说道：

"卯书啊，现在家里已经没有余力再养着你了。你外婆在住院，你上学时候欠的贷款也得还，现在已经没时间让你再准备考试了。你还是快点去找个工作吧，一开始工资低点也无所谓，能养活自己就行。家里也没什么关系，不能帮你……"

父亲还在继续说着，他的头却不由自主地低了下来。父亲的话明明非常重要，他的脑子里却又琢磨起了无关紧要的事情——他看着父母交叉放在桌上的双手，父亲的手因为长期的体力劳动已经变得千沟万壑，母亲的手则显得红润小巧。二人的食指均比无名指长，自己的食指却比无名指短。记得有这样一种说法，食指和无名指的比例被称为 2D：4D，这个值越小的人，性格里更具备冒险精神，不会循规蹈矩，而是试图探索新领域。这是不是父母一直勤勤恳恳地上班赚钱，而自己却不想上班的原因呢？当然，他自己也知道这只是一种自我安慰罢了。

"喂，你到底有没有在听我说话？"

他抬起头来，看到父亲严肃的眼神，父亲粗糙的脸庞上泛起点点白霜，那是长期经受风吹日晒后干裂的死皮。父亲因为长年在外打工，很少和自己交流，更别说有如此语重心长的训话，这也代表了他今天的认真程度。

"只能给你最后三个月时间了。如果三个月之后你还没有找到工作，那我们就只能赶你出去了。你自己好好想想吧。"

"我会考虑的。"

在父母的沉默中，他似乎想说很多，但又什么都没说出口，就这样站了起来，回到了自己的小屋。不知不觉，他的眼泪沿着脸颊流到了嘴里，咸苦咸苦的。

能让自己在家里这样无所事事的时间已经不多了。

难道真的没有任何别的选择了吗？

就在这时，他突然想到了那枚自己从小就经常把玩的花钱，于是便把它从母亲的梳妆盒里拿了出来。

面对眼前的这枚花钱，尧卯书想，这可能是自己唯一的选择了。

这枚花钱本身并不能算什么选择，顶多也就值几千块钱。可是，他依稀记得，自己的外婆彭巧玲曾经告诉自己，这枚花钱是当年平坟的时候从老家的祖坟里挖出来的。而且外婆还说过，当年姨外婆以祖坟为标记把几百枚银圆埋在了老家，后来因为坟都被平掉了，所以那些银圆就找不到了，恐怕一直到现在还埋在那里。如果能找到那些银圆的话，就算一枚只能卖几千块，几百枚卖一两百万应该也不成问题。

不过，他自己也觉得，这个选择更接近于一种幻想。且不说自己记忆中外婆的话到底是否准确，就算真的有几百枚银圆埋在那里，既然姨外婆他们几十年来都没有找到，自己又怎么能找得到呢？

这个时候，尧卯书的脑海里突然浮现出一个人。那个人留着鸟窝一样乱的鬈发爆炸头，时刻戴着墨镜，胡子拉碴。

他的名字叫作关水，一个开着咨询公司实际上却总是做着可疑的侦探工作的男人（他把自己的咨询公司称为万事屋）。二人是在某论坛上认识的。一开始是尧卯书发了一个帖子，关水在下面回帖后，二人因为观点不合吵了起来，结果聊着聊着反而成了朋友，也知道了他们竟然在同一个城市。关水在雁鸣湖畔开了一家咨询公司，虽然关水宣称什么问题都可以找他来解决，可直到这次之前，尧卯书还没有因为"工作"上的事情联系过他。

尧卯书在通讯录中找到了关水的电话，打了过去。电话一接通，还没等他说话，手机里就传来了关水那特有的大嗓门的声音："嘿，稀客啊！帽子君，难道你终于想开了，想要委托我帮你找女朋友了？"

尧卯书已经可以想象出电话那头关水手舞足蹈的样子了。顺带一提，"帽子君"是他的网名。

"喂喂，别闹了。我这次是真的有正事找你。"

"哦，什么正事？"

于是，尧卯书便将想委托他帮自己找银圆的事情一五一十地说了出来。

"所以说，现在的问题就是，你不知道银圆埋在哪里？"

"对，还有就是，那些银圆到底存不存在，因为我只模糊记得外婆对我讲过，所以也不是很确定。"

"这个好说，去找你外婆问问就行了呗。"

"可是……"

"可是什么可是，男子汉大丈夫，一不做二不休啊，哈哈哈。"

"什么乱七八糟的。"

"我是认真的。既然你想做的话，不管是做什么，不管做得怎么样，就都要认认真真把它做完，这不才是男子汉吗？"

"我的意思是，我外婆还在住院。"

关水在电话那一端沉默了一下，然后换上了一种极为小心谨慎的语气，问道："那个……你的外婆身体还好吗？"

"没事啦，就是人老了，膝盖老出问题，做做理疗而已。"

"哦哦，没事就好。"尧卯书仿佛听到对方松了一口气的声音。"那要不我和你一块儿去听听你外婆怎么说？她在哪家医院住院？"

尧卯书想了想，将医院的地址告诉了他，二人约好第二天下午在医院门口见面。

第二天，尧卯书一下公交车，就看到关水站在中心医院门口。他穿着夏威夷衫，头顶大草帽，戴一副心形墨镜，就好像从某个动画世界穿越过来的人物一样。关水完全不在意路人的目光，一看到尧卯书就张开双臂走过来，给了他一个大大的拥抱。

"好久不见了，帽子老弟，刚好我前两天刚办完一起案子，有时间陪你胡闹很久了，哈哈哈哈哈。"

尧卯书奋力挣扎出他热情的拥抱，问道："哦，什么案子？"

"一起密室杀人案，特别刺激的那种。具体的我就不方便透露了。"

关水总是这样，让人一听以为是在吹牛，但他斩钉截铁的态度却又让人觉得没准是真的。

"不跟你说这个了，我们进去吧。"

关水夸张地耸了耸肩。二人走进中心医院的大门，扫码登记之后便走向住院部。医院走廊里十分安静，蓝白色的墙面和绿色的瓷砖光洁如新，只有戴着口罩、全副武装的医护人员走来走去的身影。进了医院后，关水那咋咋呼呼的性格也收敛了起来，他一边走，一边悄悄对尧卯书说道："其实我觉得，如果你说的银圆真的存在的话，应该还是能找到的。"

"怎么找？当初是以祖坟为标记埋的，现在那些坟早都已经被平掉了。"

"所以，其实我们不需要找银圆，只要找到祖坟的位置，自然也就能知道银圆埋在哪里了。"

"那又怎么知道祖坟的位置呢？"

"这就要看你外婆能不能给我们足够的线索了。"

说着，二人便走到了病房前。住院病房都是一人一间，尧卯书缓缓推开病房的门，看到穿着蓝白色病号服的外婆彭巧玲正坐在位于房间中央的病床上，低头认真地读着放在腿上的书。阳光从窗外洒进来，洒在她卷起的发丝上，也洒在书本和雪白的床单上，一切都显得那么的和谐，仿佛他们的到来破坏了这样的和谐一般。

彭巧玲注意到他们来了，转过头来，合上手里的书，将盖住额头的银白发丝拨到两边，脸上浮现出慈祥的笑容，眼睛如两弯新月一样弯了起来。

"啊，是小卯啊，你来了。"

"嗯，外婆，是我。"尧卯书将手中的水果放在床头柜上，从墙边拉了两把椅子，坐了下来，"最近身体怎么样，好好休息了吗？"

"都好着呢，别操心。"她把双手放在尧卯书垂在床边的手上。她的手非常纤瘦，手指修长，每个骨节都十分明显，尤其是左手的小拇指外侧，就好像在骨节上又鼓出一个大包一般。尧卯书不禁心疼地握紧了她的手。

"这位是？"

"啊，"尧卯书转过头去，看到关水不知何时摘下了墨镜，正一脸微笑地凝视着他们交叠的手指，虽然感觉有点摸不着头脑，尧卯书还是对着外婆介绍道，"这是我的朋友，关水。"

"阿姨好。"关水轻轻地点了点头，"我看您在看的这本书，是 Another？"

"是啊，是这孩子给我带过来的，还挺好看的。"她转头看着尧卯书，接着说道，"好啦，你今天过来，除了看望外婆之外，应该还有事情要拜托外婆吧？"

尧卯书挠了挠头，不好意思地说道："您是怎么看出来的？"

"要是没事的话，就没必要带着朋友过来了吧。"

"那我就直说了。"尧卯书从兜里拿出了那枚花钱，"您还记得这个吗？"

彭巧玲扶了扶老花镜，端详着那枚钱币。

"记得，记得，这是双喜给我的。我和双喜也好久不见了。"

"阿姨，我们今天过来，就是想听您讲讲关于这枚花钱的故事，可以吗？"关水插话道。

彭巧玲默默盯着那枚花钱，翻来覆去地抚摩着上面的图案，似乎在回忆那段远去的岁月，而后长长地叹了一口气。

"想听关于这枚花钱的故事，是吗？"

尧卯书和关水对视一眼，默默地点了点头。

"那可是一个非常漫长的故事啊，不仅是贯穿了我的人生的故事，也是整个彭家受诅咒的命运的故事。虽然已经过去几十年了，但这个故事里的每一个瞬间，都仿佛镌刻在我的记忆之中一样鲜明。要讲清楚这个故事，还得从差不多五十年前说起……"

彭巧玲喃喃自语着，突然转过来面向二人，问道："你们，相信灵魂吗？"

第三章

过去·平坟

彭巧玲一只手扶着栏杆，慢慢地从国棉三厂女职工宿舍的筒子楼里走了出来。她的丈夫黄家卫站在楼门口，穿着夹克和牛仔裤，嘴里叼着一根香烟，一看到她，连忙把烟头在脚下踩灭，三两步奔上前去，扶着她走下了楼门口几级低矮的楼梯。

"玲儿，还好吗？"

黄家卫一手抚摸着她凸起的肚子，另一只手将她额前打着卷的头发拨开，深情地望着她的眼睛。

彭巧玲的脸微微发红，抿起嘴来，说道："我能感觉到肚子里的孩子正在踢我呢。只是，一想到要回到那么久没回的彭家河去，总感觉有点不踏实。"

1973年4月，时任国棉三厂宣传员的彭巧玲得到厂里的批准放产前产后共四个月的产假。可是，她在陕钢厂当卡车司机的丈夫因为要跑长途，没办法照顾她，二人思来想去，最终决定让彭巧玲回老家彭家河村去待到产假结束后再回来。

"还是得回去啊。"黄家卫叹了一口气，"在西安，现在能指望的就只有美玲了，但是她刚下乡回来，指不定马上就会被分配到外地去。彭家河那边亲戚多，好歹算有个照应。而且，前两年交道医院也建好了，在那边生孩子也就放心了。"

"可是，一想到要和你分开那么久……"

"别担心。我刚好要到澄城去跑个小活，可以顺便在那边陪你几天，等你安顿好了我再走。"

二人一边说着，一边走出了家属区，来到了大路边。彭巧玲的妹妹彭美玲正倚靠在卡车的车门上，没有家属证的她不能进家属区，只能在门口等着他们出来。她梳着马尾辫，穿着浅绿色的棉衣，一看到他们，就蹦蹦跳跳地上前来。虽然她尚显稚嫩的小脸有点灰扑扑的，但明亮的大眼睛还是闪烁着天真的光芒。彭巧玲轻轻地拉起她的手，眼眶里有点湿润。

"阿妹，好久不见了。这几年过得好吗？"

"好着呢，姐姐，你看，"她从背后拿出一把金灿灿的玉米，"这是我们在麟游种的玉米，领导让我带回来的，等会儿我们可以在路上吃。"

"那就好，没事就好……"

黄家卫打开货车的车门，将姐妹俩拉上了车，他坐在驾驶位上启动了发动机。

宽广的道路上车辆很少，只有骑着自行车的行人来来往往，道路两旁绿树茵茵，还能看到远方绿油油的麦田。黄家卫的驾驶技术很好，即便是卡车也开得非常平稳，在微微振动中，彭巧玲从随身携带的小包里掏出一本薄薄的相册，一边翻动着那些老照片，一边陷入对家乡的回忆之中。

渭南市澄城县交道镇彭家河村，那是她出生长大的地方。因为时局动荡，一直到了该上学的年龄，她的父母才把她接到西安来。印象里，那是一个民风淳朴的村庄，村里一共几十户人家，大部分人都姓彭，其次是姓金的，其他姓氏的人很少。

眼前的这张黑白照片拍的是一个身宽体胖、慈眉善目的老人，穿着长褂，左手拿着一根拐杖，右手抚摸着胡须，坐在一把扶手椅上。那是她的爷爷彭怀存，在解放前是当地的地主。由于对佃农很好，加上积极配合土改政策，最后给定了一个富农的身份。在她的印象里，爷爷胖乎乎的，挂着一根拐杖，脸上总是挂着慈祥的笑容。椅子背后站着一位穿着旗袍的端庄女子，双手背在身后，虽然年纪已经大了，不过从清瘦的脸庞轮廓能看出，年轻时一定是一位美人。这是她的奶奶彭淑兰。二人都已经在几年前因病去世了。

她继续翻动着照片，翻到其中一张泛黄的老照片时，她的手指不禁停了下来。那是她的父母，彭庆年和马翠兰。照片里，父母二人站在大雁塔脚下，周围绿树环绕，二人均展露着灿烂的微笑，显得朝气蓬勃。彭庆年穿着一身中山装，戴着眼镜，三七分的头发微微向后梳，看起来十分帅气。母亲马翠兰则穿着一条白色的纱裙，乌黑的头发像瀑布一样散落腰间，脸上显出两个浅浅的酒窝。那是父亲在西安求学的时候和当时在饭馆当服务员的母亲约会时的合影。如今，父母和爷爷奶奶都已经不在人间，再看到这些三四十年前的老照片，彭巧玲不由得更加怀念。她握紧了胸口的怀表，那是父亲留给自己的遗物。

卡车沿着西潼公路一路向东北方向驶去。随着逐渐远离西安，路边的高楼和工厂也消失了，取而代之的是大片的田野。道路右边隐约可见绵延不绝的秦岭山脉笼罩在薄云之中，被树林所覆盖的绿油油的山坡上，可以看到零星的房屋和沿着山壁开垦的农田。明明是早已看惯的风景，在多年徘徊于钢筋混凝土的厂房间后，却也显得格外亲切。不过，身边的美玲肯定不是这么想的，刚刚回到西安又历经舟车劳顿的她已经在车上打起了瞌睡。转眼看向正在开车的黄家卫，他的眼睛眯成了一条缝，不知道的人还以为他是不是要睡着了，不过这其实是他非常认真的表现。

他似乎注意到了彭巧玲的目光，开口道："你妹妹带的玉米，不吃一点吗？路还很长。"

"不了，等到那里再吃吧。"

她笑着回答道。旁边的美玲揉了揉困倦的双眼，伸了一个大大的懒腰。

一路无话。

到达交道镇的时候，已经接近黄昏了。黄家卫把车停在了交道镇政府楼旁边，让姐妹俩下了车。

"那我先去提货了。我已经和领导请了三天的假，等提到货之后，我先把车停到厂里，然后再过来找你们。今天时间也不早了，晚上走山路也不安全，你们先在镇上的招待所住一晚吧，招待所就在那边。"

"好。"彭巧玲点了点头，向黄家卫挥手告别。黄家卫再次启动车子，继续向前驶去。

姐妹二人环顾四周，镇上的视野十分开阔，宽阔的道路修建得还算平整，不过车辆驶过还是会尘土飞扬。道路两侧都是些砖瓦房，最高的是远处一座漆了红漆的三层楼房，那里是交道镇的学校，镇上所有的小学生和中学生都在一个学校读书。交道镇政府楼是一座很小的二层白色小楼，门前有一个布告栏，布告栏前围着不少议论纷纷的镇民。

"姐姐，他们在看什么呀？我们要不也过去看看？"彭美玲好奇地问道。

彭巧玲点了点头，二人走近布告栏。巧玲碍于身体的原因没有靠太近，只是站在稍远处听镇民们的议论。美玲则探头探脑地钻进人群中，去看布告栏上到底写了什么。

"哎哟，这哪里敢哪……"一位佝偻的老妇人喃喃自语。

"就是说啊，让那些年轻人干吧，他们胆子大。"另一个老大爷附和道。

"年轻人也不敢干哪。"旁边一位学生模样的青年抗议道。

听着人们的议论，巧玲不由得也好奇布告栏上到底写了什么。这时，美玲从人群中钻了出来。

"是平坟还田的建议书呢!"

"平坟还田?"

"没错，现在每个村里不都有一大块墓地吗？就是说，让大家把那些墓地推平掉，开垦成农田。"

彭巧玲不禁吓得一哆嗦："这哪里敢，那里可都是祖祖辈辈的灵魂啊……"

"嘘，小声点。"彭美玲环顾四周，"这些都是封建迷信，要不得。我倒是觉得无所谓，国家现在也一直在提倡火葬嘛。可是，如果真要自己来平的话，的确是有点瘆人。"

彭巧玲默默地点了点头，心里却觉得瘆得慌。传说交道镇这个地方是一个知名的古战场，在春秋战国时期，因为地处秦与晋、魏的交通要道上而得名。也正因如此，秦晋、秦魏之间都在此地开展过争地夺邑之战，无数将士战死于此，故有人在交道镇中社村设立一塔以安抚死亡将士之灵。各朝各代也都设立祠堂，对先人好好供奉。如今要推掉坟墓，彭巧玲总觉得有种不祥的预感。

她将这些念头驱逐出脑海，心想，反正也和自己没关系，她只是来这里休息一晚，便拉着彭美玲的手，走向了一旁镇上唯一的招待所。

说是招待所，其实也就是把民宅增建了一部分而已。一跨进院门，一位和蔼可亲的大婶就迎了上来："有介绍信吗?"

彭巧玲从包里拿出厂里给开的介绍信，递给大婶。大婶接了介绍信，热情地把姐妹俩迎到了院子深处的一个房间。房间里的陈设非常简单，只有一张双人床、一张小桌子、一把椅子而已，唯一的一扇窗户对着院子，可以看到院子中间种的大柳树。大婶自己坐到椅子上，让姐妹俩坐到床上，打开了话头：

"我看你们很面善啊，是本地人吗？"

"是，是彭家河的，很久没回来了，这次是厂里给批的产假，回来休产假的。"

"哦……"大婶盯着她的肚子，若有所思地点点头，转向彭美玲，问道，"这位小妹呢？"

"我是刚下乡回来的，还没有决定去哪里上班，就先陪姐姐回来一趟。"

大婶突然神秘地把脸凑近她俩，低声说道："我听说，这彭家河最近可不太平啊。"

姐妹俩疑惑地对视一眼。美玲小声问道："发生什么事了？"

"还不就是这平坟的事嘛。我也是听那边人说的，说村里老人都说，要不然就当没看见算了。但是有个愣头青，三天两头捣鼓村里那台坏掉的拖拉机，说要响应国家号召，开着那破拖拉机把坟都给平了。村里人是不敢说他，但在背后都议论得紧呢，说那小子肯定是脑袋出了问题。说起来，那个人本来就是个怪人。"

"是谁呀？"美玲好奇地问道。

"叫什么来着……黄眼仁，满人生的那个……哦，对对对，彭生!"

彭生!

听到这个名字的瞬间,无数回忆瞬间涌上彭巧玲的心头。

彭生在辈分上算是她的叔叔,但却和她是同一年出生的。说起来,这也与她父亲彭庆年有关。

辛亥革命以后,满城被毁,一些满族人流离失所。其中有很多人改为汉姓,试图隐瞒自己的身份,在汉人的圈子里生存下去。但是当时的满人女子和汉人女子有一个很大的区别,就是她们都不缠足。她们原本引以为傲的大脚,在此时却成了身份的标志,一旦被发现,她们就会如同过街老鼠般,人人喊打。最终,一些人沦落到在路边乞讨的地步。

1937年,彭庆年在西安读书的时候,就在路边救下了一个乞讨的满族女子赵雨。因为彭庆年天性善良,看她太可怜,就将其送回彭家河村当用人。没想到,赵雨受到彭家家主——彭庆年的父亲彭怀存的喜爱,被纳为小老婆。赵雨怀孕的那一年,刚好彭庆年的老婆马翠兰也怀了孕,回到彭家河来养胎,于是彭生和彭巧玲就一起出生了。遗憾的是,因为当年医疗水平很差,据说赵雨在生彭生时因为大出血而死,所以彭生一生下来就没有了母亲。

虽然是一起出生长大的,可是,彭巧玲的记忆中对彭生并没有多少好感。

记得有一次,他们二人在村里玩一种打石子的游戏。规则很简单,就是在土地上画一个圈,两个人各拿一个形状差不多的小石头，谁能先把对方的石头弹到圈外就算赢。彭巧玲趴在地上，专心致志地弹石头，正当她奋力一击，终于把对方的石头打出圈外，脸上不禁露出开心的笑容的那一刻——

"啪！"

脸上突然传来一阵疼痛。

她茫然地看着彭生挥起的手，片刻后，明白发生了什么的她不由得哭了起来。

这样的事情发生过好几次。可能是母亲早逝，加上饱受村里人非议，彭生从小就很乖张，有时在外面受了气，就回来欺负安静软弱且父母不在村里的彭巧玲。因此，当父母把她接去城里的时候，她是松了一口气的。不过，这么多年以来，她几乎已经要把彭生的事情忘记了，没想到会突然在这里又听到这个名字。

"彭生？"美玲疑惑地问道。因为她是在城里出生的，只是偶尔才会回乡下省亲，所以对彭生并没有多少印象。

"嗯。他一出生就是黄色眼仁，据说这是不祥之兆，如果还是在过去清代，是会被扔掉的！加上他是满人所生，他妈又在生他的时候因为大出血死了，所以大家都说他是不祥之子，村里没有人愿意给他活做。再加上那些难听的传闻……"

"什么传闻？"

"就是他在村里无所事事，经常鼓捣一些稀奇古怪的东西。就像那个拖拉机，当时苏联来的工程师都没能把它修好，这小子反而把它给折腾好了，你说奇怪不奇怪？"

美玲若有所思地点点头。

"总而言之，你们要回彭家河的话，小心为妙，不要掺和到这些事里面去了。今天听村里到镇上来的人说，他叫嚣着明天就去平坟，而且要第一个带头平掉自家的祖坟呢。"

大婶说了一大堆八卦之后，心满意足地走出了房间。

外面的天已经有点暗了，美玲似乎突然意识到了什么，焦急地摇着还在若有所思的巧玲的肩膀，说道："不对，姐姐，这下糟了！"

"怎么了？"

"你还记得吗，当时我接到通知要去上山下乡的时候，咱俩不是把家里的银圆都拿出来了吗？"

彭巧玲点了点头，这件事怎么可能忘记呢？

"当时，你把你那份银圆给了清雅伯母保管，我觉得那些亲戚都不可信，就把我的那份银圆埋起来了。"

彭巧玲回忆起当年的事情。1966年的时候，不论是上山下乡的通知，还是她们在二府街的房子被征用的事情都来得很急。如果美玲下乡，自己又住在工厂的宿舍里，家里就没有人看着了，所以二人急急忙忙就带着银圆上了火车，回到了彭家河村。巧玲把银圆交给了父亲彭庆年的二哥彭兆年的老婆，也是在她小时候一直照顾她的赵清雅伯母保管。而美玲则偷偷把银圆藏了起来。

"当时我埋那些银圆的时候，是以祖坟为标记的。如果那些坟都被平掉的话，别说分不清是哪个坟了，可能连墓地在哪都找不到了！那样的话，那些银圆可就永远都找不着了！这可怎么办……"

"那我们明天过去以后，你找个机会偷偷溜过去看看？"

"不，不行，那个大婶不是说，彭生放话明天就把坟给平了吗？万一他今天晚上就动手了怎么办，或者他今天平一半，等明天我们过去的时候他已经把另一半也给平了……"彭美玲从床边站了起来，急得在屋子里走来走去，"不行，现在要争分夺秒，我今晚就过去一趟。"

"可是，今天天已经暗了。"彭巧玲担忧地看着窗外，紫红色的晚霞已经笼罩了天空，马上就要落日了。

"没事，姐姐，别担心。"彭美玲指着窗外院子的墙边，"你看，那里有火把和火柴。我快去快回，如果来不及的话，我就在那边凑合一晚上，咱们明天村口见。"

现在虽然镇上已经有电，但是村里还是没有通电的，所以一旦出了镇子，外面就黑灯瞎火，只能依靠火把照明，不过也没有多少人走夜路就是了。

"我……我和你一起去。"见阻止不了美玲，巧玲焦急地说道。

"不用，姐姐你就在这里安心等吧。我尽快回来！"

说着，美玲便走出了房间。不一会儿，外面就传来了大婶疑惑的声音："小姑娘，这么晚了还要出去吗？"

"嗯，我先去村子里告诉他们姐姐来了，让他们过来接一下，毕竟姐姐怀孕不好走那么远的路。"

"村子离这里还有差不多五公里呢，要不然明天再去吧。"

"没事，五公里小意思。"美玲的声音越来越远了。

"小姑娘，走山路要小心哪！"最后听到的是大婶在院门口的喊声。

彭巧玲坐在床边上，看着窗外。天边逐渐转黑的紫霞，仿佛黑暗中的野兽正在逐渐露出獠牙一般。

她心里不祥的预感越来越强烈了。

彭美玲在院子里偷偷拿了一把铁铲，插在腰间，走出交道招待所。天色昏暗，回头望去，刚才还聚集在布告栏前的人已经一个都不剩了，仿佛一开始就从未存在过一般。大街上空无一人，附近有些房屋亮起了黯淡的光，但大多数都黑洞洞的，镇上很多人还保持着日出而作、日落而息的习惯。

彭美玲紧握着手中的火把，一步步向前走去，走过了交道医院和交道派出所之后，前面就是中社村的地界。中社村和交道镇紧邻，都处于平原地区，不过再往前走的彭家河村就要进山了。美玲快步走在中社村内，天已经完全黑了下来，黯淡的月亮从云层后冒出了头，却无法为大地带来光明。黑暗中，彭美玲沿着越来越狭窄的村道向前走着，即使是胆大的她此时也不由得感到一丝心悸。

夜晚的乡村万籁俱寂。这个季节，既听不到聒噪的蝉鸣，也没有小鸟恼人的叽叽喳喳。可是，什么声音都没有，反而让人觉得很不自在，唯有鞋底与土地相摩擦所产生的沙沙声在黑暗中不断回荡着。

就在这个时候，她突然感觉到从背后射来一道视线。鸡皮疙瘩从背脊爬上手臂。她缓缓地转过头去，四处张望，但黑暗中没有任何动静。刚才在镇上时还偶尔有亮着的灯，现在到了中社村，连一个亮着灯的房间也没有了，周围陷入了完全的黑暗。

要点起火把吗？她不禁想。不，如果太早点起火把，途中灭了的话就糟糕了。而且，如果真的有人在跟踪或者监视自己的话，点起火把岂不是主动暴露了自己的位置？

她咬着牙继续向前走去。她很想快步奔跑，但是，越靠近山，土路就越凹凸不平，如果摔倒的话就糟糕了。所以她只能尽量快步向前走。不知为何，她感觉周围的视线越来越多了，就好像村里的每一个人，都正在黑洞洞的窗户后面偷偷窥视着自己一样。一言不发，一动不动，只是窥视着这个在黑暗中不断蠕动的影子。独居的，两口的，三口的，乃至更多人口的，每一户人家都挤在窗户前，默默地盯着自己。在黑暗中，他们的身体已经化作无物，只剩下一对又一对眼睛，眼睛，眼睛，眼睛……

她完全陷入了这样的幻想之中，感觉皮肤上就像被千万根针扎着一样刺痛。可是，没有任何岔路的村道上，她无路可逃，只能硬着头皮向前走。渐渐地，在黯淡的月光下，她的视野远处出现了一排黑黝黝的东西。那东西位于村子的尽头，在离所有房屋都有一段距离的地方。彭美玲知道，那是墓地。

黑暗中，一块块墓碑就好像通往地府的引路牌一样，散发着诡异而不祥的气息。明明是安抚祖先亡灵的地方，在黑夜里却似乎变成了妖魔鬼怪的据点。越靠近墓地，那股被注视的感觉就越强烈，就好像在墓碑后躲着的小鬼正一个个冒出脑袋，偷偷窥视她一般。就在她走到墓地边的那一刻——

　　"叽嘎。"

　　突然，从黑暗的墓地中，传来了一声怪异的声响。仿佛是游荡的恶鬼不小心踩到了掉落的树枝，又好像是墓中的死者正在不甘地抓挠着棺材。

　　美玲顿时僵在原地。冷汗不住地从背后冒出，她已经受不了了。她擦着火柴，点燃了火把。

　　四周顿时明亮起来，虽然亮度有限，不过对于她来说已经是莫大的安慰了。她不由自主地将火把伸向墓地之中，在火光的映照下，一个细小的黑影迅速从视线中闪了过去。

　　是偷吃供品的老鼠发出的声音吗？

　　她松了一口气，继续向前走去。

　　有人说，山是禁域。彭美玲想，的确如此。一进入斜向上的山路，空气立即变得清冷了起来。不可思议的是，那股被窥视的感觉也消失了。美玲不禁浑身放松下来，这才发现，自己的肌肉已经绷得十分酸痛。她最后转头看了一眼被自己留在身后的墓地，刚才那种诡异的氛围已经完全消失。果然是自己吓自己吗？美玲摇了摇头，沿着山路向上走去。

　　记忆中，这条山路的左边是一片山壁，村子就在这片山壁的上方，需要走到这段坡道的尽头再往回拐才能到达。然后沿着村道一直往前走，待路边的房屋完全消失了之后，蹚进右边的茅草地再走一小会儿，就可以到达村里的墓地了。墓地的面积很大，各家的墓碑都三三两两地分散着，几代之前的墓很多都已经不可考了，只有一个个小土包孤零零地立在那里。彭美玲当时把银圆埋在了自己的曾爷爷，也就是彭怀存父亲的墓附近。

她举起火把，慢慢地向前走，左边凹凸不平的山壁上每隔一段路便会现出一个黑漆漆的洞口来。有些洞口敞着，里面一片漆黑，有些则安着木门，门上和旁边有用一格一格竖着的木栅栏做的高窗。高窗应该是用纸糊起来的，不过黑暗中只能看到隐隐约约的栅栏影子。那些洞都是窑洞。很久以前，村里人都住在沿着山壁开凿的窑洞里，不过近几十年来，有些比较富裕的人家在山坡上盖了房子，所以有些窑洞空出来了，但还是有一些村民住在这些窑洞里。黑暗中，那些装着门锁的窑洞尚且令人安心，但荒废无人居住的窑洞看起来则十分瘆人。且不说有没有鬼怪这种虚无缥缈的东西，如果有野兽藏在里面的话也是十分危险的。一想到这里，她不禁急忙加快了脚步。

走了不知多久，终于来到了坡道的尽头，道路在此分为两条，往右是继续进山的路，而往左边拐则是前往村子的路。彭美玲举着火把向左拐去，黯淡的月色下，可以看到三三两两的房舍散落在道路的右侧，房屋的后方有大片的农田。道路的左侧不远处就是悬崖，悬崖下方是刚刚来时走过的山路。在这条路上走夜路是十分危险的，如果不小心跌倒，运气不好的话就会跌落山崖，摔得粉身碎骨。美玲小心地向前走着，四周鸦雀无声。一路走来，她一个人也没有遇到，这个时间村民们应该早就已经休息了。

走着走着，那个熟悉的地方就出现在了她的眼前。那是彭家的祖屋，砖墙围起的大院通过一道铁栅栏门与外界相连，栅栏门内是一片开阔地，中间种着几棵树，二层小楼围着中间的空地建成了一个"匚"形。小时候回乡省亲时，她经常和姐姐一起在这片空地上玩耍。彭怀存死后，彭家的几个兄弟就分了家。彭家除了这间大院以外，在坡下面也有几孔窑洞。老大彭永年是个怪人，分家之后宁愿住在坡下面的窑洞里；老二彭兆年则继承了这间祖屋；老三彭庆年，也就是美玲和巧玲的父亲则住在西安城里，现在已经去世；老四彭生因为地位比较低，也住在其母亲赵雨曾经居住过的另一孔窑洞里。

经过了祖屋，又向前走了片刻，终于，她快要来到墓地所在的位置了。为防彭生真的在那边平坟，她提前熄灭了火把，走下村道，悄悄地向墓地靠近。

墓地周围的茅草已经长到了半人高，美玲半蹲着隐藏在茅草之间，缓缓地向前挪动着。黑暗中，只有茅草与衣物摩擦所发出的沙沙声。

又前进了数分钟之后，隐藏在茅草地深处的墓地逐渐出现在了她的眼前。在朦胧的月光下可以看到，墓地中并没有拖拉机的影子，看来彭生并没有连夜赶过来平坟，美玲不由得松了一口气。但就在她刚刚放松下来的时候，在这无边的静谧之中，突然从墓地那边传来一阵沉闷的撞击声，吓得她一屁股坐在了地上，一声尖叫从喉咙里溢了出来。她连忙捂住自己的嘴巴，但在深夜的静谧之中，这声响无疑已经过于明显了。

这下糟了，她想。仔细望去，墓地间的确有一个黑影在移动，那个影子仿佛正在对一座土包前的墓碑做着什么。还好，美玲发出的声响似乎并没有惊动他。

这可怎么办呢？不管那个影子是在那里做什么，自己都不可能再过去找埋起来的银圆了吧？难道只能这样无功而返吗？

美玲专心地思考着，并没有发现此时一根茅草正在不断地摩擦着自己的鼻子。当她终于注意到的时候，已经来不及了。

"阿啾！"

她打了一个大大的喷嚏。

完了，这下真的完了。她已经顾不得发出声音了，连忙站起来准备逃跑。就在这个时候，她突然发现——

墓地里的影子不见了……

就好像从来没有存在过一样。

美玲愣愣地站在原地。难道她刚刚听到的撞击声、看到的影子，都是自己脑中产生的幻觉吗？还是说，那是彭家的先祖为了保护自己的家园，半夜从坟墓里爬了出来，正在墓地里巡视的时候，刚好被自己撞见了呢？

如果是胆小一点的人，这个时候应该早已被吓得屁滚尿流，赶紧逃走了，但美玲却不，她硬着头皮，继续拨开茅草丛向前走去。

"砰!"

突然，不知从什么地方，那个沉闷的声音又响了一下，就好像是什么巨大的怪物在踩踏地面一般。周围的墓碑影影绰绰，仿佛都在散发着敌意。那个黑暗的影子是不是就藏在什么地方，等待美玲露出破绽后，准备从她身后袭击呢?

这下，美玲也不敢再待在这个诡异的地方了。她咬了咬牙，转头准备离开。

不过，在她离开之前，她没有忘记从自己拿着的火柴里选一根，奋力向中央那个最大最明显的坟包丢过去。

彭巧玲一直坐在招待所的床上等着。

时间已经过了午夜，可她一点睡意也没有。黑暗中，她愣愣地盯着窗外，脑中那些关于鬼魂和凶灵的传说挥之不去。

那是彭家河一个非常古老的传说了。传说彭家是在北宋金人打来的时候，带着财宝从北方一路逃难过来的，最后落脚在这里，逐渐形成了一个小小的村落。彭家先祖死的时候，把那些财宝一起埋到了坟墓里。后来，村民们如果在晚上经过那片墓地，偶尔便能够看到一道黑影在坟墓之间来回巡视着。传说那是彭家先祖的鬼魂在保卫自己的财宝，如果有人敢上前去，就会被吸魂夺魄，全身干枯而死。

还有一种说法是，那道黑影是彭家先祖信仰的四灵——龙、凤、虎、龟正在守护着坟墓，如果有人想要打扰祖先安眠，就会被它们用不可思议的力量杀死。不过，可能是因为近几十年都没有人看到黑影，所以这个传说已经逐渐没有人再提起了。她也是在小时候听奶奶说起过一次，因为太害怕了，反而一直记到了现在。

门外传来一阵响动，大概是美玲回来了，彭巧玲的心终于放了下来。她点起放在小桌上的煤油灯，美玲刚好走进门来。微弱的火光下，可以看到她脸色苍白，气喘吁吁，身上蹭得脏兮兮的，手里的火把已经燃尽了。

"快，快过来休息吧。"巧玲心疼地看着她。

"对不起，姐姐。"美玲说着说着，眼泪就流了下来，"我没把银圆拿回来。"

"没事，没事，平安就好，平安就好……"

巧玲摸着美玲的头，和她在床边一起静静地坐着。美玲平静了一点后，便把自己刚才的遭遇一五一十地告诉了巧玲。

"黑影……难不成，是那个传说？"巧玲喃喃道。

"什么？"

"没事，别想太多，应该就是有人在那里装神弄鬼吓唬人罢了。这次回去，我们要小心一点，如果那些银圆暂时不好拿回来的话，就先放在那里吧。我总有一种不祥的预感，感觉村里可能会发生什么大事。"

美玲默默地点了点头。

第二天早上，二人刚刚洗漱完毕，院子门口就来了一个骑自行车的年轻人，他是过来带口信的。他告诉姐妹俩，因为货比较多，所以黄家卫可能今天还赶不过来，黄家卫让她们俩先去村里，等自己忙完了再赶过去。

于是，二人便收拾收拾，吃了美玲带的两根玉米之后，就往彭家河去了。美玲扶着巧玲，二人一路慢慢悠悠地走着。尽管还是一大早，可今天的天空十分明亮，天上万里无云，太阳逐渐从东边升起，耀眼的阳光为初春的冷空气增添了一分暖意。待走到中社村的地界时，巧玲突然感到十分奇怪，但又说不出哪里奇怪。

路边，三三两两的村民正在忙碌着，有些在小声地探讨些什么，有些扛起了锄头，手里拿着个篓子，篓子里装着两三个馒头，准备下田。微风拂过墨绿色的麦田，湛蓝的天空下，两三只小鸟在远方拍打着翅膀。如同水墨画一般宁静祥和的乡村风景中，到底是哪里出了问题呢？

彭巧玲一边向前走，一边小心地观察着四周。终于，她发现了。虽然村民们都假装若无其事的样子，但当她们经过的时候，每个人都在偷偷地凝视着她们。是因为对外来人好奇吗？好像并不是，但她又想不出为什么会这样。这种无言的凝视让她觉得非常不自在。

除了这一点，她终于发现，村子的样貌也与自己印象中不同了。

"中社塔不见了！"

她惊讶地指着村子的东北侧，那里本来应该坐落着一座四方形的砖塔，现在却不见了踪影。

"姐姐，你说的中社塔是什么啊？"

美玲眨着眼，好奇地问道。

"原本在村子东北侧靠近山脚下的地方建着一座塔的，据说是为了安抚古时候战死将士的亡灵而建的。奇怪，那座塔到哪里去了？"

"哼。"

此时，路边的一个老妇人发出了一声嗤笑。美玲与巧玲连忙转过头去，只见那老妇人满脸皱纹，佝偻着身子，手中握着一根拐杖，口齿不清地说道：

"错了，错了。你们说的那座秦汉时期建的中社塔早就因为地震被毁了，村子里的这座据说是宋朝的时候建的，而且也不是为了安抚什么将士的亡灵。这中社塔呀，塔身四棱五级，高二十多米，砖瓦制造，里面却是空无一物，唯有正面摆着一座祭坛，塔身内侧四壁画着四灵的模样。

"这四灵可大有来头，其正身为龙、凤、虎、龟，是镇守四方的神兽。据说这四灵啊，在供养者生前是善灵，能够让人逢凶化吉，而在供养者死后就会化身为恶神，诅咒对其不利之人。这座塔就是彭家祖先为了在死后供奉凶灵而建造的。"

"彭家？"美玲疑惑地问道。

"没错，就是坡上面彭家河村那个彭家，传说当年他们是什么地方逃难来的大人物，在这里建了彭家河村。哼，不过他们现在估计自己都快忘本了吧。"

巧玲惭愧地低下了头。她的确听说过祖先曾经信仰四灵，却不知道中社塔就是彭家的祖先建造的，也不知道里面供奉的就是四灵。

"不过，就算那座塔是供奉四灵的，那它现在到哪去了？"

"没啦，没啦，前几年被拆掉啦。没了束缚，真武大帝一定会率领四灵回来报复的。现在又要搞什么平坟，报应马上就要来了，你们就看着吧。哈哈哈哈哈哈哈哈！"

老妇人用阴沉而沙哑的声音说着，突然开始狂笑起来。巧玲感到一阵心悸，连忙点了点头，拉着美玲的手向前走去。背后，那位老妇人似乎一直在盯着她们，她们感到如芒在背，不由得加快了脚步。

好在，不久她们就走过中社村的地界，来到了山里。千沟万壑的石壁向上层层盘绕着，山路上偶尔能碰到几个正下山劳作的村民，有些是彭巧玲认识的，双方会寒暄两句。路边的窑洞里，有些农妇趁着天气晴朗，正在把被子和衣服拿到窑口的杆子上晾晒。虽然窑洞冬暖夏凉，但不好的一点就是湿气比较重，所以经常需要把衣物拿出来晾晒，防止发霉。走了一小会儿以后，她们惊讶地看到，在一孔门窗都已经被拆掉的窑洞里，有个人正在对着一台拖拉机捣鼓着什么。

那人听到来人的脚步声，从拖拉机下探出头来。他留着寸头，鼻梁高高的，鼻翼很宽，一对黄褐色的眼仁尤为扎眼，穿着一身灰色的工作服。看到姐妹二人，他惊讶地瞪大了眼睛。他把双手在裤子上抹了抹，向二人走了过来。

"是巧玲吧？俺，彭生，还记得吗？"

"记得。"彭巧玲点了点头。

"旁边这是美玲吧？美玲，不记得俺了吗？小时候，咱俩也一起玩过的。"看着美玲，彭生露出了微笑。

"不记得了。"美玲大大方方地摇了摇头，吐了一下舌头。

彭生挠了挠头，看着巧玲的肚子，问道："巧玲，你这次回村来，是来生娃的吗？"

"嗯。"

"正好，俺婆娘也快生了，到时候你俩一起上医院去，也有个照应。"

"你有老婆了？"彭巧玲惊讶地瞪大了眼睛。

"嗯，俺在镇里干活的时候认识的。"彭生用乌漆麻黑的手摸了摸鼻子，有点不好意思地说，"她叫刘巧兰，长得可美，俺可喜欢她了。"

其实彭巧玲的意思是，他竟然也能找到老婆，不过她当然没有说出来。"对了，我路上听人说，你要平咱家的祖坟，是真的吗？"她担忧地问道。

"嗯，大家都不敢平，俺不在乎，俺想立功。那些坟都是封建迷信，要不得，等俺把坟给平了，就能给村里多垦两亩地了。你看——"他的语气中充满了斗志，指着那台拖拉机。

那是一台履带式拖拉机，通体蓝色的喷漆已经发黑，很多地方都掉落了，三角形的履带上方是一个小小的驾驶室。驾驶室里面没有方向盘，只在驾驶座的左前侧有一根可以移动的杆子，驾驶员通过这根杆子控制方向，用脚下的踏板控制速度。驾驶室里有两个座位，前方在与视线平齐的地方开着一扇玻璃窗，两侧门上也各开着一扇小窗。拖拉机的前方安装着一个黑色的铁铲状的东西。

"这个拖拉机是国外哪来的，俺也不懂，坏了，在这儿放了很久了。俺花了好久，终于把它给修好了，还在前面安了这个推土的耙子。待会儿俺就准备把它开上去，用那个耙子把坟给铲了。"

说着，他拿起了放在墙边的一根铁棍，插到拖拉机前面摇了几圈，拖拉机发出了一阵低沉的轰鸣声。

"这样，火就点着了。你俩往旁边站一点。"

说着，他就坐进了驾驶室。姐妹二人让出洞口，彭生系上安全带，踩下脚下的踏板，将拉杆往后一拉。拖拉机在出口处颠了一下，发出一阵嘎吱嘎吱的声音就开了出来，在洞口处左转，开到了山路上。履带随着内部大大小小的齿轮一起转动着，即使在这种山路上也开得十分稳当，如履平地。彭巧玲可以通过车门上和前方的小窗看到彭生的脑袋。

"怎么样，巧玲，要不俺把你们带上去？不过这里最多只能再坐一个人了。"

"不，不用……"

"行，那你把我姐带上去吧，我自己慢慢走上去就行。"

彭巧玲正要拒绝的时候，美玲抢过了她的话头。巧玲看了看美玲，美玲给她使了个眼色，小声说道："怕什么，姐，你怀着孕呢，走这么长的路不太好，就让他把你带上去呗。"

巧玲不是很想和他扯上关系，不过的确也没必要拒绝，于是，她点了点头，说："那好吧。谢谢你了。"

彭生打开车门，让她坐上了驾驶室另一侧的座位。

"那待会儿在村里见！"美玲挥手向二人告别，巧玲也向她挥了挥手。彭生踩下踏板，拖拉机一路向山上开去。

这时，彭巧玲透过小窗看到，在不远处的窑洞口，走出来一个红鼻头、目光阴沉的中年人，默默地注视着这边。他的手上和脸上都有伤疤，看起来有些吓人。彭巧玲认识那个人。那是她父亲的大哥彭永年，不过他为人孤僻，讨厌小孩子，总是一个人不知道在想些什么，总而言之是个怪人。彭巧玲也并没和他说过几句话。盯着这边看了一会儿之后，他转过脸，回到窑洞里搬出一张小板凳来，接着便坐在窑洞口，看着远处的天空，默默地抽起了烟。

"那俺等下就把你放在清雅姐家门口，咋样？"

"好。"彭巧玲回过神来，答道。

"你是看到彭永年那家伙了吧，别理他，听说他现在脑子有点毛病了，天天活也不干，就知道坐在那里抽烟，嘴里还念叨些听不懂的玩意儿，有人和他搭话也是爱搭不理的，已经很久没人和他正经说过话了。你也知道吧？他老婆孩子都跑了，要不是兆年家一直接济他，给他分点粮食，俺看他早就饿死了。俺家就在他住的那孔窑洞旁边，到时候有空可以来坐坐。"

彭巧玲若有所思地点了点头。她从来没有见过彭永年传说中的儿子彭平，彭平似乎在她出生的时候就已经失踪了，只剩下不知何处而来的风言风语一直在村子里秘密地传播着，一直传入他们这些小孩子的耳中。到了今天，连这些传言都已经变成遥远的往事了。

　　彭生一边吹着口哨，一边操纵着拖拉机缓缓向山上驶去。趁着彭生正在专注开车，她偷偷观察着他的侧脸。和当年比起来，彭生的确是变帅了不少，说起话来也有模有样的，不像原来那么乖张了，但是似乎也更加一根筋了。他似乎下定决心，只要自己去把坟给平了就能得到村里人的认可，但这样其实只会让大家更加排斥他。就算自己告诉他，恐怕他也不会理解吧。

　　这拖拉机开起来挺慢的，和人走路差不多，不过十分平稳。不多时，二人便来到了村道上，一路上没看见一个人影。村里就是这样，只有早上和傍晚，路上能看见人，白天的时候，该下地的都下地去了，没有下地的媳妇也忙着在家里做家务，没有人会在路上闲逛。

　　到了彭家大宅门口，彭生便将车停下，让彭巧玲下了车，自己一个人继续向前开去。

　　彭巧玲走向宅子的大门口，推开栅栏门走了进去。广阔的庭院，围着的三栋红砖盖起的二层小楼，院里悠闲散着步的黑猫和垂下枝条的杨柳，一切都如同当年一样。院子角落里有一张石桌，她的两个堂哥彭双喜和彭根喜正坐在那里，不知道在说些什么。

"喂，看看是谁来了。"彭双喜看到彭巧玲，不禁拉高了语调。彭根喜也跟着转过脸来。

二人长相有点相似，都是尖嘴猴腮，不过双喜的脸更瘦长一些，他也是两人中的哥哥，根喜则略胖一些，双喜长着一双大眼睛，根喜则有点眯眯眼。

根喜有一点与常人不同，他的右手上长着六根手指，不过对日常生活并没有太大影响。这两兄弟中，双喜的性格更加活泼，和彭巧玲的关系也更好，根喜则比较沉默寡言，不过彭巧玲对他也并不讨厌。

"双喜哥、根喜哥，我回来了。"

双喜走过来，领她到石桌旁坐下，根喜则探头朝正面的房子里喊道："妈，巧玲回来哩。"

"巧玲回来了？"从屋子里传来了一阵脚步声，伯母赵清雅从房子里走了出来。她戴着眼镜，瓜子脸上有一对圆圆的大眼睛，虽然额头上已经生出少许皱纹，但看起来还是十分年轻的。

"可惜兆年不在，他到城里去做工了。"伯母来到彭巧玲身前，捧起了她的双手。"这些年过得怎么样？你看看你，结婚了也没回来看看伯母，没有被欺负吧？"

彭巧玲鼻头一酸，说道："没有，都好着呢。"

"那就好。这样，你们先聊着，我去给你烧一锅疙瘩汤去。"

"好，伯母。"彭巧玲不禁露出了一丝笑容，她最喜欢吃伯母做的疙瘩汤了，西红柿的香味特别浓郁，打的芡和鸡蛋一起吃起来黏糊糊的，特别温暖。

赵清雅继续回屋去做饭了，双喜又打开了话头："巧玲，你是咋过来的？走过来的吗，挺着肚子很辛苦吧？"

"没有，我在路上遇到了彭生了，他开拖拉机带我过来的。"

兄弟二人对视一眼，双喜接着说道："那难怪。我就说听见拖拉机从门口开过去了，根喜非说是我听错了。"

根喜挠了挠头，说："那小子不会真的去平坟了吧？我以为他只是说说罢了。"

"我比你了解他。既然他已经去了，那我们就……"双喜给根喜使了个眼色，根喜点了点头。

巧玲疑惑地问道："你们在说什么？如果他去平坟了，你们要干吗？"

双喜连忙摆了摆手，说："没什么，没什么，你安心休息就好，我去帮你收拾一下房间。"

"哦对，我忘了说，美玲也来了，应该等会儿就会上来，还有我老公黄家卫也要过来住两天。"

"没事，咱家啥都缺，就是不缺房间。"彭双喜笑着说，"走，根喜，帮我收拾去，巧玲暂时先在这边坐一会儿吧。"说罢，二人便走进了房子的左栋。彭巧玲感觉他笑得有点不太自然，似乎在隐瞒着什么。

没过多久，美玲也上来了。几人简单寒暄过后，便一起在中栋的餐厅里吃了赵清雅做的一大锅疙瘩汤。吃饱喝足之后，姐妹二人走进左栋，巧玲还是住二楼原来的房间，美玲和黄家卫则一人一间客房。房间里的陈设很简单，但打扫得十分干净。姐妹二人聚在彭巧玲的房间里，巧玲坐在床边，美玲则好奇地四处翻动着房间里的东西。衣柜里有些巧玲小时候穿过的小棉袄，这小棉袄仿佛被施加了时间的魔术一般，和十几年前看起来没什么区别。

窗外，远处传来的轰鸣声和碰撞声扰乱了巧玲的思绪。她知道，那是彭生正开着拖拉机推倒墓碑发出的声音。这声音让她感到有点心慌，不知是因为恐惧祖先的亡灵作祟还是其他什么她说不上来的原因。她望着窗外明朗的天空轻轻地叹了口气。肚子里的孩子好像又在踢自己了，似乎是对母亲的愁绪感到不满。巧玲苦笑了一下，还是别想太多了，自己来这里就是养胎生娃而已，不要为了这些事情操心。

美玲也显得有些心神不宁。不过巧玲觉得，她只是担心自己埋的银圆会被挖出来。巧玲拉起她的手，安慰道："不用那么担心，他只是去平坟而已，不会挖到那些银圆的。"

"万一呢？"美玲扑闪着自己的大眼睛，"比如说，他那个铲子在地下一绊，刚好就是我埋银圆的那块地……"

巧玲笑道："那样也好，就省得你自己去找了，到时候我们找他说说就好啦。"

美玲悄悄地凑过来，在她耳边说道："就怕他太死脑筋了……"

"没事的，能拿回来固然最好，拿不回来的话，我们就过自己的日子吧，这都是命啊。"

"我不喜欢认命，我比较喜欢'人定胜天'。"美玲说着，突然想起了什么，问道，"说起来，你存在清雅伯母那里的银圆，你问她要了吗？"

"没有呢，我们来人家这里借住，主动问人家要不太好意思。"

"我说，姐姐，人家可都精着呢，你不去问她要的话，她是不会还给你的。说到借住，我们给她分一些也都可以嘛。俗话说得好，亲兄弟，明算账。"

"嗯，我过几天去问问吧。这才刚来，马上去问的话有点太急了。"

美玲似乎有点不满，但还是点了点头。这时，远处的轰鸣声渐渐远去，终于听不到了。巧玲看了一眼怀表，已经下午三点钟了。

"彭生是打算今天就做到这里了吗？"美玲问。

"大概吧。"巧玲答道。突然，她看到院子里，双喜和根喜两兄弟也从对面的房子里走了出来，两人手里都拿着一把铁锹，出了大门，向村道的深处走去。

"他们这是要去哪？"美玲也凑到了窗前。

"不知道，感觉是墓地的方向。"

"我想跟去看看，如果彭生走了的话，说不定有机会。"

"我也和你一起去，在远处给你望风。"

美玲想了想，没有反对，可能是觉得并不算太远，路上也比较平坦，没什么危险。清雅伯母似乎还在里屋和邻居聊着天，可以听到她们的谈笑声。二人下了楼，悄悄地跟在双喜和根喜的身后出了门。

二人跟着根喜和双喜沿村道一直向前走着。一路上都没有再听到拖拉机引擎的轰鸣声，直到她们准备离开村道，进入茅草地的时候，才听到引擎声又在前方的村道上响了起来。大概是彭生在村口休息了一段时间，现在准备回去了。

根喜和双喜下了村道，进了草地之后向右前方走去。巧玲和美玲继续跟在他们的后面。其实她们这都已经不能叫跟踪了，本来村道上就没有什么遮蔽物，她们也完全没有想要隐藏自己身形的意思，与其说是跟踪不如说是散步。只是因为兄弟二人一直没有向后看一眼，所以才没被发现。

又走了一会儿，几人终于来到了一个分布着大大小小坟包的地方。坟包之间有稀稀拉拉的石板组成的石板路，已经基本被茅草所覆盖。可以看到，中间最大的那个坟包，也就是她们曾爷爷的坟墓已经消失了，取而代之的是旁边四分五裂的墓碑和一大堆被铲出来的泥土。墓碑是石质的，经过了漫长的岁月，上面的铭文已经模糊不清，只能隐约看出墓主的名字来。彭生只是铲掉了墓碑和土包，而没有将土堆填平，是因为今天时间已经太晚了吗？巧玲又看了一下怀表，已经下午三点四十五分了。可能确实是这样，彭生还要回山下去，到了五点以后天色就会变暗了。从大宅里出来的时候是三点整，离开村道的时候则是三点三十分，也就是说，她们离开村道之后又走了十五分钟才到这里。

姐妹二人站在草地里，看着前面双喜和根喜正在对着那个被挖开的坟说着什么。美玲终于忍不住了，跑上前去。

"双喜哥，根喜哥，你们这是在干啥啊？"

二人听到背后突然传来的声音，猛地一惊，朝她们看了过来。看到是姐妹二人后，双喜好像松了一口气似的说："原来是你们啊，吓我一跳。既然被你们看到了就算了，也没啥——我们就是说反正坟也被挖开了嘛，看看在棺材被移走火葬之前，能不能弄点陪葬品啥的，不然多可惜啊。"

巧玲听到后，心中一惊，原来他们是来偷陪葬品的。

"不过，现在看起来，这和我们想象中的不太一样啊。这坟包倒是已经挖开了，但是里面也没棺材啊。"

"哥，咱再接着往下挖一挖。"根喜建议道。

说罢，两兄弟便拿起铁锹，又哼哧哼哧地对着已经被铲开的地方挖了起来。美玲站在一旁好奇地看着。突然，她注意到，在石板路旁的土堆顶端有个她熟悉的东西——她昨天晚上丢在这里的火柴。不过，现在这情况也没办法去挖银圆，不然被兄弟俩看见，指不定会被惦记上呢。

兄弟俩挖了一会儿便把地面挖开了，但下面露出的并不是棺材，而是一个黑漆漆的洞口。在场的众人都吃了一惊，双喜擦了擦额头上的汗，说："这可咋整，咱家这祖坟下面还有墓室不成？”

“没事，哥，我刚好带绳子来了，你把这绳子绑在我腰上，我下去看看。”

说着，根喜从身上摸出一根用来绑货的那种麻绳。于是，双喜便把麻绳一端捆在他的腰上，另一端捆在自己的腰上。美玲也上前来，两人一人一边，慢慢将根喜从洞口由脚开始架了进去。巧玲看了看表，时间已经四点半了，拖拉机行驶的声音也逐渐远去，终于听不见了。根喜的双脚已进入洞穴，他慢慢探身下去，最后双手松开扒着的土地边缘。进到洞里之后，麻绳刺溜一声往下滑了一截，好在滑得并不是很长，也就一两米的样子。

“下面咋样？”双喜向洞里喊道。

“太黑了，只能看到一点点，前面有两口棺材。里面呛得很，感觉有股怪味。”洞穴里传来根喜沉闷的声音。

“那你赶紧摸摸有没有啥东西，弄好了就叫一声，我把你拉上来。”

“好。”

众人在洞口等了好一会儿后，双喜见根喜还不喊声，焦急地向洞里喊道：“咋样了？”

“不行，这棺材咋打不开啊？要不你把铁锹扔下来，我试试能不能撬开。”

“算了，太黑了，我怕出事。你在旁边摸摸，看有啥好东西没，棺材就不管了。”

"行……哎哟!"

"怎么了?"

"我觉得旁边这个棺材盖有点松动,正拉这个棺材盖呢,怎么突然感觉棺材里有点动静……可能是我的错觉吧。"

"根喜哥,别吓唬我们,我看巧玲姐脸都要白了!"美玲向洞里喊道,一边转过来笑嘻嘻地看着巧玲。巧玲瞪了她一眼,勉强露出一个微笑,她内心的确感到有点不安。这挖祖坟可是大不敬之事,要是祖先真的死而复生从棺材里爬出来,在场的众人岂不是性命难保。

"没事,别害怕,应该是我听错了!"根喜闷声回答道。

又过了好一段时间,根喜在下面喊道:"行了!"于是,双喜便和美玲一起合力向上拉,把根喜从墓穴里拉了出来。只见他灰头土脸的,双手抱着一个黑黢黢的罐子。他扑通一声将罐子放在了地上,拍了拍双手,深深地呼吸了一口新鲜空气。

"里面太闷了,有股锈味,憋死我了。我在里面摸了一圈,也没摸着啥东西,有些应该是书啥的我没拿,就摸到这么个罐子。"

美玲上前试图提起这个罐子:"好重啊,莫非里面有什么好东西?"

双喜也探头过去,只见罐子里面黑漆漆的,看不见有什么东西。

"什么嘛,根本啥都没有啊。"

双喜把手伸到罐子里,摸了一通,从里面摸出几枚钱币来。钱币的正面画着人和树，背面则题着一首诗——正是那"壶中仙"花钱。

"这看着也不怎么值钱嘛。"双喜说。

"罐子里还有别的东西吗？"美玲问道。

"没有了，你来摸摸。"

美玲伸手进去，果然，罐子已经空了。

"哎。"双喜叹道，"今天算是白跑一趟了，可能好东西都在棺材里面吧。本来想着把棺材撬开就行，我是真没想到，曾爷爷埋的时候竟然挖了个墓穴，从来没听说过啊。这几枚也不知道是啥东西，巧玲，美玲，给你们一人一个，就当拿着玩吧。"

"这……我们啥都没做，这不太好意思吧。"巧玲有点犹豫。

"没事，拿着玩呗。"

"就是，反正我们本来也就是碰碰运气，没有也就没有了。"根喜也附和道。

"那我们就收下了，谢谢二位哥哥。"美玲笑嘻嘻地接过了花钱，把其中一枚递给了巧玲。

此时，天色已经晚了，太阳逐渐落到了西边的山头后面。快要六点了，平时这会儿农民基本也都下工了。根喜把罐子丢回墓穴中，众人便匆匆往回走。

他们走到家门口的时候惊讶地发现，门口围了几个村民，正在和赵清雅焦急地说着什么。

"妈，怎么回事，这些人是来干什么的？"双喜走到门前问。

其中一个村民立刻着急地说道："双喜啊，不得了了！那个彭生，开着拖拉机从坡上翻下去了！"

彭巧玲心里顿时一咯噔，她不祥的预感果然应验了！

第四章

自白·我的父亲

自打我记事起，父亲就没有在我的成长过程中起到任何作用。母亲一个人含辛茹苦地将我养大，我永远不会忘记她的双手粗糙而温暖的触感，那是因为长年帮有钱人洗衣服而造成的。母亲一直对我很温柔，即使我们家很穷，她还是竭尽全力地供我上学，从来没有一句怨言。每当遇到什么事，她也只是默默地在我背后流泪，不让我看到。

可是，对于这么好的母亲，我却有一点不能忍受，那就是她一直念叨着我的父亲。她说，我的父亲是一个天才，是与众不同的，他一直忍受着众人的冷眼，一直憋着一口气，只是想证明自己，证明给别人看——自己不像他们想的那样没用。她说他的脑子里充满了奇思妙想，只是时运不济。

我不这么认为。我觉得，所谓时运不济，其实都是自欺欺人罢了。俗话说，是金子，在哪里都会发光的。我的父亲之所以没有发光，只是因为他就是一块石头罢了。

每次谈到父亲，母亲的脸上都会浮现出温柔的微笑。她会怀念地讲起当初他们相识的时候：那时没有什么娱乐方式，父亲一边干着活，一边吹着口哨；而她在农闲时会搬个小板凳坐在路边，一边盯着天上的云朵，一边听着那悠扬的口哨声，结果不知不觉间，自己竟也跟着吹了起来。那时，累得满头大汗的父亲惊讶地抬起头来，二人四目相会，她感觉他的眼中似有万丈光芒一般，羞得连忙转过头去。母亲说，当她看到那双眼的时候，她就对父亲一见钟情了。她就是喜欢他那样，即便做的是再普通不过的杂活，即便再苦再累，他也不会因此被耗费了精神，就像他一直坚持在干活的时候吹口哨一样，这也算是他的一点小小的倔强吧。

说着这些琐碎的旧事时，母亲也会不自觉地吹起口哨来。那确实是一段动听的旋律，让我想到蓝天下的向日葵花海，又想到秋天随风摇曳的麦穗，它们在我的心头晃荡着。但是，她越讲这些，我的内心越是徒增悲伤与反感。我也尝试着像她一样去吹奏那段旋律，但发出的只是不成声的杂乱气流，就仿佛我与他们之间存在着一道不可跨越的壁障——父母都在那头，而我却在他们遥不可及的对岸，就像吹奏这口哨一样，不论我再怎么努力，也只是徒劳。

于是，我更加痛恨父亲了。要不是因为他那可笑的坚持，我们也不会沦落到如今的地步。更何况，他还一个人不由分说地霸占了母亲的心。虽然母亲对我很好，但那完全是出于血缘之亲，或是父亲投射在我身上的影子罢了。从小到大，我都装作一副大大咧咧的样子，但内心却无比惶恐，谨小慎微。我虽然表面上和别人称兄道弟，但却异常害怕与别人产生争执，一遇到关键的问题就会对别人唯唯诺诺，暴露出自己可笑的真正面目。我就仿佛是一个易碎的瓷娃娃，表面看起来很硬，实际上却无比脆弱。这种别扭的性格已经在我的人生中定型，即使到了已经独立生活的今天也无法改变，这也成为我的痛苦根源之一。我时常在内心痛恨自己的软弱无能，恨不得剖开自己的心窝。往事和人格一同向我发出咆哮，但我却只能瑟瑟发抖，无能为力。

可是，虽然我自认为从心底痛恨父亲，但我也不得不承认，我的性格里有一部分不可避免地继承自父亲。我一直莫名其妙且毫无意义地追随往事，就仿佛那里存在着能够救赎我的东西。但是，即便我将往事层层剥开，我自己也无比清楚，最后等待着我的也不过是黑暗与毁灭。但，我没有办法停止坚持，甚至可以说，我的人生就是为此而活的。或许，这谜一般的噩梦也是来自我的执念吧。

自从我被噩梦困扰以来，我一直在我的记忆深处反复探寻，寻找着和这个噩梦有关的线索。有人说，梦中的情节不一定有什么意义，它可能只是大脑随机采撷了一些平日里潜意识中不自觉在意的意象、行动或特征，再加以组合罢了。可是，噩梦中出现的那些人、那些行为到底在我的脑海里代表了什么？难道，我自比于那个被强奸的女子，而那个粗暴的男人代表着外界对我的压迫？还是说，他是我的另一个分身，整个梦境其实就是我的自我分裂？我觉得，这样的想法似乎十分荒谬。

梦的背景，在我朦胧的感知之中，应该来自我从来没有回去过的老家。可如果说梦的场景来源于现实，那么它的内容完全抽象于我的思维，似乎有些牵强。更何况，那些细节清晰得令人毛骨悚然。虽然梦可能就是毫无逻辑的，但我坚信，它一定有一个来源。因为我对故乡（不知道能否称为故乡，因为我们早已被那里流放）的了解基本全部来自母亲，或许，它就来自在我很小的时候母亲在我耳边念叨着的，抑或是她自言自语的故事。这些故事虽然我早已忘记，却在意识的深处留存，并且在多年之后以梦的形式表现了出来。那么，难道我的母亲就是梦中那个被强奸的女人？尽管理智告诉我，这是很有可能的，但我却完全不能接受。

我想，是时候去故乡看看了，去那个我曾经无比向往却又无比恐惧的地方。不论是为了往事，还是为了这个梦的真相。

第五章

过去·坠崖

此时，村民们的议论声、赵清雅的解释声、美玲的惊呼声，一时间混在一起，场面一片混乱。

"等等，停一下，谁能从头讲一遍，到底发生了什么？"双喜虽然面色慌乱，但还是沉下气来问道。

"我来说吧，咱们往那边走。"一个村民站了出来，他叫王崇喜，在镇上上过初中，是村里比较有文化的。

于是，一行人朝村口，也就是山下的方向走去。美玲和巧玲也跟在后面，在村民们的低声议论中，巧玲听到"祖先""作祟"等字眼，感到更加不安。

"差不多一个钟头之前吧，我们正在地里干活，天差不多要黑了，我们正准备回去的时候，看到彭生开着他那个小拖拉机从你家那边过来。隔得比较远，我只能从拖拉机旁边的那个小窗户里看到他的脑袋，不过那肯定是他没错！而且他旁边应该没坐人，就他一个。我知道他肯定是去平坟回来了，所以赶紧低下头，不想和他扯上关系。

就在这个时候，突然从田那边刮过来一阵大风，我被风吹得眯起眼睛，又瞟到他那辆拖拉机一眼。离奇的是，随着风吹过，拖拉机仿佛被拖拽着一样偏向一边，滚到山下面去了。这事不是我一个人看到的，还有好几个人也看到了，对不?"

"没错!"有几个村民附和道。

"然后，我们几个赶紧丢下手里的农具，冲到大路上，我们下田的地方离路边近的有十几米，远的有上百米，等我们赶到路上的时候，拖拉机已经不知道滚到哪里去了。"

"你觉得，"美玲犹豫地问道，"彭生还有可能活着吗?"

王崇喜摇了摇头："不可能了，这边山那么陡，又有一百多米高，能找到全尸都是万幸了！而且，最奇怪的是，那辆拖拉机重几百公斤，无论多大的风，按理来说都不可能把它吹动一丝一毫的，更别说吹下山去了。更何况那条路是笔直的，路上没有任何阻碍，我们跑过去到处查看了一圈，完全没有那种会绊倒人的石头之类的东西。而且这附近视野开阔，也没有看到任何一个人靠近过他。拖拉机一路直直地开过来，彭生弄那个机器弄得那么熟练，不太可能突然失控。难道是彭生自己突然想不开，带着拖拉机跳山自杀了?"

听到这里，巧玲摇了摇头，她还记得彭生开拖拉机特别稳当，而且那辆拖拉机和人走路的速度差不多，就算失控了，他应该也完全反应得过来。至于自杀，那就更不可能了，他上午还斗志满满，而且实际上他也已经平过坟了。

"肯定是祖先显灵了！"

"就是，谁叫他跑去平坟的，这下出事了吧，我看他是自作自受！"目击到那个场景的村民们纷纷叫嚷起来。

"行了，都少说点吧，人都没了。"王崇喜皱着眉头说。

然而，巧玲却觉得，说不定真的是他在平坟的过程中，被祖先的鬼魂附体了，要么就是祖先使出法力，招来了一阵带有邪气的妖风，虽然对别人来说并没有那么强，却能把他的拖拉机整个掀翻滚到山下面去。不然，还能做何解释呢？完全空旷的农村道路上，在数名村民的目视之下，没有任何人靠近他，路上也没有任何障碍物，拖拉机就这样离奇地翻下去了。除了鬼怪，她想不出任何其他的解释。

就在大家议论纷纷的时候，一行人来到了事发地点。这里靠近村口到坡下面的拐点，拐点的前方和右方都是悬崖，悬崖下是一片茂盛的森林。有几个人正站在那里商议着什么，双喜一家也和他们会合了。巧玲在其中发现了一个熟悉的身影。

"家卫，你来了！"

"玲儿！"黄家卫招着手，走了过来。

"休息得还好吗？没想到竟然会发生这种事。"

"我挺好的。你呢，货提到了吗？"

"嗯，我那边已经处理好了。刚刚赶过来，一走到村口，就碰到几个村民守在这里，一问之下，才知道出了意外。那个彭生，按辈分是你的叔叔吧？"

"算是吧，我和他也不是很熟，没想到……"

说到这里，彭巧玲不由得又回忆起彭生开拖拉机时的侧脸，还有小时候他们在一起玩的场景。虽然自己并不喜欢彭生，但一想到一个上午还和自己有说有笑、活蹦乱跳的人，转瞬之间就已经生死未卜，她的眼泪就不由得流淌下来。

黄家卫心疼地伸出手来，替她抹掉了脸上的眼泪。"人说不定还活着，这样吧，我现在就找几个愿意去的人，和我一起去找他。"说罢，他就转过身去。巧玲不由得拉住他的衣角。

"现在天太晚了，我怕树林子里面危险，要不明天再去吧。"

黄家卫摇了摇头："不，现在人生死未卜，早一分钟去，就多一分活的机会。没关系，我有手电筒，安心照顾好自己。"

"我也要去!"美玲刚才一直都在默默地听着，没有说话，这时却突然冒了出来。

"不行，怎么能让女孩子去树林里找人，照顾好你姐姐，听话。哦，对了，我刚才上来的时候还在窑洞口碰到了你伯伯彭永年，不过没来得及打招呼，要是有空的话，你可以帮我问候一下。"

说着，他就上前去和村民们商议了。巧玲的手心里空了，感觉心里也空落落的。不过她也完全理解丈夫，因为她内心尚存一丝希望，说不定彭生只是身受重伤，或者他运气好，从拖拉机里被甩出来挂在树上之类的，还没有见到尸体，就不能说他已经死了。

"姐姐，我觉得，彭生肯定是被谋杀的！你看，村里有那么多人对他不满，再加上这次他要平坟，谁乐意看到自己家祖坟被平啊！所以，村民们都有作案动机。"被拒绝了的美玲气鼓鼓地冲巧玲说道。

巧玲叹了一口气。

"可是，到底要怎么才能杀了他呢？刚才你也听到了，有好几个村民都目击到并没有人靠近他的拖拉机。"

"凶手可能一开始就躲在拖拉机里，不是还有一个座位吗？他可能只是蜷缩在座位底下，所以村民们从小窗里看不到他。等开到那里的时候，他就强行控制拉杆，让拖拉机翻下去，然后自己从另一侧的车门逃出来。"

"但是，就算他能惊险地从拖拉机里面逃生，拖拉机翻下去之后他又躲在哪里呢？这附近可是一览无余啊，他总不能跟着彭生一起翻下去同归于尽了吧，没有凶手会那么傻的。"

"这……"美玲似乎也答不上来了，眼睛滴溜溜地转着，似乎在调动自己所有的脑细胞进行思考。

这时，男人们已经商议完毕，分头回去拿手电筒，准备到下面去找人了。美玲和巧玲则回头走向大宅。在离开之前，巧玲最后不安地看了一眼悬崖下那片幽深而茂密的丛林，希望彭生能有活下来的好运。

可是，她无论如何也想不到，第二天发现的，是比她最坏的预感还要糟糕得多的结果。

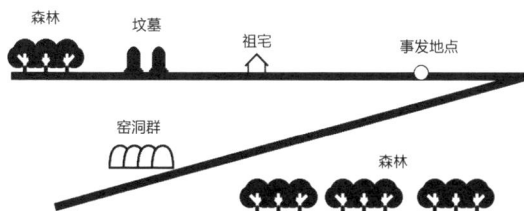

图1　彭家河村侧视图（仅标关键位置）

回到大宅，把巧玲送回房间之后，美玲回到自己的房间。看看窗外，天已经彻底黑了，农村的夜里不像城市般五光十色，外面伸手不见五指，四下里寂静无声，唯有一轮皎洁的明月悬挂在夜空之中。美玲长叹一声，躺在床上，想要睡又睡不着，心中诸多思绪搅作一团。没想到，刚随姐姐来的第一天，不但埋下的银圆没有拿到，竟然还遇到了如此诡异的事件。

她在床上辗转反侧，一闭上眼，白天经历的一幕幕便不断在眼前回放着。上午遇到的彭生的面孔、跟着双喜兄弟下墓、回家时遇到的急切的村民们，以及仍旧生死未卜的彭生……虽然她的身体已经十分疲惫，但精神却因为这种种刺激的事件而越发亢奋起来。不知过了多久，她睁开眼，坐起身来，烦躁地挠了挠头发，穿好衣服，然后偷偷摸摸地来到了走廊上。

四下无人，大家应该是都已经睡下了。她悄悄地离开大宅，先是向坟墓的方向走去。远远地，可以看到有火把亮着，

因吧。看塔人祖祖辈辈以此为业，已经传了十几代了，我们明天要找的大师正是此人……"

"谁？谁在那里?"

正当王崇喜说到兴头上时，一只不知什么动物从美玲身边钻过，草丛里发出了一阵沙沙声，引起了村民们的注意。他们举着火把朝这边走来。

糟了，美玲心想，如果被他们发现自己在这里偷听，恐怕不好解释。好在那阵动静继续在草丛里延伸着，离美玲越来越远了。

"是田耗子!"

"往那边跑了，别管它，回去巡逻吧。"

"妈的，还真有点瘆得慌。"

趁着村民们被田耗子吸引的时候，美玲赶紧离开了墓地。虽然国家一直提倡"破四旧"，但是封建迷信的思想在村庄中还是根深蒂固，村民甚至还要请大师来做法。看来这几天都别想再偷偷接近墓地了。

美玲叹息着，心中有了主意。她回到大宅拿上火把，朝山下走去，反正横竖都睡不着，不如加入寻找彭生的队伍，至于姐夫说的话，早已被她抛在脑后。夜晚的空气异常清冷，美玲一路走着，感到身上凉飕飕的。走到村口，她朝悬崖下面望去，可以看到树林里有点点火光在闪烁，那些应该就是前去寻找彭生的人了。

走在下山的路上，一侧的窑洞偶尔漏出亮光，看来有人今夜同样无眠。美玲想到上午正是在这里遇见彭生的，不由得又添一分伤感。很快便到了山下，也就是中社村和彭家河村的分界处，山路旁是大片的森林，郁郁葱葱，已经在此处生长了数十年之久。据说这片森林之后也会被砍掉开发成农田，不过至少现在还是一片完全无人踏足的原始之地。美玲点起火把，毫不犹豫地走进森林之中。

森林里，树木影影绰绰，四周环绕着细微的虫鸣声。在山上能看到的火光这里反而看不到了，四下无人，周围一片漆黑，只有美玲手中的火把散发着微弱的亮光，仿佛大海上的灯塔。脚下的草长得很高，美玲艰难地在其中挪动着，脚踝处不断传来被坚硬的茅草扎到的刺痛感。

不知走了多久，美玲感觉整个脚都刺痛了，却一直毫无发现，只是在树和树之间毫无目的地乱转。回头望去，四周都是树木的黑影，一眼看上去毫无区别，似乎自己一直在原地打转一般。她这才意识到自己迷路了，脑中浮现出几个小时之前黄家卫对自己说过的话，不由得有点后悔。她没有想到，这树林竟如此幽深而宽广，更何况是在深夜，一旦踏入便无法轻易走出，所以在进入之前应做好万全的准备，或是与他人结伴而行。

此时，她的前面突然传来一阵沙沙声，似乎是什么东西滑过草地，美玲不由得感到一阵惊喜，是终于遇到之前来寻找彭生的人了吗？

然而，沙沙声却并没有伴随着火光，而是在一片漆黑中逐渐向她逼近。美玲将火把举在身前，想要看清楚来者究竟为何物，但目之所及唯有一片黑暗。

惊喜逐渐转变为恐惧，冷汗从她的额头上冒了出来，眼前不见任何东西，那动静却一刻不停地向她靠近着。如果说是耗子或者蛇发出的，那这声音未免太大了。随着声音逐渐逼近，她不由得一步步向后退去。

突然，沙沙声猛地加速，美玲看到火把后面，一张蜡黄如土的人脸似乎从草丛中一闪而过。夜色中，那张脸以不可思议的角度扭曲着，看起来就像带着一抹诡异的微笑般逐渐向美玲逼近。在她的眼中，这便是一个长了腿的人头在草丛间飞速穿行，人头上仿佛覆盖了一层薄膜一般看不仔细，但无疑更增添了一层恐怖感。如此异常之物，饶是胆大的美玲也被吓得惊叫一声，来不及思考便拔腿向后跑去。

一路上跌跌撞撞，火把也不知什么时候撞到树上熄灭了，美玲像无头苍蝇一般惊慌失措地跑着。黑暗中，她不断地蹭到周围的树上，身上被擦伤了很多处，感觉浑身都在隐隐作痛。突然，脚下不知绊到了什么东西，她扑通一声摔倒在草丛里。虽然有厚厚的草帮她缓解了冲击力，没有受到太严重的伤害，不过浑身上下的小伤和消耗殆尽的体力让她的身体和精神都到达了极限。

她猛烈地喘息着，这才发现，身后的沙沙声不知何时已经消失了。此时，就连她自己都对刚才的所见所闻产生了怀疑。昨天晚上感受到的诡异目光、墓地里突然消失的黑影、草丛里飞速移动的人头……桩桩不可解释的事件让她怀疑是不是自己精神不正常了，从而产生了各种奇怪的幻觉，还是说真的有邪灵在作祟？不论怎样，她现在已经精疲力竭，只能就这样躺在原地休息，希望明天天亮之后会有人找到自己。这虽然会给别人添不少麻烦，可她现在已经没有余力顾及那么多了。

不知过了多久，她仍趴倒在草丛里，不断地喘息着。这时，从远处传来了一阵呼唤声："有人在那里吗？"

她听出来了，这是姐夫黄家卫的声音。

得救了，一边这样想着，她感到浑身紧绷着的肌肉都放松了下来。她用尽自己最后的力气大喊："姐夫，是我，彭美玲！"

沙沙声再次由远及近地传来，不过这次则令人安心。

等待姐夫的时间里，美玲安下心来，不由得对刚才绊倒自己的东西感到好奇。究竟是什么让自己吃了苦头？是掉落的树枝吗？但是她并没有听到树枝碎裂的声音，反而感觉那东西有点柔软。她扭过身去，将头凑近那东西，在从树梢中透进来的一点月光下勉强辨认着。

映入眼帘的，是一段苍白的、与周围环境格格不入的东西。圆筒的外形让美玲心生疑惑。周围的环境过于昏暗，她用手碰了碰那东西，触感似乎有点熟悉，柔软中带着一丝僵硬。她向两端摸去，那东西十分光滑，一端似乎分叉成几节，另一端则黏糊糊的，有些恶心，中间还突出来一个坚硬的东西，末端很锐利，有点扎手。

此时，或许是乌云散去，她终于看清楚了那东西的全貌。那赫然是一截人的断臂！断臂从小臂开始一直延伸到手掌，小臂末端血肉模糊，一截不规则折断的骨头从中突出，骨头的碎渣分布在断面周围。黄色的脂肪、红色的血肉和白色的碎骨搅成一团，组成一幅残忍、诡异的画面。

美玲感觉大脑一阵眩晕。同时，一股铁锈味涌入她的鼻腔。

当美玲再次醒来的时候，她已经躺在彭家大宅中自己的房间里了。

窗外，太阳刚刚从东边露出头来，在她的床头投下一抹光辉。她睁开眼睛，望着窗外的蓝天和云朵，内心生出劫后余生的感动。她甚至以为，昨晚自己和巧玲回来之后就这么睡着了，而之后所经历的一切都只不过是自己的一场梦。然而，身上没脱的外套，以及浑身上下传来的酸痛感让她意识到，那一切都是真实的。但如果考虑到她所见到的东西，或许将其视作一场幻觉还要来得更加贴切。

她想伸一个懒腰，但不知道是带动了哪里的伤口，痛得她立即又将手放了下来。这时，她注意到楼下的客厅里传来一阵议论的声音。她爬起来，来到走廊，探头下去，看到黄家卫和双喜一家正站在那里讨论着什么。他们的面前，客厅中央有一块白布，白布下面似乎盖着什么东西，隐约凸起成一个人形。这时，黄家卫注意到了她，抬起手来向她打了个招呼。

"美玲，身体好点了吗？昨天你在林子里晕倒了，真的吓了我一大跳。"

"嗯，好点了。对不起，姐夫，是我太鲁莽了，没有听你的话乖乖待在家里。"

"不说那些了，没事就好，今天你就别乱跑了，和巧玲待在家里好好休息。"

"对了，姐夫，昨天最后我发现的那个……"

其实美玲心里已经很清楚了，但她还是抱着一丝希望，会不会是因为自己神经衰弱而产生了错觉，可是，黄家卫的反应彻底打破了她的这一幻想。

他叹了一口气，眼神转向面前白布覆盖着的东西。

"你最好还是别看了，想知道的话，之后我再和你说，现在先回房间去吧。"

这时，巧玲房间的门打开了，她走了出来，用责怪的眼神望着美玲，问道："你昨天晚上怎么又跑出去了，还弄得一身伤，我都要担心死了。快进来给我说说，到底发生了什么？"

说着，她便拉着美玲的手朝房间走去。美玲虽然很想知道后来到底发生了什么，但自己昨天晚上添了那么大的麻烦，现在姐姐和姐夫又都让自己回房间去，她也不好意思再固执了。于是，美玲便跟着巧玲回到了房间里，一五一十地将昨天晚上发生的事情告诉了巧玲。

相信祖先之灵存在的巧玲，即使是听着这些恐怖的遭遇就已经感到胆战心惊，而美玲实际经历了这些，现在除了身体有些小伤之外，其他已经没事了。虽然巧玲很想让美玲远离这一系列事端，可她也知道，如果自己不满足这个调皮的妹妹的好奇心的话，她一定还会再找机会偷偷溜出去的，一定要解答了妹妹关于前天和昨天晚上遭遇的所有疑问，才能让她和自己一起安安分分地待在屋子里。于是，她思索片刻，然后沉下心来对美玲说："如果我能解答你这几天以来的离奇遭遇的话，你可以答应我，这几天不乱跑，安心养伤吗？"

美玲犹豫片刻，答道："如果你能说服我的话。"

"那好。我来梳理一下你这几天遇到的怪事吧。

"第一件事是前天晚上，因为知道彭生要去平坟，所以你想提前来把以前埋下的银圆取走，当时你走在中社村的时候，感觉似乎有什么东西在盯着你看。第二件事是你在墓地的时候，在一声巨响后，看到墓地里有一个神秘的黑影，但是你不小心打了个喷嚏后，黑影一瞬之间又消失不见了，之后又听到一声闷响。第三件事是在夜晚的森林里，你遇到了在草丛中快速移动的人头。第四件事是你在奔跑的过程中被人的一截手臂绊倒了。

"这几件事虽然看起来十分诡异，但想要对其做出解释并不困难。

"首先，第一件事其实很好解释。当时，你不是从招待所的院子里拿了一把铁铲吗？这些天，附近的村民都对平坟的事情议论纷纷。当你走在中社村的时候，那里的村民看你是个生面孔，又拿着把铁铲，肯定以为你是上面派下来平坟的知青呢！所以他们都大气不敢喘地躲在家里盯着你，看你会不会做出什么事来。村子里大多数人是反对平坟的，而且可能还有些人把你当成了盗墓贼，所以你会感到如芒在背。而在看到你经过了墓地却并没有做什么事情之后，村民们才放下心来，因此你所觉察到的视线也就消失了。

"要解释第二件事的话，需要注意一个细节。还记得你前天晚上慌张离开之前，为了避免坟被平了之后找不到，在祖坟旁边丢了一根火柴吗？"

美玲点了点头。

"第二天下午我们跟着双喜和根喜再次来到墓地的时候，我注意到，你说的那根火柴在石板路旁的土堆顶部。你不觉得这很不合理吗？"

"我也注意到了，不过，这怎么不合理了？"美玲扑闪着水灵灵的大眼睛，好奇地问道。

"如果是丢在地上的火柴，随着坟包被推平，土应该会盖在它上面才对，它会被土埋住，而不是露在土堆顶部。"

"对哦，有道理。"美玲信服地附和着。

"所以，我们不妨假设，土堆被整个翻过来过，以至于本来埋在土堆底部的火柴被转移到顶部了。然而，究竟在什么情况下才需要将已经被铲开的土堆再翻过来呢？其实，结合前天晚上你的经历就可以知道了。在通常情况下，是完全没有必要将土堆翻过来的，除非有人不得不这么做。"

"不得不？"

"比如说，他要从石板底下……出来。"

"你的意思是，有密道?!"美玲惊呼。

"没错。第一天晚上你看到的黑影为什么会突然出现并消失，且出现和消失时都伴着一声闷响？一定是他从某个密道里来回出入，而那声闷响就是密道的出口被关上时发出的声音。他本来已经钻出了密道，然而因为你引发的动静，他又慌慌张张地回到了密道之中。再结合第二天火柴的位置，几乎可以肯定，密道的出口就是那附近的石板。虽然我并不知道他是谁，不过，从这点也可以看出，这个村子里一定还有很多我们所不知道的秘密。

"第三件事，其实我不能给出很确信的解释，因为你看到的人脸只是一闪而过，所以我也只能根据你的描述进行一些推测。你知道鬼脸天蛾吗？"

"我知道，好像是一种背面长着骷髅图案的飞蛾吧，因为图案形似鬼脸，所以被叫作鬼脸天蛾。可是，我遇到的不是这种天蛾，虽然没有看清，但那东西很大，而且是在草丛间穿行的，并不是飞过来的。"

"没错，所以我只是想说，很多动物都有利用花纹吓退天敌的习性。或许你遇到的，就是一只背上花纹形似人脸的獾或者浣熊，只是因为在黑暗中一闪而过，才让你把它当成了真正的人头。又或许是一只大型的鬼脸天蛾趴在某个动物的背上。"

听到这里，美玲不禁扑哧一声笑了出来。

"姐姐，当时我的确太慌乱了，不过一只大蛾子应该不会呆呆地趴在高速移动的动物背上吧。"

巧玲也微笑起来："嗯，所以这只是一种推测。不过第四件事我可以确信地告诉你。虽然家卫他们怕我动了胎气，没有和我说，不过我睡得浅，他们早上一回来我就醒了，所以听到了他们说的话。彭生他……他的遗体已经找到了。"

"嗯，其实我也已经大概猜到了。"美玲神色黯淡地应道。

巧玲点了点头："没错，我……甚至还抱着他能够生还的希望，可万万没想到，或许是在山崖和树林之间经历了多次的碰撞，竟连遗体都已经摔得四分五裂了。当时绊倒你的，就是他遗体的一部分。"

解释完之后，她的眼眶又湿润了起来，美玲疼惜地为她抹去了眼角的泪水。

"姐姐……"

"嗯，我还好。所以你可以答应姐姐，今天留在我身边，好吗？"

看着姐姐明明十分憔悴却还在为自己努力解释的模样，美玲早已把对事件的好奇心撇在了脑后，毫不犹豫地答应了。

其实，虽然此时巧玲说得头头是道，但是她自己都对这番言论不以为然，因为这些说法看似合理，但对于解决核心问题——彭生到底为什么会从悬崖上翻下去——还是毫无帮助。所以，这只是她结合自身经验，给唯物主义者妹妹的一番安慰罢了。在内心深处，她其实还是倾向于凶灵作祟说的。

前天夜里，美玲作为一名鬼鬼祟祟的外来者在中社村内吸以王崇喜为首的几个村民正在墓地间来回巡视着。美玲躲在草丛里，慢慢走到他们附近，偷听他们的谈话。

"哎，彭生那小子真是个祸害，平时都狂到没边了，说啥也不听，非要去平坟，这下好了，把命都搭上了吧。"

"少说两句吧，人都没了。"美玲听出，这是王崇喜的声音。

"要不是他，咱们现在也不用半夜三更的还在这儿巡逻了。"

"说的也是，明天还要请中社村的大师来作法，平息祖先的怨气呢。在那之前，咱们可得把这儿看好了，不能再出任何差池。"

"你真信吗，什么祖先作祟的？"

"嘘，小声点！宁可信其有，不可信其无啊！这彭家的祖先，可是大有来头的。据说当年是宋朝的什么大人物，有四灵庇佑的。"

"四灵？"

"就是龙、凤、虎、龟，分别代表五行中的木、火、金、水。据说这四灵在那祖先死后就会化作凶灵，诅咒妄图惊扰祖先安眠的人。这次的事件，彭生被一股来历不明的妖风吹下悬崖，风在五行中属木，很有可能就是四灵中的龙干的。"

"你说的这些有真凭实据吗？"

"有啊，中社村里的那座塔不就是为了供奉凶灵建的吗？但是这座塔也在前几年被毁了，这或许也是如今凶灵作祟的原引了祖先的注意，这就是她所觉察的目光的来源。因为她是自己的后人，所以祖先的鬼魂只是在墓地现身略作惩戒，将她吓走之后就消失无踪。接着，祖先实施了真正的惩罚，派出凶灵"龙"刮来妖风将惊扰祖先安睡的彭生吹下悬崖。而昨天夜里，美玲遇到的则是四凶灵中的"龟"作祟，龟虽然在大众心目中速度缓慢，但凶灵之龟驾驭着水之力，可以飞速前进，并在背甲上幻化出人脸的图案，通过恐吓阻止众人寻找彭生的尸体。这种说法能够解释一切不可解释的问题，因此，这才是她心目中真正的答案。

就在彭家姐妹讨论着种种诡异现象的时候，站在楼下的黄家卫、彭双喜、彭根喜已经将覆在尸体上的白布取了下来，而赵清雅因为不忍心面对尸体，已经回房去了。尸体分成了大小不一的六块，分别是左小臂、左大臂、连在一起的躯干和右臂、左小腿、左大腿、右腿，按照生前本来所在的位置排列成一个人形。每一个尸块上都因为经过了大大小小多次的碰撞而布满了伤痕，然而最重要的头部却不见踪影。诡异的尸块分别僵直着，形成了一个在其生前不可能摆出的诡异姿势，再加上没有头颅，看起来就像是滑稽剧中使用的人偶，唯独血肉模糊的横切面与关节处突出的森森白骨彰示着其来自一个有血有肉的人的不争事实。

彭双喜看着四分五裂的尸体，发出长长的一声叹息："咋能把人摔成这样呢，这也太惨了吧。"

黄家卫则一脸忧虑地对他说："双喜大哥，要不我们还是报警吧。我总感觉，这些伤口有点不太对劲，不太像是能摔出来的。"

"不是摔的，还能是咋弄的？那么多人眼睁睁地看着他开着拖拉机摔下去了。"

"不是，我的意思是，这具尸体到底是不是彭生？明明四肢躯干都在附近，唯独最重要的头颅不见踪影。这让我不得不怀疑，是否有人借着彭生之死，将某具被谋杀的尸体和他调了包，以此掩盖一起谋杀案？"

双喜思考了片刻，答道："可是，如果真的像你说的那样，凶手这么做又有什么好处呢？如果他想要掩盖一场谋杀，不应该直接把被谋杀的尸体处理掉吗？如果将他与彭生的尸体进行调换，那么反而将自己置于了可能被看破的危险之中。而且在这种情况下，他也完全没有必要将尸体分成这么多块，只需要把头砍下来就可以了。再说，这附近似乎并没有失踪人口。"

"你说得对，可是，我总感觉唯独头颅怎么都找不到，这里应该有什么蹊跷。"

"双喜哥，家卫，这就是彭生！"

此时，正蹲下检查尸体的彭根喜惊呼道。

"你们看，右胳膊下面有一块胎记，我小时候和他一起洗澡的时候看到过，绝对没错。"

那是一块月牙形的胎记，长在右大臂的内侧，在彭生死后越发苍白的皮肤上显得格外显眼。

"如此看来，应该是没错了，只不过，为什么会找不到头呢？"

"妹夫，你也别太在意了，说不定就是滚到某个山洞里头了，以后我们再组织人慢慢找吧。既然能确定尸体的身份，就没必要报警了。况且，现在村里气氛紧张，王崇喜他们也去中社村找大师来做法了，现在如果叫警察来的话，势必会惊动祖先，遭到全村人的反对啊！所以，如果以后还要继续在村里待下去的话，叫警察是万万不可的，我们就当是一场意外。葬礼也不必办了，我去镇上订一口棺材，等过了头七就火化。"

"可是，哥，"根喜犹豫地说道，"这尸体四分五裂的，没法放进棺材里啊，到时候搬棺材的时候，会在里面滚来滚去的，寿衣也穿不上，而且还没有头……"

"头好办，我到镇上去找李师傅做一个，但是这身子要缝上的话……"双喜忌惮地看向地上的尸体，"如果是摔死的还好说，但大家现在都相信他是祖先派凶灵作祟而死，李师傅也不肯接啊，村里人就更不肯了。"

众人看着眼前的尸体，陷入了一阵尴尬的沉默。

"要不我来吧。"最终还是黄家卫打破了沉默，扛起了这一重担，"反正我是外人，应该不打紧，而且我从小也会做点针线活。唉，就当送这位从未谋面的叔叔最后一程吧。"

"那就麻烦妹夫了。"彭双喜松了一口气，和黄家卫告别之后，便和根喜二人出门去镇上了。黄家卫则搬了把椅子在尸体旁坐下来，开始缝补尸块的工作。

说是缝补，其实也没有那么麻烦，只是将各个部分简单地连接起来，让它们不至于在穿上寿衣之后轻易散开。虽然专业的缝尸匠可以做得很漂亮，不过现在情况特殊，所以他也只是尽自己最大的努力，尽量将尸体拼接起来而已。

黄家卫拿出针线，为了避免弄脏衣服，又穿上了一件围裙。首先，他拿起的是左手的大臂和小臂，避开血肉模糊的地方，将针穿入小臂根部有完整皮肤的地方，再从大臂前部穿出，就像缝衣服似的。除了要忍受自己手中拿着的是人类器官的不适，以及经过十几个小时的尸僵后，肌肉僵硬难以扎入皮肤以外，一切还都算顺利，他最终成功地将小臂和大臂缝在了一起。虽然一圈蓝色的线不太美观，但穿上寿衣之后，这些部位也都会被遮挡起来，因此无伤大雅。

但是，在缝合尸体的过程中，黄家卫心中的疑惑却越来越强烈。小臂与大臂间的断面血肉模糊，乍看起来似乎是摔断的，可是仔细一看，小臂根部的骨头十分突出，好像周围的肉都被切掉了一样。大臂根部的骨头也突出了一截，而大臂前侧的断面上则有被刺入的痕迹。于是，他又观察起其他的尸块，发现在左小腿和左大腿接合的端部也有类似的痕迹。

而且，他总感觉，尸体异常苍白，但昨天晚上发现的时候，周围的地面上几乎没有多少血迹，血流量似乎有些过少了。

当然，这些都可以解释为在跌落过程中由于骨骼错位所造成的划伤，以及多次碰撞导致的血液流失，但黄家卫却总觉得心里有个疙瘩，毕竟头颅没找到！虽然当时他也无法可想，只能无可奈何地先返回，可如今又发现了伤口上的疑点。于是，黄家卫决定，既然不能报警，那就只能自己去调查了。哪怕最终证明没有人谋害彭生，也算解答自己心中的疑虑。

将尸块全部缝补好之后，黄家卫把全身上下彻底洗过一遍，而后走出了大宅。这时天已经大亮了，没有城市里的汽车尾气以及工厂的烟尘，村子里的空气格外清新。道路一侧的农田里，绿油油的麦穗随风摆动着，另一侧的悬崖下可以看到幽深碧绿的树林——夜晚在其中彷徨时感觉十分阴森可怖，但现在在远处看来却格外动人，仿佛可以洗涤眼睛和心灵。湛蓝的天空下，几只飞鸟从视野的远处掠过。这些景象让从小生长在城市的他不禁想要感叹，多么美丽的一幅自然画卷啊！但是，不可解的死亡事件却给这恬淡的山野风光盖上了一层晦暗的阴影。而且，不论是其他村民还是彭家的亲戚，都对这起事件敬而远之，甚至极为忌惮。也就是说，现在对事件的真相感兴趣的，或许只有他们几个外来者了。

一想到这里，他便不再犹豫，迈开脚步去寻找答案。因为他并没有目击到事发过程，所以他第一步就是去找事发当时的目击者。

黄家卫一边在村道上走着，一边留心着在地里劳作的村民们。很快，他便发现了自己要找的那个人。那人拿着一把镰刀在地里忙活着，戴着一顶草帽，布满沟壑的脸庞晒得黝黑。这正是他昨日曾攀谈过的王崇喜。因为大部分村民都有着极为浓厚的口音，王崇喜是他在村子里为数不多的能说得上话的人。只不过，此时的王崇喜一副心事重重的样子，有一搭没一搭地对着地里长得长长的麦蒿挥动着手中的镰刀，显得有些心不在焉。

"崇喜大哥，"黄家卫走近王崇喜，"我是彭巧玲的丈夫，黄家卫，在陕钢当卡车司机。昨天太匆忙了，没来得及自我介绍，您辛苦了。"

王崇喜转过头，对着他勉强笑了笑，直起身来用挂在肩上的毛巾擦了擦头上的汗水。

"你也辛苦了。本来你是村子的客人，结果却让你一来就忙活了一晚上，都没有好好休息吧？唉，你说这都是什么事啊。"

"崇喜大哥，其实我主要是想问问您昨天目击到的情况。"

王崇喜皱起眉头，叹了一口气，说道："其实也没啥好说的。就是彭生开着拖拉机过来，然后莫名其妙就开到悬崖下面去了。我也不明白到底是为什么，可能真的是因为惊扰了祖先，所以遭了报应吧。"

"当时您和旁边的一些村民都看着，确实没有人靠近过他吗？"

"是啊。"

王崇喜回答道，眼睛却望着远处墓地的方向。

黄家卫没有注意到他的不自然之处，而是在内心反复思考着，有没有什么谋害彭生的方法。突然，他灵机一动，想到了一个手法。

"您说，有没有可能，当时车开过来的时候，彭生已经死了？"

王崇喜听了这话，猛地一惊，回过神来，把头摇得像拨浪鼓似的。

"不可能！如果他死了的话，那车是怎么开过来的？又为什么会翻下去？况且当时我们都能从小窗里看到他的脸，虽然看不太清楚，但是他的头是直直地立在那里的，如果是死人的话，整个身体应该瘫软下去才对吧？"

"如果有另一个人躲在车里扶着他，并且操纵拖拉机的话……"

"那个人也会跟着一起翻下去的。如果不是傻子，应该没有人会用这么危险的办法吧。"

果然还是不行，黄家卫叹了一口气。这时，王崇喜不知想到了什么，支吾了半天，才终于下定决心似的，凑近黄家卫的耳朵低声说道："那啥，家卫小兄弟，我觉得你最好还是不要再问了，这起事件，我觉得真的有什么地方不对劲！"

"怎么说？"黄家卫的好奇心也被勾了起来。

"我们昨天晚上，不是在那边看着墓地以防万一吗？"王崇喜似乎回想起什么不好的东西似的，全身颤抖地喃喃着，"当时，草丛里传来一阵动静，我们追了过去，发现是田鼠之后，本想回到墓地继续巡逻的，结果，借着火把的微弱光亮，我在墓地之间看到一个诡异的影子。一片漆黑之中，只能隐约看到一个大概的轮廓，但是绝对没错，那个影子长着两个身子，三条手臂！他侧对着我们这边，两个身子前后重叠着，上面只长了一个头颅，三条手臂分别朝不同的方向摆动着。那绝对不是人……

"我提醒其他人之后，他们也和我一样被吓得僵在原地，一动也不敢动。一直到那个影子在黑暗中消失了，我们才敢返回墓地，但接下来一整晚都感觉心惊肉跳的。直到现在，我的心里还感觉有点打鼓，生怕自己惊扰了祖先，像彭生一样受到祖先的诅咒……"

黄家卫默默地听着。生长于城市的他是不相信什么鬼神之说的，但是这两天发生的诸多不可解释之事，还有村子里大多数村民对此深信不疑的氛围，竟然让他也开始产生了怀疑，内心不由得为自己这样查案是否会惊扰到祖先而感到忐忑。但最终，多年形成的价值观还是让他打消了这一念头。

"反正，如果你听我的，就不要再查了，其他村民也不会告诉你什么的。"

"好的，我知道了，谢谢崇喜大哥。"

虽然嘴上应承着，但黄家卫并没有放弃查案的想法。和王崇喜作别后，他继续向山下走去。这次他想要调查的，是彭生生前所驾驶的拖拉机。摔得破破烂烂的拖拉机就落在彭生的尸块周围。不过因为天黑加上匆忙，昨晚他只是确认了拖拉机里没有残余的尸块，并没有对拖拉机进行仔细的检查。除了他以外，应该没有人对那台拖拉机感兴趣了，它恐怕会一直在那里，直到整片森林都被砍伐掉！

快走到山脚的时候，黄家卫在一个窑洞口看到一个正坐着抽烟的中年男子，左手外侧和脸上的伤疤让他看起来颇为吓人。黄家卫知道，他是彭巧玲的伯伯彭永年。昨天自己上山的时候，也看见他坐在那里一声不吭地抽烟。由于当时比较匆忙，黄家卫没有和他打招呼，这让他感到有点过意不去。

于是，他主动上前攀谈道：“永年伯伯，您好，我是彭巧玲的丈夫黄家卫，是……”

“好。”他还没说完，对方就用低沉沙哑的声音打断了他。

“昨天实在不好意思，没来得及和您打招呼。关于昨天的事情……”

“哝。”彭永年抽着纸卷的旱烟，侧过头去望着远方，黄家卫并没有听清楚他刚刚说了什么。

“您说什么？”

“哝。”彭永年摇了摇头，示意黄家卫离开。

黄家卫尴尬地和他道别之后，继续下山。后来，他才从彭巧玲那里知道，“哝”是当地方言里“不知道”的意思。

很快，他便走到了森林的入口处。夜晚的森林仿佛隐藏着邪灵般阴森可怖，白天却显得生机勃勃。几缕阳光从树梢的缝隙中射下，地上的草木微微摇曳着，偶有松鼠和野兔穿梭其间。黄家卫沿着昨晚留下的记号一路来到了发现彭生尸块的地方。他回忆着，左臂、左腿、右腿都是在拖拉机四周发现的，躯干和右臂则是在稍远处发现的。现场可见星星点点的血迹，那台破烂不堪的拖拉机还翻在原地，和昨晚相比毫无区别。拖拉机的门已经脱落了，他探头进去，仔细观察起驾驶室内部。

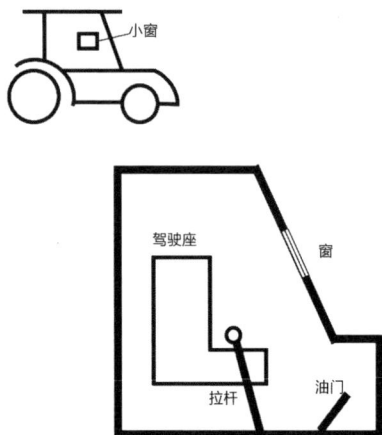

图2　拖拉机外部及驾驶室内部结构侧视图

　　驾驶室内部血迹斑斑，血迹已经氧化成黑红色。座椅表面和靠背上、油门踏板上以及操纵方向的拉杆上都残留着较多血痕，其他地方也或多或少留下了血迹。血液量其实并不算太多，考虑到彭生可能在摔落的过程中就已经飞出了驾驶室，这样的出血量其实是合理的，不过有一点吸引了他的注意力。

　　驾驶座的座椅上裂开了一个大口子，露出了下面已经被血渗透发黑的棉絮。虽然驾驶室里已经变得破破烂烂，到处都有划痕和裂痕，不过这一处莫名吸引了他的眼球，他总感觉似乎有点不对劲，但又说不出不对劲在哪里。

　　他保持着别扭的姿势，又在驾驶室里查看了半天，但还是没有发现什么能够证明彭生是被杀害的证据。拉杆和油门都没有被做过手脚的痕迹，从外面看，履带也是完好的。总的来说，他这一趟调查几乎是无功而返，不仅如此，还增加了新的谜团，也就是墓地中两身三臂的黑影之谜。

黄家卫有些失望地离开了驾驶室，又在周围找了一会儿彭生的头，仍然没有发现。虽然仍有很多东西可以调查，比如案发当时众人的不在场证明等，但心理上的泄气让他忽然感到浑身上下都非常疲惫。也难怪，他从昨天来到村子，一直到现在都没有好好休息过，一直在忙着找人、缝尸、调查，此时他已经有点精疲力尽了。

从树梢中射下的阳光逐渐从正午时的金色转变为傍晚时的暖红色，时间已经晚了。黄家卫只好放弃寻找头颅，无奈地回到彭家大宅去休整一番。

黄家卫回到彭家大宅时，刚好赶上众人在饭厅里吃饭。赵清雅炒了几个小菜，炖了一锅南瓜汤，浓郁的香气一直飘散到庭院里，让他的肚子不由得咕咕地叫了起来。

"家卫。"

彭巧玲一看到黄家卫就站了起来，见他浑身上下沾满了灰尘与血迹，鼻子一酸，差点又流下泪来。美玲也担忧地站起身来。

"玲儿，美玲妹妹，坐着就好。我没什么事，只是调查的时候身上沾了些灰土，我先去换身衣服，再来吃饭。"

"妹夫，多谢你了。"双喜看着他狼狈不堪的样子，神情十分复杂，似乎有点愧疚。

"没事，双喜大哥，这也是我应该做的。"

和大家打完招呼，他便准备回自己的房间去换衣服。走到客厅时，他发现彭生的尸体已经不在地上放着了，取而代之的是一口红铜色的棺材，看起来是双喜兄弟二人从镇上搬回来的。估计他们已经把彭生的尸体在棺材里安放妥当了，不过还来不及搬出去，之后应该会在院子的角落里设一处灵棚，把棺材安置在那里。

换好衣服后，他再次来到饭厅，赵清雅已经给他盛了一大碗南瓜汤。他坐下来，迫不及待地喝了一大口，顿时一股暖流流遍了他的四肢百骸，他终于感到浑身都放松了下来。

饭桌上，众人有一搭没一搭地闲聊着，赵清雅问了他们一些工作上的事情，大家似乎都对昨天发生的意外避而不谈，气氛显得有些尴尬。终于，在众人又一次不约而同地陷入沉默之后，彭美玲最先忍不住了：

"姐夫，你说你今天去调查了，到底调查了些什么？"

黄家卫叹息了一声："也没什么，就是老感觉有点不对劲，但是什么也没查出来，反而又听说了一件荒谬的事情。"

于是，黄家卫便把自己调查的经过一五一十地讲述了一遍。赵清雅一直兴味索然地听着，双喜兄弟二人则专注地吃着饭，巧玲担心着黄家卫的身体情况，唯有美玲一人听得兴致勃勃，似乎对这类似侦探的行动颇感兴趣。

"我吃完了。"就在美玲正打算向黄家卫提问的时候，双喜站了起来，"等一下王崇喜他们找的大师就要过来作法了，我和根喜过去接一下，就直接到墓那边去了。"

根喜点了点头，也站了起来："那我也先走了。"

说罢，二人便走了出去。剩下几人似乎都对观看大师做法不感兴趣，仍坐在原地。美玲被这么一搅和，似乎忘记了自己刚刚想问什么，喃喃道："说起来，昨天彭生开着拖拉机经过咱家门口的时候，伯母看见了吗？"

赵清雅本来正微笑地看着他们，此时突然被这么一问，吃了一惊。她敲了敲脑袋，思考着说道："让我想想……对，昨天李艳，就是王崇喜他老婆，和我约好来拿点东西。她来的时候我刚好看了一眼表，是四点十分。后来，我们聊了一会儿天，中途好像是听到拖拉机开过去了吧，我也没太注意。她刚走没一会儿，王崇喜他们就过来告诉我彭生出事了。"

"唉，当时我们在墓那边也没注意，如果当时看着彭生一点的话，或许就不会……"

"你们到墓那边去干什么？"黄家卫责备地问道，"巧玲现在身体不便，不能乱跑。"

"没什么，就是去散散步。"美玲犹豫了一下，最终决定还是不要在赵清雅面前说出实情，因为她并不知道双喜和根喜去偷陪葬品是不是瞒着赵清雅的。

"吃完了的话，我来收拾一下吧。"赵清雅看他们都吃得差不多了，便站了起来，准备收拾碗筷。

"我们也来帮忙——家卫，你快去休息一下吧。"

说着，巧玲便和赵清雅收拾起了桌上的碗筷，美玲见状也一起帮忙。黄家卫则回到了楼上自己的房间里。

　　进了房间，从昨天积累到现在的疲惫感不自觉地涌了上来，让他感觉浑身上下都酸软无力，眼皮也瞬间沉重了起来。他本来想至少把外套脱掉，但一躺到床上便迅速地睡着了。

　　再次醒来的时候，天已经完全黑了。他坐起身来，第一眼看到的便是在床边坐着的巧玲和美玲。

　　"你们怎么在这里？"

　　美玲笑嘻嘻地答道："还不是姐姐担心你。"

　　一旁的巧玲脸红了起来，轻轻地在美玲头上敲了一记。黄家卫拉起巧玲的手："玲儿，我没事，不用担心。"

　　"你没事就好。"巧玲笑着说道。

　　"说起来，现在几点了？"

　　"十点多了。"美玲答道，"双喜他们也已经回来了，那个大师今晚也住我们这里。"

　　"驱邪完成了？没出什么差错吧？"

　　"没有，听说好得很呢。那个大师就那么双手往天上一抡，立即狂风大作，暴雨倾盆，然后他再双手往前一推，风雨就立即散去，说明凶灵已经被制服了。"美玲声情并茂地模仿着，看黄家卫一脸不相信的样子，又说，"其实我也没去看，所以都是我瞎编的，哈哈。不过那个大师看起来还真有模有样的，像是道观里的道士。"

　　黄家卫皱了皱眉头："这年头，应该不让办道观了吧。"

"所以只是像而已，他的正经身份就是个看塔的，而且现在塔也被毁了，他只能在村里偷偷帮人算算命，得一点微不足道的报酬。对了，姐夫，其实我过来，主要是有事情想和你说。"

　　"什么事情？"

　　"你是不是觉得，彭生是被人杀害的？要不然你也不会去调查了。"

　　"没错，我是怀疑他的死有蹊跷。"

　　"其实我想出了一种作案手法，而且凶手是谁，我也有头绪了。"

　　"真的？"一听到这里，黄家卫立即来了精神。

　　"没错。其实我能想出这个手法，姐姐也有一半的功劳。"

　　接着，美玲先讲述了她这几天所遇到的奇怪事件和巧玲对这些事件的解释，以及昨天下午她们其实不是去散步，而是跟着双喜兄弟，发现了他们偷陪葬品的事情。

　　"哦，对了，现在的奇怪事件或许还要加上一条，就是你说的昨晚王崇喜他们在墓地里看到的两身三臂的黑影。"

　　为了不让姐姐和姐夫担心，美玲隐瞒了其实当时自己也躲在草丛里的事实，不过她并没有目击到黑影，因为当村民们被田鼠的声响所惊动而靠近的时候，她已经溜之大吉了。

　　"不过这个我们先不管。我想说的是第二件怪事，也就是我在墓地中目击到黑影。姐姐根据火柴棒的位置推理出墓地里应该有密道，我就是根据这一点想出作案手法的。虽然感觉很不可思议，但是结合案发当时的状况，我觉得只有这种解释是比较合理的。"

黄家卫一边点头，一边默默地听着。

"当时，没有任何人接近彭生，拖拉机上也不可能藏着第二个人，至于那阵风就更不必说了，除非真的相信有凶灵作祟，否则它对拖拉机毫无影响。那么，究竟是什么导致拖拉机掉下悬崖去了呢？我觉得，唯一的解释，就是在拖拉机当时所经过的地方，存在一个密道的出口。"

"密道的出口？"黄家卫惊呼出声。

"没错——姐夫你小声点。"美玲压低了声音，"凶手现在有可能就在这所大宅里。"

"这种方法其实很简单。"美玲继续说道，"就是凶手提前躲在密道的出口处，在彭生马上要经过密道出口的时候，把密道口打开一点，那么拖拉机在受到这意想不到的阻碍之后，便会偏离其原有方向。而由于村道狭窄，拖拉机很容易就会翻到悬崖下面去。然后，凶手立即将密道口关闭，那么村民们前来查看的时候自然就看不出任何端倪了。"

黄家卫内心十分激动，不由得拍了一下手。

"这个方法好像确实可行，不过……"说着，他便皱起了眉头。

但美玲并没有停下来，继续着自己的推理："那么，明白了作案手法之后，接下来就是凶手的身份了。首先，我觉得凶手一定是和彭家有关联的人，因为平的毕竟是彭家的祖坟，其他人虽然不满，但也没有如此强烈的动机去谋害彭生。那么，嫌疑就集中在彭双喜、彭根喜、赵清雅以及彭永年这四个人身上。接着，我们分别来验证他们的不在场证明。首先是彭永年，在彭生翻下去的那个时间点，应该刚好是姐夫你上山的时间，那个时候他正坐在窑洞口抽烟，因此可以排除。接着是赵清雅，本来我觉得她的嫌疑最大，可是，刚刚在吃饭时，我确认了她的不在场证明也是完美的。

"从四点十分开始，一直到村民们看到彭生摔下悬崖后赶到彭家大宅的时候，她的行动都是可以由其他人证明的。虽然我并没有找李艳查证，不过她没有必要在这种一查就可以知道的事情上撒谎。接下来就是双喜和根喜了。其中，双喜一直和我们待在一起，可以排除；而根喜在很长一段时间里，其实是一直在坟里面的，我们并没有看到他的身影，只是听到了他的声音而已。所以，如果墓穴里有密道的出入口，而他使用了录音机之类的东西来伪造不在场证明，自己快速跑到彭生被害的地点，作案之后再回到墓中，假装在下面摸索了半天，其实是可行的。当然，为了让对话显得自然，这也必须要双喜的协助，事实上他在墓穴里的时候，也基本都是双喜在和他对话。

"所以，我的结论就是，凶手是根喜，双喜是他的共犯。"

美玲得意地说完了她的推理，似乎对此颇有自信。不过黄家卫发现，不仅是他，其实巧玲也对其中一些部分抱有疑问。黄家卫示意巧玲先说。

"可是，你还记得吗？当时你是和根喜有过对话的。"巧玲回想起当时的场景——

> "根喜哥，别吓唬我们，我看巧玲姐脸都要白了！"
> "没事，别害怕，应该是我听错了！"

"如果说他是利用录音机来伪造不在场证明的话，或许他可以提前安排好和双喜的对话，但你问的这一句话他是没有办法做出反应的。而且，其实他们在出门之前，并不能料到会被我们跟踪，那么根据这点来伪造不在场证明也就显得不太合理了。"

美玲认真听着，点了点头："姐姐，你说的有道理。"

此时，黄家卫也补充道："而且，如果说墓地的密道出入口在石板路上，那么确实可能不留痕迹地开闭。但是在村道土路上，密道的出口在打开之后应该或多或少会在周围留下土渣等痕迹才对，但村民们却并没有发现这一点。况且这个方法其实是很冒险的，就像昨天下午一样，那附近经常有人干农活，如果有人注意到了地面的不自然之处，对于凶手来说就是一个巨大的威胁。"

美玲叹了一口气："看来，我的想法还是太简单了，我还是不适合当侦探啊，只会胡思乱想。"

"没那回事，你已经做得很好了。"巧玲摸着妹妹的头，安慰道。她其实并不在乎事件的真相到底如何，只希望接下来的日子里能够安安稳稳的才好。

"只是，如果美玲妹妹说的这种方法不可行的话……"黄家卫喃喃道，"那么彭生到底是如何被害的呢？"

三人不约而同地陷入了沉默。

片刻后，还是美玲先开口了："如果我们假设，凶手并没有现场作案，而是对拖拉机动了点手脚，让它在彭生驾驶的途中失控的话……"

"在哪里动手脚呢？根据我的观察，拖拉机的油门、拉杆和履带都没有什么异样。"黄家卫回忆起白天自己调查拖拉机时的情景。

"这点我还并不清楚，不过先假设凶手做了某种手脚吧。那么，谁有机会做这种事呢？"

说到这里，美玲跑出去，从巧玲的房间里拿来了纸笔，在纸上画了一幅大概的现场位置示意图。

"首先，要明确彭生的拖拉机到底是什么时候被做了手脚。如果在他去平坟之前的话，那么他不可能还操纵着拖拉机来回平了几个小时的坟。所以说，拖拉机出问题的时间肯定是在他回去的路上。姐姐，我记得你带着一块怀表，你还记得那个时候是几点吗？"

此时的巧玲显得有些心不在焉，似乎在想些什么。被美玲这么一问，她猛然回过神来。

"说起来……"她一边回忆着，说道，"昨天可能是因为惦记着双喜他们要去干什么，感觉有点慌张，所以我不自觉地看了好几回表。第一次是在我们跟着他俩准备出门的时候，因为那时彭生的拖拉机声音刚好停了下来，所以我记得比较清楚，当时是三点整。接着，我们沿着村道走了半个小时，在三点半的时候进了茅草地，这个时候拖拉机的声音又响起来了，应该是彭生开始返回了。声音是从更前方的村道传来的，不过因为那里地势较低，而且快到村口了，前面就是一片森林，一般没有人会过去，所以我们也并没有实际看到他。

"接着，我们又在茅草地里走了十五分钟，在三点四十五分的时候到了祖坟的位置，然后双喜和根喜就开始挖坟，一直到四点半的时候，根喜进到坟里，也正是刚好这时，我注意到彭生的拖拉机声音已经听不到了。不过这应该不是因为拖拉机停下了，而是距离我们太远了吧，他摔下悬崖应该是再过一个小时以后的事情。之后就是快六点的时候，我们就往回走了。"

美玲一边听巧玲说着，一边对照着地图，标出了几个比较关键的位置。

双喜、根喜、彭永年这三个人已经排除了嫌疑，而要确定赵清雅伯母到底有没有作案的机会，关键就在于在她开始有不在场证明，也就是四点十分的时候，彭生的拖拉机到底是否已经开过了祖宅。

"如果此时彭生的拖拉机还没有开到祖宅的话，那么赵清雅伯母是没有嫌疑的。她没有必要在彭生还没到的时候提前去拦截，因为她并不知道姐姐看了表并记下了时间，也不会根据这个去设计不在场证明，而且如果她在路上被人看到的话就糟了。因此，如果她做了什么手脚的话，也一定是在彭生经过祖宅门口的时候做的。而如果四点十分时，彭生的拖拉机已经开过了祖宅，她就有作案的可能性。

"那么，我们需要做的，就是根据地图和姐姐记下的时间，判断四点十分的时候，拖拉机有没有开过祖宅。"

说着，她开始在地图上一边做记号，一边计算起来。

"昨天看你们上山时的状况，拖拉机的速度应该只比人步行的速度快一点点，几乎可以忽略不计。首先，因为我们在大宅里的时候一直可以听到拖拉机的声音，所以当我们在墓地听不到拖拉机的声音时，它肯定已经开过了祖宅，到了祖宅前面的位置。假设彭生休息的位置到我们离开村道的位置的距离为 a，因为从拖拉机开始前进到我们最终听不到它的声音一共经过了 60 分钟，那么祖宅到声音消失处的距离就是 $30-a$。而我们需要证明的就是 $30-a$ 大于 20，也就是 a 小于 10。只有在 a 小于 10 的时候，四点十分时拖拉机才有可能开过了祖宅。

"在离开村道进入茅草地时，我们向斜前方行走的角度应该在 45 度左右。据此，就可以计算出祖宅到墓地的距离约为 42。（首先，计算出斜边为 15，角度为 45 度时，两直角边长均为 $7.5\sqrt{2}$，然后就可以计算出祖宅到墓地的距离为 $\sqrt{(30+7.5\sqrt{2})^2+(7.5\sqrt{2})^2}$，约等于 42。）我注意到，当我们三点钟准备出门的时候，当时拖拉机的声音是渐渐远去，逐渐听不到的，并不是突然停止的，这说明在彭生停下休息的地方，拖拉机的声音是传不到祖宅里的。那么，我们便可以得到一个不等式，也就是 $30+a$ 大于 42，从而推断出，a 大于 12。"

彭生休息处

7.5√2

墓地

a

15

众人离开村道

x

拖拉机
前进方
向

30

$x=\sqrt{(30+7.5\sqrt{2})^2+(7.5\sqrt{2})^2}\approx42$

$30+a>42$

$a>12$

$\therefore 30-a<20$

祖宅位置

30-a

声音消失处

故四点十分时，拖拉机还未开到祖宅

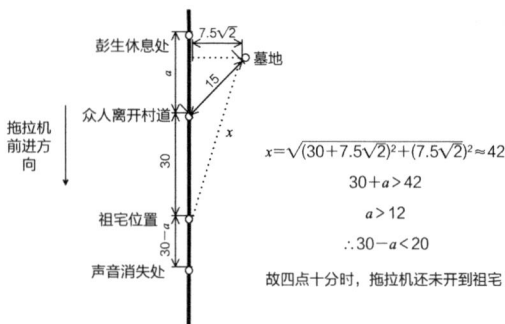

图3　美玲的计算

"啊……这么说来的话……"

虽然黄家卫并没有太听懂美玲到底是如何计算的，不过他听懂了她所得出的结论："也就是说，赵清雅伯母也没有机会作案吧？"

美玲沮丧地把笔丢在桌子上："这已经是我的所有想法了。"

此时，黄家卫注意到彭巧玲微微偏着脑袋，似乎一直在思考着什么。

"玲儿，你在想什么吗？"

彭巧玲轻轻用食指敲着自己的下巴，说道："其实也没有什么，我只是在回忆昨天早上彭生和我说的话，有一个地方让我特别在意。我发现，我们好像一直忽略了一个人。"

"谁？"

"彭生的老婆——刘巧兰。"

第六章

自白·第二个梦

在久远而漫长的一个个夜晚，我一直重复地做着噩梦。然而，在这个噩梦中，有时候会穿插着其他奇怪的梦。

如同拿搅拌棒在颜料桶中搅拌一样，其他奇怪的梦把那个一成不变的梦变得支离破碎，然后又重新组合成了一个完全不同的梦。虽然地点、人物都大体相同，然而梦的内容却与之前毫无联系。

这个梦，是一个充满谜团的梦，是比之前那个噩梦更加恐怖的黑暗深渊。

梦的主角还是那个男人。虽然这次不是在黑夜里，但周围弥漫着浓重的雾气，他的脸被笼罩于迷雾之中，依旧模糊不清。

梦的开头和那个噩梦相似，男人依旧慢慢行走在一条坡道上，但不同的是，这次他的身边多了一个人。那个人和他并排走着，在浓雾中只显出一个轮廓。二人一言不发，只是默默地走着，周围一片寂静，唯有他们的鞋子与土地摩擦所发出的沙沙声在空旷的荒野里回荡着。

两道沙沙声相互应和着二人，很快便走到了坡道尽头。转过一个弯，便是刚刚行走的悬崖下方。浓雾中，一个又一个洞口隐约浮现出来，洞口和上方的高窗都看不真切，仿佛无数食人的巨兽张大了嘴巴，待人自投罗网。

二人摸索着，来到了其中一处洞口前。

同行者伸出手去，试图打开洞口那扇破旧的木门。然而，不知门是否是从内部上了锁，虽然破旧，但却坚定地拒绝着外来者。同行者只能稍微推开一点距离，却不能打开。

男人似乎有些恼怒，使劲地拍击着木门，似乎在催促里面的人快点来把门打开。

这时，异变突生，从洞穴里突然传来一阵婴儿的啼哭声，然而，也许是隔着一扇门，哭声虽然响亮，却听不真切。

同行者似乎并未感到十分惊讶，但是，男人却一脸恐惧，不由得后退了几步，脚下不知绊到了什么，一屁股坐在了地上。

洞里的婴儿仍在不停地啼哭着，微闷的声音听起来透着说不出的诡异。

此时，天上突然下起了倾盆大雨，雨幕冲散了迷雾，却将天地置于一片更加朦胧的白幕之中。

男人与同行者瞬间被浇成了落汤鸡，他们狼狈地跑到旁边的一个洞穴前。这个洞穴似乎是无人居住的，他们打开了门，匆忙地躲进了洞穴里。

雨哗哗地响着，洞内却依然沉默。黑暗的洞穴里，男人与同行者各怀心事地等待着雨停。

雨点的声音仿佛是最好的催眠曲，男人与同行者均在洞穴内沉沉地睡着了。再次醒来的时候，似乎已经过了一个晚上，外面天又亮了起来。

男人打开了门。不知是否是梦境的缘故，外面依旧笼罩在一片白茫茫的迷雾之中，唯有脚下的路看得十分清楚。

下过雨的地面上一片泥泞。二人似乎是第一批涉足这片雨后泥地的人，每走过一步，地面上都会留下一个崭新的脚印。

脚印一直从二人所在的洞穴延伸到之前传来婴儿啼哭声的那个洞穴前。

模糊的婴儿哭声仍旧透过高窗回荡着。男人抓住门把，猛然一推。

这次，门竟然打开了。只是，似乎有什么东西阻挡在门后面一般，门开得并不十分顺畅。

同行者探过头，去看挡着门的东西。在看清楚是什么东西以后，他也像昨天的男人一般，恐惧地后退几步，然后一屁股坐在了泥里。

那是一个小小的物体。一只胳膊前伸着，另一只垂在身边。那个物体趴在门后，姿势仿佛是要逃出去一般，此时却凝固住了一动不动。

一具婴儿的死尸。

大量的血迹浸染着洞内，将整个空间变成了一个暗红色的人间地狱。门闩掉落在旁，门板上、地面上，到处都是已凝固的血迹。

然而，这只不过是恐怖的开始。男人呆在原地，等同行者终于回过神来后，二人一同向洞内走去。

不知何处传来的婴儿啼哭声仍旧在洞内回荡着。

一缕光线透过迷雾从高窗里射入，为暗色的地狱添上了一抹光辉。光辉之中，可见洞内深处的土炕上坐着一个人。那个人仿佛得到了圣洁的净化一般，身体两侧的两处亮斑仿佛天使的翅膀。

违和的是，那个天使没有头颅。

大量的血迹为整个土炕铺上了一层红色的床垫，那个无头尸就坐在正中，头颅被随意丢在一旁。

那是一具女尸。昏暗中，女子的脸庞无法辨识，不过不知为何，我认定她就是那个在噩梦中被强暴的女子。如此看来，那个婴儿应该就是她的孩子。

整个洞穴弥漫着腥臭味——尽管知道是做梦，我也不禁感到一阵恶心。

同行者没有忍住，直接吐了出来，而男子只是呆呆地望着那具尸体。

婴儿的啼哭声越来越响亮了。

我所能记得的片段只有这些。这个梦不会像那个噩梦一般令我惊醒，它只是不断地纠缠我，用诡异和不可解释的谜团让我的心灵始终处于烦恼之中。每次做了这个梦，我醒来都会浑身湿透，仿佛我也被梦中那场暴雨从头到脚淋透了一样。梦中充满着不合逻辑的情节，虽然我知道，这只是一个梦，而梦通常是没有逻辑的，但不知为何，我坚信这个梦就如同那个噩梦一样，一定具有某种意义，梦中的每一个情节都应该有所解释。

首先，梦中最不可解释的便是，女人和婴儿究竟是如何被杀死的？又是被谁所杀死的？

在暴雨落下之前，男人与同行者在洞穴门口推门而不得进入，显然这时的门是从里面反锁的。接着，从里面传来了婴儿的啼哭声，这或许说明，此时的女人与婴儿尚且健在。而后，因为下暴雨，二人不得已躲进了旁边的洞穴里，等他们再出来的时候，雨已经停了。他们再次来到女人所在的洞穴前，此时，洞穴的门可以打开了。这或许是因为有人从里面取下了门闩，丢在门口附近的门闩也从侧面证实了这一点。然而女人与婴儿惨死在洞内，女人的尸体坐在深处的土炕上，婴儿似乎挣扎着来到了门前，一只手伸向充满希望的木门，却仍旧被凶手毫不留情地杀死了。

然而，与之矛盾的是，雨后泥泞的地面上，除了二人前来的痕迹之外，没有一个脚印。二人在离开洞穴前已经下起了大雨，如果有人在他们之后离开或进入洞穴，那么必定会在地上留下痕迹。然而，地面却异常平整，只有大自然所留下的侵蚀之痕。

或许是因为，凶手尚且留在洞内？然而，洞内只有女人与婴儿的尸体。空荡的洞穴内没有任何能够藏人的地方，凶手仍留在现场的说法显然是错误的。

除了这个最大的谜团之外，仍有很多地方让我十分迷惑。

比如：凶手为何要砍掉女人的头颅？为何要将血溅得到处都是？难道是因为怨恨吗？可是这样做，无疑会增加凶手被发现的概率。一般来说，凶手在杀完人之后会迅速离开，而不会在凶案现场做这些无用的事情。

我总觉得，在这一点上，或许隐藏着能够揭穿凶手阴谋的线索。

除此之外，还有不可解释的一点，这也是让我觉得它或许真的是梦境幻觉的一点：为何在二人第二次来到洞穴前，乃至进入洞穴之后，婴儿的啼哭声还一直持续着，甚至越来越清晰？

难道是那具死婴不甘于刚刚出生就被杀死，而从地狱中传来哀号？

一想到这里，我就不由得头皮发麻。

虽然我并不知道这些谜团应该如何解释，不过，我有一种奇妙的感觉，能够解开它们的线索已经出现了，它就存在于我的记忆之中。只是，现在通向存在于我脑海中的真相的路，还是一片漆黑。

第七章

现在·照片与日记本

尧卯书沉浸在外婆所讲述的久远的故事中，完全忘了时间的流逝。外婆像一个通往过去世界的向导般，将他引领到了那个愚昧、迷信而又淳朴的小村子里，体验了一系列神秘的事件以及不可解的死亡之谜。

当讲到她与妹妹美玲、丈夫黄家卫讨论彭生之死却没有答案时，彭巧玲停了下来。似乎是讲了太久，嗓子干了，她拿起了放在床头柜上的水杯，润了润嗓子略作休息。

尧卯书望着病房窗外的天色，夕阳下，淡紫色的晚霞余晖仿佛给窗外的万物都上了一层滤镜。不知不觉，已经到吃晚饭的时间了。

他又望向旁边坐着的关水。只见关水一只手托着下巴，肘部撑在大腿上，一言不发地思考着。他的半张脸都被如同鸟窝般蓬乱的头发盖住了，让人无从窥探他的表情。正当尧卯书想出声向他搭话时，他突然抬起了头，伸了个大大的懒腰，然后一边吸着鼻子，一边伸长了脖子，透过窗户向走廊上窥探着什么。

尧卯书没预料到他会突然抬起头来，被吓了一跳，正要责备他咋咋呼呼的行为时，无意间却看到他的双眸中似乎沾染了一丝悲伤与严肃，这让尧卯书一时间竟说不出话来。

然而关水本人却毫不在意般，大大咧咧地问道："好香啊，你们没有闻到吗？我的肚子都要饿扁了。"

外婆摇了摇头，笑道："自打我年轻时做了鼻窦炎手术后，就再也闻不到什么气味了。"

尧卯书也摇了摇头。

"我出去看看。"关水说着向门口走去。但还没等他走出病房，推着餐车的护工便来到了门口。医院为了方便行动不便的病人，每到饭点，就会让护工推着一车的盒饭到各个病房，住院的病人和陪护家属都可以从中选购。据说近年来随着人工智能技术的发展，还有用机器人代替护工送餐的，不过中心医院暂时还没有引进这种技术。

"来三份盒饭。"说着，关水便扫码把钱付了。他拿了三份塑料盒包装好的盒饭回到了病房，给了外婆和尧卯书一人一份。三人一边吃饭，一边继续聊了起来。

"对于彭生之死，你有什么看法吗？"尧卯书一边把一片五花肉就着米饭放进嘴巴，一边问关水，"总不会真的是什么凶灵作祟吧？或许那个年代的村里人真的还信这一套，放到现在可是没有人会信咯。"

"是有一点……"关水停下了筷子，思考片刻，"不过，还不好说。"

接着，他又大口扒起饭来。

"说起来，那之后发生了什么？刘巧兰和这一系列事件有关吗？"尧卯书问外婆。

外婆摇了摇头："没有。其实那两天我们没见到刘巧兰，是因为她怀孕身体不好，住到镇上的诊所里去了。说起来这刘巧兰的命也真是不好，她家其实是镇上的，不知道怎么就看上了彭生。彭生是个怪人，又是满族人的后代，她家里反对，但是她一心要和彭生结婚，闹到后来甚至和家里决裂了。彭生那么想立功，也有这方面的因素吧。

"我们怕她动了胎气，加上村民们都想把这事压下来，所以只告诉她彭生是在平坟回来的路上出了意外，没给她说详情。出了这档事之后，或许她也觉得村里待不下去了，镇上也没有她的容身之处，生完孩子后就带着孩子不知道去哪了。听说也是来西安了，只不过之后再也没人见过他们，也不知道现在到底怎么样了……"

尧卯书默默地点了点头。

"说起来，"外婆似乎又想起了什么，"当时我生你妈的时候，刚好和她在一个产房。虽然印象不深了，不过她确实很漂亮，留着一头柔顺的黑直发，就像城里来的大小姐似的。当时和她说了些什么，不像彭生这事，我现在已经记不清了，毕竟已经过了差不多五十年了——也就彭生这件事因为太过离奇，所以我记得特别清楚。

"不过，我还记得，我和她是同一天生产的，我就在她隔壁床。然而，第二天醒来，她已经和孩子一起失踪了。当时，医院里还闹出了一些事端呢，不过大家找了半天也没找到她，也没人对这件事太上心，都觉得她是待不下去，自己跑了。

"唉，她也是太犟了，和彭生结婚这事也是。其实彭生死了之后，她也可以厚着脸皮回娘家的。就算闹得再僵，那毕竟也是她从小到大长大的家啊！我也说不好她到底是怎么想的，只是觉得，如果是我的话，肯定做不到那么决绝的。"

说着，外婆又叹了一口气。

"后来，虽然你姨外婆和你外公都还想再查，但是也实在无从查起，毕竟他们最终也没有想到能够解释彭生死亡的说法。几天之后，你外公单位有事，就只能先回去了。家里也没给彭生办正式的葬礼，草草把他葬了，这事到此也就不了了之。

"说起来，当初我们的目标一个都没达成，后来你姨外婆再去墓地里想找银圆的时候，祖坟那块地已经被完全填平了，所以她根本找不到银圆到底埋在哪个位置，也不能乱挖，因为当时村民还对这件事比较敏感。在我生完孩子以后，她也没有继续留在彭家河的理由了，无奈之下只能先回澄城，后来又被分到宝鸡。

"后来你也知道，她就在宝鸡落户了。几年之后，整片坟都被平了，想要找银圆更是无从谈起。不过，那块地倒是一直荒到现在，反正现在村里也几乎都是荒地了。

"当时我托伯母保管的银圆，后来也是一枚都没拿回来。现在都过了几十年了，我还是一说到这事就来气。别看她平时和和气气的，想让她掏钱，没门！我一问她银圆，她就推说治病都花掉了，连一枚都不还给我。那双喜和根喜肯定也知道，也和伯母一起把那些银圆都贪下来了。我后来一直怀疑，他们肯定从墓里弄到不少好东西，只是不知道怎么瞒过了我们的眼睛。所以这几十年来，我都不怎么和他们一家联系了，他们打电话过来我都懒得理，更别说后来还出过那档事……"

"什么事?"尧卯书好奇地问道。

"想听吗?"外婆笑道，"其实我也很想把这些家里的往事告诉你，只不过这件事说起来也很长，而且你姨外婆应该比我更清楚，毕竟我这性格，一到外人面前就说不出话，当年也都是她在前面保护我的。主要是今天天色也晚了，要不改天再慢慢给你讲?"

旁边的关水一言不发，只是大口地吃着饭。他迅速地扒完了饭盒里的饭，打了一个巨响的饱嗝，然后眯着眼睛跷起了二郎腿，看得尧卯书目瞪口呆。外婆则咯咯地笑了起来。

"但是今天关水也在这里，外婆你还是讲个不停啊。"

"因为有你在啊。而且，不知道为什么，我总觉得你这个朋友啊，看起来特别亲切。我看，咱们也别一直说个没完了，还是学学他，先吃饭吧。"

"嗯，还是先吃饭吧。"尧卯书也不好意思地笑了。

自他们到来便一直热热闹闹的病房迎来了片刻的宁静。尧卯书和外婆都默默地吃着饭，关水则走到了窗边，望着远处的夕阳。不知怎的，他的背影竟显出一丝寂寥。尧卯书一直觉得关水这个人挺奇怪，当你正面面对他时，他似乎一直是大大咧咧，极外向开朗的，但一旦你从侧面或背面去观察他，就能发现他身上似乎有一股从骨子里散发出的孤独和寂寥感。

吃饱喝足后，外面的天色已经黑了下来。尧卯书意识到，他们差不多是时候该走了。当他正想向外婆告辞的时候，外婆却先他一步开了口："对了，小卯啊，你说实话，你是不是为了那些还埋在地里的银圆来的？"

尧卯书没想到外婆竟然看穿了自己的意图，不由得有点心虚："您，您是怎么知道的……"

"如果只是想听我讲故事的话，就没必要兴师动众地带着朋友一起来了吧？说真的，那些银圆也在地里埋了半个世纪了，如果你们能把它们找出来的话，也是件好事啊。外婆也想帮你们的，没必要瞒着外婆。只是，现在怕是不好找了啊。"

"嗯，所以才想听您讲讲当年的事，看看有没有什么线索之类的。"

"如果有线索的话，应该就藏在我刚刚讲的那个冗长的故事里了吧。不过，如果你们需要的话，我那里还有当年你姨外婆画的地图，虽然不知道有多少用就是了。"

"在安装六处的家里吗?"

"没错，应该就在你小时候住的那个房间的衣柜下面，那里有个红木箱子。现在想想，那个箱子也有很多年没打开了啊。那个箱子里装的都是些老物件，我也记不清楚里面到底都装着些什么了，或许会有你们想要的线索也说不定。这是钥匙，你拿着吧，我还有备用的。"

说着，外婆从床头的小包里翻出了一串钥匙，递给尧卯书。他一边点着头接过钥匙，一边在心里默念着：安装六处，看来是必须回去一趟了。

安装六处，位于西安东郊纬什街和咸宁东路的交界处，是当年陕西省建安集团的家属院，外婆的单位国棉三厂当年在这里买了一栋楼作为员工的家属楼。这么多年来，虽然外婆有时候会来和他们一起住，不过大多数时候她还是一个人住在那里。他自己在小时候为了上幼儿园方便也在那里住过几年，不过已经许久没有回去过了，所以如今一听到这个名字，不由得有些怀念，小时候和外婆以及那里的小朋友们一起玩耍的往事也涌上心头。

虽然现在周围已经建起了高楼大厦，不过当年他还住在那里的时候，安装六处的对面还是一个小山坡，坡上有一段废弃的铁轨，他经常和小伙伴们一起爬上山坡，行走在那段铁轨上，看到好看的石头就捡起来。那个时候的西安远没有现在这么繁华，大雁塔附近还是一片麦田，现在的大明宫当时还是一个堆满垃圾的大垃圾场，母校的操场也还是一片树林。大大小小的荒地点缀在城郊的每个角落，大街上也远没有现在这么多的行人。每到入夜，大街小巷都一片漆黑，三三两两的路灯反而更显现出古都的寂寥。

那时的科技远没有现在发达，不过尧卯书却无比怀念那个无忧无虑的童年。没有手机、没有电脑，只有夜晚满天的繁星、外婆亲切的话语和小伙伴们天真烂漫的笑声。只可惜，一切都已经回不去了，而活着的人，每天还得继续往前，迎向混沌的未来。

在尧卯书沉浸地怀念着过去时，关水已经从窗边走了过来。他一只手插在牛仔裤的裤兜里，另一只手拨弄着头上散乱的头发。他揪住其中一缕头发，盯着它出了神，不知在想些什么。尧卯书注意到，自从听完外婆所讲述的故事之后，他便有些沉默，不知是在想着自己的委托，正全力动用他侦探的脑细胞从那个故事中整理线索，还是走神了。

此时，一直保持沉默的关水终于开口了："阿姨，我还有一个问题。"

"嗯，你说。"

"后来，刘巧兰就再没和您联系过吗？"

"没……"说着，彭巧玲皱起眉头，"等等，后来我们回二府街以后，好像收到过一次她的信，应该是在九十年代初……时间太久了，加上当时我们正被一些事情搞得焦头烂额，对于那封信的内容也是一扫而过，我差点给忘了。"

“信上写了什么，您还记得吗？”

“也没什么，印象中，就是告诉我们她一切都好，让我们不用担心她。对了，信上还提到了她的孩子，说已经平安地长大了，名字叫彭……彭天……”

“叫什么？”

“彭天永，对，对。”

“彭天永吗……”关水喃喃道。

和外婆道别后，二人便离开了医院。天色已晚，关水和尧卯书默默地走向公交车站。

“喂，关水，你是想到什么了吗？怎么变得一言不发的，一点都不像你。”

“嗯……”关水心不在焉地回答，“是有一点思路了，果然还是要从彭生的死入手啊……不过，如果有地图的话，也不是一件坏事。”

“什么？你的意思是，你已经看穿了彭生之死的真相了吗？”尧卯书不禁惊讶出声。

“是啊，如果我想的没错的话，或许你的银圆也有数了……只是，我还需要一点小小的证据。”

“喂，别藏着掖着了，快说给我听听吧。”

“哦哟，公交车来了。”关水微微一笑，然后头也不回地朝公交车走去，“下次去你外婆家找地图的时候，记得带上我。”

“喂……”尧卯书无奈地看着关水一边随意地挥着手，一边挠着他那鸟窝般的乱发，消失在人潮中。

没有过多的犹豫，第二天，尧卯书便出发赶往外婆家，毕竟留给自己的时间已经不多了。

其实，说是赶往，也就是坐一趟公交车的事。只是虽然交通上越来越方便，但或许是因为心被逼到了狭隘的角落，他的活动范围反而随着年龄的增大变得越来越小。

坐在公交车上，他百无聊赖地望着窗外的街道。街上到处可见修筑地铁的施工围挡，马路中央从十几年前便拆了又建的幸福林带终于竣工了，郁郁葱葱的绿色无疑为灰蒙蒙的城市增添了一分色彩。但石板地上堆放的沙土和停在一旁的挖掘机，以及空空荡荡的场馆，似乎又都显出一丝狼狈。或许是因为全运会要赶工期吧。纬什街和自己印象里已经全然不同了，路口中央竖着临时围挡，形成了一个巨大的圆盘，来往车辆只能环绕这个圆盘来回穿行。据说此处是要修建一条地下隧道。

随着电子报站声响起，尧卯书跟着步履匆匆的上班族们下了公交车。下车后，他带着一种闯入异界般的奇妙感觉四处张望。印象中，这里是一片杂乱的街市，散布着卖菜的小贩们。后面的张坡村时常人满为患，附近的居民们一边卖菜，一边大声谈笑，一幅典型的城中村场景。

可此次再来，那些记忆中的店面已经消失不见，取而代之的是一座豪华的万达商场。商场前的广场上，低着头看手机的人们匆匆走过。商场背后几十层高的楼盘拔地而起，据说是政府打造的廉租房项目。一切都与记忆中大不相同，只有建工医院还伫立在十字路口的一角，让他知道自己并没有走错路。

他在公交站附近四处寻找关水的身影，终于在商场入口附近的游戏厅里看到了那个瘦长的身影。不过他犹豫着是否要上去搭话，因为关水正站在跳舞机旁，与机上肆意舞动着四肢的少女谈笑着。那女生扎着挑染的粉色双马尾，耳朵上打着耳钉，穿着缀满挂饰的黑色皮夹克和牛仔裙。虽然从这里只能看到她的背影，不过想来一定是一位美少女吧。

大音量的电子音乐从游戏厅一直传到商场的入口处，尧卯书踌躇着，不知是否应该上前。此时，关水注意到了在商场门口踌躇的他，和女生挥手示意后，便晃晃悠悠地走了过来。

此时的关水已完全不见昨天的忧郁之感，又是一副大大咧咧的样子，一只手插在裤兜里，一只手挠着他那鸡窝一样的头发，嘴里吹着不成调的口哨。

"哟，帽子老弟。"

"刚才那位是……"尧卯书试探着问道。

"没什么啦，就是等你的时候看到这边有个美女，就过来搭讪了，结果还挺聊得来，哈哈哈。"

尧卯书默默地点了点头，虽然对关水的话有所怀疑，不过也没有放在心上，毕竟他现在满脑子想的都是去外婆家的事情。

此处离安装六处还有一段距离，二人闲聊着，迈开了步子。

"前几天刚想到时，我还觉得找银圆只是一种逃避现实的妄想罢了，没想到，现在竟然似乎就快要成为现实了。"尧卯书感慨道。

"别忘了，就算找到地图，也不见得会对找到银圆有多少帮助。不然的话，你姨外婆应该早就把银圆挖出来了。"

"我知道。只是没想到，我下定决心去做后，竟然也没有想象中那么遥不可及。"

"那当然，毕竟有我在嘛。别说你这委托了，就算要摘月亮，我也分分钟就能给你摘下来。"

尧卯书努力将快要蹿出喉咙的吐槽之语憋了回去，关水倒是不以为意，双手交叉垫在脑后，继续吹着不成调的口哨。一时间，二人无言，只听见马路上来来往往的车声和嘈杂的人声。他们随着人流向前走着，在这匆忙的人潮里仿佛异界的来客一般格格不入。

"说起来，侦探到底是种什么样的职业呢？"一边走着，尧卯书不觉便将心里存在已久的疑问说出了口。仔细想来，他对关水了解得并不多。二人原先只是网友，现在多了一层委托关系。他对侦探这个职业十分好奇，因为在认识关水之前，他几乎只在小说中了解过这个职业。

"其实没你想的那么神秘啦。现实中绝大部分侦探应该是调查外遇的吧，虽然我不是调查这一类的，不过也对他们的业务有所了解，跟踪、偷拍、贿赂，其实和狗仔做的也没多大区别。"

"那你呢?"

"我主要是接公司的委托,做商业调查之类的。你的委托算有意思的了。"

"不会像小说里写的那样,把关系人汇聚一堂,然后帅气地指着某个看似最无辜之人,说着'你就是犯人'之类的,用华丽的推理将犯人击垮吗?"

"哈哈哈,别说揪出犯人了,反而是自己变成犯人的可能性比较大,毕竟就算是我,也有公司请我去对手那里当商业间谍窃取机密呢。干这一行的,要是不能严守本心的话,一个不小心就会变成骗子或者诈骗犯。

"不过,和警方的合作或多或少也是有的。毕竟,在剖析人性这方面,还是侦探最在行啊。"

"人性?"

"没错,虽然现在的刑侦手段已经很发达了,警方靠大数据、监控或者现场的信息就能发现很多线索,不过要是遇到了心思缜密的嫌疑人,碰到了像是小说里的密室和不在场证明这类谜题,有时就得从人性入手,就不得不让侦探出马。毕竟侦探干惯了调查外遇这种见证人性自私、虚伪、丑恶一面的工作嘛。"

"结果还是调查外遇吗?"

"也没办法嘛。不过,其实你的委托也差不多啊,就是因为在那样一个时代,旧思想和新思想、封建迷信和唯物主义、想要积极立功的和想要保持现状的,还有对金钱的欲望,各种各样的想法交织混杂，最终才演变成了那样的局面，也才有了你现在的委托啊。"关水顿了顿，继续说道，"我有一种预感，只有在由这些纷乱复杂的想法编织出的网中，找到那个关键的线头然后抽丝剥茧，才能最终找到案件的真相。"

"其实我对真相并不……"

"还有你想找到的银圆，啊哈哈哈哈。"

不知不觉间，谈话已经完全被关水所主导，委托的目的也微妙地从"寻找银圆"，变成了"查出真相"顺带"寻找银圆"。不过，尧卯书觉得如果只有自己一个人的话什么也做不成，所以只能无奈地随他去了。

聊着聊着，二人便走到了安装六处的门口。虽然已经是很老的小区了，但经过前几年的老旧小区改造，每栋楼都刷上了新漆，换上了新的防盗门，看起来倒也有模有样，甚至连门口都装上了和新小区一样的门禁，整体面貌焕然一新。

尧卯书怀着一丝陌生感，与关水一起进入了小区。小区并不大，一共就几栋楼，外婆的家在最靠近街道的一栋。

不过，一走到小区里，一路上的陌生感便荡然无存了。和十几年前一样，几个老太太正坐在楼栋的入口处打着麻将。见到尧卯书过来，几个面熟的老人惊讶地望着他。这些老人都和外婆年龄相仿，是自己小时候玩伴们的奶奶、外婆。尧卯书向老人们打过招呼，然后走进楼道里——就连这点也和十几年前一样。

楼道里，老小区特有的又窄又高的楼梯也令他感觉十分怀念，不过外婆现在年龄大了，上楼梯不是很方便了，或许这次出院以后也不会再回这里住了吧。上到四楼，用钥匙打开崭新得有点不搭的防盗门，二人便来到了这个充满了尧卯书童年回忆的屋子里。

一进门的客厅里，蜂窝煤炉子上还摆着那个凹了口的老水壶，墙边的皮沙发破了洞，露出了里面黄色的海绵。客厅右手边是卫生间和他小时候的房间，正面是厨房，左手边则是主卧和阳台。几个月没人住的房子里，所有东西都覆上了一层薄薄的灰尘。尧卯书领着关水进了右手边的小房间。

小房间的样子和记忆中已全然不同。自他搬走之后，外婆便将这里改造了一番，在角落里支起了一张小床，床侧面的柜子上摆上了电视机，电视机的上方装了空调。因为这个房间比较小，夏天的时候睡在这里会比较凉快。床尾处便是外婆所提及的那个衣柜了。

尧卯书先打开床前的窗户，让尘封了几个月的空气流通起来，接着便打开了灰黑色的双开门衣柜。衣柜里面挂着外婆几十年来穿的旧大衣与裙子，下半部分则摆着被褥。拿开被褥之后，就能看到那个红铜色的木箱了，箱子散发着一股淡淡的木材味。他两手合抱着将箱子从衣柜里搬了出来，放在床前的地上，二人并排坐在床前，面对着木箱。

木箱上挂着一把小小的铜锁，尧卯书从外婆给他的那串钥匙里找出配对的一把，打开了锁。揭起箱盖，一股老物件特有的味道扑面而来，不知多久没有开过的箱子里蕴含着的浓浓历史气息，化作实体般从嗅觉上侵袭着他们。

箱子里的东西很多，除了数量不少的文件，还有很多当年的老照片、几十年前的旧钞票、没用完的粮票……各种各样的老物件满满当当地放在箱子里。

"好多啊……"尧卯书感叹道。

"是啊，"关水挠了挠头，"要不然，把它们分成两堆，我们一人找一堆？这样会省时间一些。"

"也行。"

说罢，尧卯书便将箱子里的东西一样一样地拿出来，在地上摆成两堆，空了的箱子则放在一边。接着，他便在自己面前的这一堆里翻看起来。

摆在最上面的，是外公外婆的结婚证。大红色的结婚证上，一边印着毛爷爷的语录，一边则写着外公和外婆的名字，看起来颇具年代感。再往下翻，还有外公当年的驾照、外婆的工作证……无论哪一样东西，都令他十分感念。当卡车司机的外公因为交通事故，在他出生之前便去世了。

再往下翻，尧卯书便看到了一本泛黄的老相册。打开相册，历史的涟漪便在他的面前荡漾开来。

首先映入眼帘的，便是外公和外婆的一张合照。这照片应是二十世纪八九十年代在澄城县拍的，二人笑容满面地站在九路大市场宏伟的门匾下方，眼睛均像月牙般眯成了一条缝，穿着朴实的工装，背景里是熙熙攘攘的人群。照片似是抓拍，不知道是在什么情景之下拍摄的。

接着，是一张在彭家大院里拍摄的家族合影。照片里，一位慈祥的老人坐在中央，双手五指搭在面前的拐杖上面，这大概就是外高祖父彭怀存了。他的子女在他身后两侧站成一排，从左到右应依次是彭永年、彭兆年和赵清雅、彭庆年和马翠兰。彭兆年和彭庆年均与妻子手挽着手，五指相扣，四人均面带微笑，向镜头招着手。虽然年代久远，不过当时的照相技术竟也能将他们从大拇指到小拇指的每根手指都照得分明。彭兆年在微笑时眼睛仍瞪得像铜铃一般，有种威严之感。只有彭永年板着脸，双手背在身后。

　　几个小孩子站在彭怀存身边，应该分别是彭兆年之子彭双喜和彭根喜，以及彭庆年之女彭巧玲和彭美玲。这张照片应该是在解放初期拍摄的，彭淑兰没有上镜，很有可能是当时卧病在床。这张照片应该是这个家族最后一次团聚了，之后便各奔东西，各自经历生老病死。这不禁让七十年后抚摸着照片的尧卯书感慨万千。

　　再往后翻，相册里甚至还有母亲小时候的照片，以及父母年轻时约会的照片。尧卯书饶有兴味地翻看着这些老照片，不多时，便看到了外婆提到过的太外公、太外婆，也就是彭庆年和马翠兰年轻时在大雁塔下的合影。按时间推算的话，这张照片应该拍摄于二十世纪四十年代初，和外婆说的一样。二人均面带微笑，容貌标致。

　　此时，他注意到，关水不知何时也凑了过来，聚精会神地凝视着这张照片。顺着关水的视线，他发现，关水十分关注这张照片的下半部分。照片上，彭庆年穿着中山裤和皮鞋，马翠兰则穿着纱裙，脚下是一双凉鞋，再往下，便是背景里周围的绿树和吆喝着的小摊贩们。尧卯书有些诧异，不知道关水到底在看什么，看得如此出神。

不过，此时关水也回过神来，似乎是没有发现尧卯书刚刚在观察他，若无其事地说道："怎么，看照片看入迷了？地图找到了。"

"哦？"尧卯书虽然知道地图不一定有用，不过还是感到十分激动，心脏扑通扑通地跳着，"快给我看看。"

"喏。"

关水将手上拿着的地图递了过来。地图的纸张已经严重发黄，摸起来很脆，似乎一使劲就会将它捏碎一般。尧卯书接过地图，只见上面简要地画着彭家河的俯视图，并标注了一些重要的地点。其中，墓地和其他地方一样，只标了一个小圈，连墓地的具体形貌都没有画出，更别提银圆具体埋在哪里了。要想靠这张地图找到银圆，无异于天方夜谭。

虽然在意料之中，尧卯书还是不由得叹了口气。

"至少我们可以确定墓地的大概位置，不至于瞎找。"关水安慰道。

"说的也对。"

"那我继续找咯，看看还有没有其他的线索。"

关水回过头去，继续和面前那堆大部分都意味不明的资料文件战斗，尧卯书则继续看着那份地图。地图上除了俯视图以外，还画着一张彭家河的简略侧视图，下方写着一些已经模糊不清的算式，看来这就是当时姨外婆在推理彭生之死的真相时绘制的。

此时，关水一边忙活，一边搭话："其实我一直在考虑一个问题。"

"什么问题？"

"据你外婆说，当时被彭生平掉的那个祖坟的墓主，应该是你的外高祖父彭怀存的父母吧。"

"没错，怎么啦？"

"那么，他们应该是清末到民国初期的人吧，但是，在他们的墓里却找到了宋代的花钱，你不觉得有点奇怪吗？"

"可能是家里传下来的吧。"

"可是，这东西又不是很值钱，只是古人用来玩游戏的，说白了就和今天的大富翁差不多。他们去世的时候应该也已经快解放了，为什么会把这个东西特意放在墓里？而且没有发现其他的陪葬品这一点，更加让我感到蹊跷。

"我觉得，包括这个谜团在内，只有把当时你外婆、姨外婆亲身经历或耳闻的一系列谜团与彭生之死全部结合、串联起来，才能找到这起案件的真相，而你所想要的银圆，也是真相的一环，隐藏在事件的阴影之中。而且，我总感觉，这起事件的疑云恐怕还不止于此。"

"说的也是，那就靠你了。"

"你倒是也想想啊。"

尧卯书打着哈哈，敷衍了过去，心想，如果我能想到的话，还要找你做什么。他把地图放在一边，继续在那堆老物件中寻找着线索。很快，他便被一些有趣的东西吸引了注意力。

他找到了外婆当年所带的那块怀表。银色怀表即使现在看来也十分精致，只是指针已经不走了。他试着晃了晃表身，没想到指针竟然又动了起来，不过片刻之后便又停下了。

就在他再次摇晃怀表，想要让它走动时，关水突然从一旁扒住了他的肩膀。他吓了一跳，差点把表掉在了地上。

"你还记得吗，你外婆说彭生的母亲，也就是彭庆年在西安的街道上收留的，后来被彭怀存纳为小老婆的那个赵雨，她是怎么死的？"

尧卯书本来打算责备关水一惊一乍，不过在听到他突然严肃的语气之后，便认真地回想起来："赵雨……赵雨，哦，我想起来了，说是在生彭生的时候，因为大出血去世了。怎么啦？"

"我手上这本应该是彭庆年的日记。如果这本日记里写的是真的的话，赵雨绝对不是因为大出血去世的。她的死极为离奇！不知道会不会和我们现在所调查的事件有关。你外婆应该没有看过这本日记，或是看过太久，已经彻底忘记了，不然她昨天应该会告诉我们才对。嘶……"

尧卯书转过脸去，一时间与关水四目相对。关水的脸色早不似刚才般轻松，而是铁青着，他一只手扶着额头，嘴里漏出吃痛般轻微的声音。

"你没事吧？"

"没事，就是有点头疼。你先别管我了，快看看这个吧。"

尧卯书从他手中接过那个本子。线装的本子已经有些破烂，封面残缺不全，里面有些页已经缺失了。或许是因为听了关水的话而不安，他觉得这个破旧的本子似乎在散发着某种腐朽的血腥味，拿着本子的双手不禁微微颤抖着。

他咽了一口口水，面色凝重地打开了那本日记。

1943 年 10 月 19 日

本不愿记事，可今日十分喜悦，故随书两笔。妻近日有时呕吐，且爱乱吃。已叮嘱她辞去饭店工作。

自毕业以来，烦心之事亦多，不欲为此工作，但无可奈何，唯坚守本心。余虽仍未做好为人父的准备，但随时日增进，心中喜悦远远大于忐忑，对于兰儿只有怜爱。

1943 年 11 月 30 日

凌晨防空警报又响。拉起兰儿出门到案板街躲避。自今年以来，敌军轰炸减少，但仍不时死灰复燃。战争爆发以来，西安遭受轰炸甚巨，不仅如此，绝大多数中国人应都已体会到这痛苦了吧！世间惨事，就没有比战争更凶的！

1944 年 1 月 26 日

今日又在任务中挽救一名有志之士。余虽渎职，但丝毫不悔，唯做正确之事。

1944 年 6 月 18 日

近日战事吃紧，幸我军于函谷关大败敌军，否则关中平原恐沦陷！

兰儿生产日将近，城中形势复杂，望携其回乡待产。

1944 年 6 月 23 日

经坚持，终于获准陪兰儿回乡。已多年未回彭家河，不知父母兄弟是否安好，以及当年营救的赵雨生活如何，是否因是满人而遭歧视。余以为，满人和汉人无甚区别，但恐偏激之人居多。

1944 年 6 月 30 日

终于回乡。安顿兰儿在祖宅。今日十分愤怒，但兰儿在旁不好发作，据理力争亦未果。

当初安排赵雨来乡下做女佣，未曾想，父亲竟纳赵雨为妾。在余印象里，父亲对母亲一心一意，此番滥情之事似与之无缘！

此亦罢了。谁知，赵雨临产期将近，竟将其单独置于山壁用人居住的窑洞之中，令其自生自灭，每日唯送饭过去，此般冷血之事不似父亲能够做出！余亦无奈，但不知赵雨为何想法，只将自己反锁于洞中，敲门亦不应，唯有作罢。

1944年7月1日

今日与永年口角，几年不见，其为人越发乖僻，因歧视满人，谈论赵雨，口吐污言秽语，令人生厌。辛亥"仇满"是绝对错误的，满人不应为清政府的腐朽埋单，但今日仍处处可见歧视风潮，余实感痛苦。

听说余不在的这些年，永年亦在外娶妻生子，然其过于窝囊，或是因家暴之故，此原因余不得而知，老婆竟带着孩子一起跑了，于是便越发颓废。余深感痛心，希望此次回乡能纠正其一二。

兆年哥亦成婚，他较稳重，余比较放心，目前已添两丁，起名为双喜和根喜，现在分别三岁与两岁了。嫂子赵清雅也很稳重，家中事务许多已交由她操办，实乃贤妻良母。

当年，父亲送永年去镇上读书，而兆年哥则从小在家务农，目不识丁，然如今二人之发展却截然相反，不禁令人喟叹。

母亲宿疾多年，听说前几年最严重时甚至卧床一年不得动弹，恨余无法在旁尽孝，幸而最近似乎有所好转。今日见母亲时，她似有话讲，然言之又止。

1944年7月5日

昨日兰儿已平安生产，为一漂亮女婴，然近日发生惨事、恶事、怪事过多，以致丝毫未感喜悦，实在愧对兰儿和宝宝。然，余思虑良久，最终决定加以记录，以理清思绪。

事始于三日。当日午后，兆年哥下地干活去了，清雅嫂做好饭，永年在外胡逛至晚饭时，与父母一同用餐。饭后，嫂嫂问谁有空，可以将饭食送到赵雨的窑洞。接生婆说，兰儿当日或明日即将生产，故余希望守护在旁，本不愿去。然永年非拉余一同，无奈之下，只好前去。

到窑洞口，余敲门，内不应。于是推门，然门似从内锁住，只轻轻晃动而不能打开，洞内传来婴儿啼哭声。赵雨竟在这天生产！或许因其过于疲累而睡着，未开门，余只好将饭食从门下推入门内。永年听到婴儿啼哭声，竟慌张得跌倒在地，实在可笑。余恐出意外，然此时突降倾盆大雨，余二人未带雨具，只得狼狈逃往附近空窑洞避雨。雨过于大，余与永年均浑身湿透，且未见变小迹象，等待颇久，看洞外仍一片雨的白色，不知不觉中竟于洞内土炕睡着过去。实在惭愧。

苏醒时，似已是四日清晨，雨已停，外面一片白茫茫的雾气。余摇醒永年，一同起身出洞。此时洞口土地因下雨而变得泥泞，地上未有任何脚印，故余二人应是下雨后第一踏足此地之人（此为后来确认的），一直到赵雨居住的窑洞附近均为如此。

到窑洞口处，永年推门，门应声而开，但似乎门后有阻碍，故稍使力将其开大少许，以能够进入，结果实在过于骇人！余虽为军人，然从未见此凄惨景象。

洞口门后有一婴儿尸体，婴儿伸出一只手臂，似要爬行出窑洞般，却被凶手无情杀害。门闩落在一旁，门板、地面到处皆为血迹，血腥味令人头晕目眩，几欲呕吐。饭食亦翻倒在门后，洒落在地，似乎未被食用。窑洞深处，土炕上是赵雨的尸体，身首分离，头颅滚落在旁。余忍不住吐在洞内，永年亦面色铁青，似要晕倒。

此时，洞内仍传来婴儿啼哭声，余内心惶恐甚巨，疑是出现幻听，然永年也听到此声音！余二人惊恐之下仔细查看，发现赵雨下腹部有异样，一婴儿自下腹滑落而出，然下半身仍留在母亲体内，悬挂在尸体下腹部。似是凶手未发现赵雨所怀为双胞胎，只杀死母亲与出产之婴儿，而遗落了尚未出产的另一胎儿。母亲死后，此一婴儿亦随着尸体肌肉松弛而脱出，在此凄惨地啼哭着，实在是惨绝人寰！

余小心翼翼地将幸存的婴儿从母亲的尸体上取下，此时永年提议，余在此看守现场，其抱婴儿回家，并将此事告知家里众人。余同意，将婴儿交给他，待他走后在此看守。

现场仅剩余一人时，余出外发现脚印之事。下雨后地面泥泞，如果有人从此窑洞出去，必会留下脚印，然洞外却只有余二人前来，以及永年刚刚离开的脚印，那么凶手到底如何逃走？此时，余想到凶手可能仍留在窑洞里，立即将窑洞全部搜索了一遍，然而并未发现凶手的踪迹。

那么，凶手到底如何离开窑洞？余在窑洞内四处探查，但当然未发现密道之类，粮室里也没有异常。此情景不由得让余想起在上学期间读过的包罗德探案里面的"密室"情节，虽然对于死者来说，将其与虚构之情节相对比实属大不敬，不过，余还是以找出凶手为优先进行了思考。

在完全封闭的窑洞内，唯有入口一处能够出入，然而在下雨之前，房门紧锁，说明凶手还未作案或还停留在洞内。而下雨之后，如果从此处离开，必定留下足迹，但余二人进入案发现场时，门口却无任何足迹，此景象，或许可称之为"足迹密室"！但是，对于如何破解此奇异现象，余却头脑一片空白，没有任何想法。

除了密室的谜题之外，为何凶手要以如此残忍的方式杀人？除了对他们抱有极大的仇恨，抑或凶手已经疯了以外，余想不到其他理由。此番凄惨的尸体，就连见过战争场面的余都不忍再多看一眼！但是，赵雨人畜无害，余想不到任何会对她抱着如此恨意的人选。

到底为何会发生如此之事，难道因为赵雨是满人，就要遭受如此残酷的命运吗？那余应该也不遑多让吧！写到这里，余心中之愤恨，恨不得把日记撕成碎片，如果找到凶手，定要将其碎尸万段。只是，一想到赵雨在此地认识之人基本均为彭家之人，凶手很有可能就在家人之中，不由得心情十分复杂，内心惶恐，此番情感甚是折磨！

冷静下来后，永年便带着兆年哥和父亲返回，父亲看到现场后亦面色苍白。此时，兆年建议父亲不可报警，否则恐对彭家名声影响甚坏，余严词拒绝。但到镇上联系西安公安局范局长，对方称由于任务繁重，警力稀缺，委派余全权处理。余暗下决心，即便是家人也要不留情面地逮捕归案！此时，父亲拜托我，如果能查到凶手就逮捕，查不到的话，就统一对外说辞，称赵雨是生产时因大出血意外身亡，否则对家里影响太坏。余虽无奈，也知父亲说的有理，只好答应。

返回时，永年悄言称，兰儿也已经生产了。他回去时，家里左右都不见人，他四处查看到产房前，此时兰儿应是刚刚生产，已经沉沉睡去，接生婆恰好不在，可能下楼拿东西去了。于是他便帮余上前查看一番，是一个健康的女孩，母女平安。这也是现在对余最大的慰藉了吧！之后他在楼下遇到接生婆，便将赵雨的孩子交给了她，然后又陆续通知了父母等人。

笔下有些混乱，实乃余今心乱之故！总而言之，兰儿的事情暂且放下，继续写关于这起案子的事。由于其他村民与赵雨无甚联系，且不知道她最近被关在窑洞里，所以嫌疑人还是限定在家人里。余旁敲侧击，调查了案发这两天家人们的行踪。案发当晚，父母均早早睡下，兆年哥在下雨后狼狈返回，清雅嫂曾提议是否要来寻找余二人，兆年哥称肯定是到某处避雨去了，故作罢。后来，二人也分别入睡。虽然兆年哥与清雅嫂，以及父母都分别睡在一个房间，但并不能知晓对方是否趁自己睡着后再起身，故所有人都没有不在场证明。

余这边亦是如此，不过，余睡眠较浅，且窑洞中永年睡于余内侧，故余有信心，如果其起身必定能够发现，那么可以说永年自第一天出门到第二天发现尸体时，均有完整的不在场证明。

但是，即便了解了众人的行动轨迹，如果不破解此足迹密室的话，还是无法找出凶手。但，余冥思苦想，也想不到不留足迹离开洞内的方法。

那么，余转换思维，如果在下雨后作案是不可能的话，凶手是否在下雨前便已经作案，并采用某种方法在离开之后将窑洞锁了起来呢？在这种情境下，余想到了一种方法，或许可以称其为"高窗密室"吧！

在此，将其完整叙述，并绘制出图像，以便能厘清思绪。

窑洞的结构只有一道门作为出入口，门上有一高窗，用墨黑色的木栅栏加以隔断（栅栏间距约为20公分，人断然无从栅栏间穿过的可能），并用透光的油纸糊住。门闩为一木棒，在墙上和门上分别有一卡位，将门闩置于其上即可上锁。

余想出的这一手法，在于利用了高窗下方的油纸并不是完全封死的，而是与墙壁有空隙之处。于是，凶手可以先将门闩的一端卡在墙一侧的卡位之中，另一端用一根绳索挂起，绳索的两端通过高窗下方的缝隙伸到门外。凶手作案之后，先离开现场，从门外将门关上，然后提起绳索，确保门闩紧贴着另一侧的门，接着抽掉绳索，门闩的另一侧即落入门上的卡位之中，这样就将门锁了起来，同时回收绳索，完成这一"高窗密室"。

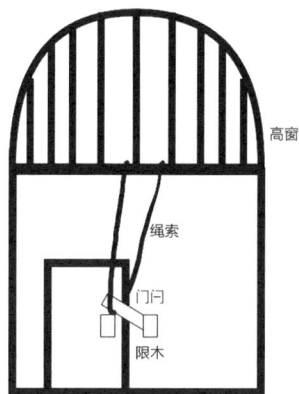

图4　高窗密室诡计示意图

但是，余立即又想到，虽然这一方法可以从洞外锁上窑洞，但是并没有任何意义。因为当余与永年再次来到窑洞时，门是能够打开的，且门闩掉落在一旁。如果凶手提前用这个诡计从外面锁上了门，就与此时门未锁的情况不符。而且，就算将案发时间锁定在下雨之前，那时候家人的不在场证明也大多不明确，所以对锁定凶手意义不大。与此相悖的亦有饭盆翻倒在地之结论，说明在余等离开后，洞内仍有人活动，否则饭盆不会无缘无故翻倒。此番看来，果然作案还是在下雨之后。

近来听闻南郑地方有一案，因死者死因不明，警方向西北检察院提出解剖请求。此应乃陕西地区第一例应用法医学解剖的案件。若有法医解剖，或许能明确断定赵雨死亡之时段，然此穷乡僻壤之处，连能处理杀人事件之警力亦未有，更别谈法医此等新鲜事物。家里虽存着几册法医学的书，但也无堪大用。

到底该如何是好……

1944年7月6日

再次返回现场调查，又现怪事，婴儿的尸体消失了！后悔第一次因恐惧慌乱未好好调查，恐怕尸体上有对凶手不利的线索，故而凶手趁机毁灭了证据。

除此之外，发现洞内深处有水迹，虽行凶已是两三日前，然而洞内阴冷潮湿，又不生火盆，水迹两三日后犹在。观察可知，水迹内混有丝丝血迹，似是凶手行凶后，在此处清洗了身体，以免外出时被人发现身上之血迹。洞内水缸中水量减少颇多，应为使用了此处水源进行清洗。但身上血迹易为清洗，衣物则不然，莫非凶手准备了两套衣物，在杀人后换上另一套？抑或是，凶手脱光了身上衣物，再行杀人之事，然被害者不会呆等凶手脱光衣物，故此想法较为荒谬。

故而，或许可以通过调查近日是否有家人衣物丢失，从而获得凶手是否行此诡计之线索。

行凶之凶器亦找到，在洞内深处粮库，为劈柴用之手斧。手斧上有清洗过血迹之痕，然余仍发现其上有少量血迹尚未洗净。此手斧非凶手带来，实乃原本就在此处。粮库内存放着许多劈好的干柴，以供洞内取暖之用。凶手未携带凶器，而使用此地之凶器行凶，是否说明杀人乃临时起意之行？然手斧存放于粮库，为了防止被偷窃或抢劫，粮库入口隐蔽于洞内衣柜之后，凶手在行凶前，需挪开衣柜，进入粮库拿出手斧，此处余亦觉不自然。

洞内有干柴棍棒若干，若凶手临时起意，就算其知道粮库内手斧的存在，也不应如此麻烦去取得手斧，而是愤怒中拾起干柴棍棒打人更为合理。去粮库中取手斧似是有计划的行为，然而若有计划，岂不是自带凶器更好，何必如此麻烦去取得手斧？此番临时起意与计划杀人均解释不通，亦令余困惑。

接下来概述尸体之状态。由于余吩咐，在调查完之前暂不移动尸体，故尸体还在原处未动。观察尸体，脖颈处血肉模糊，似凶手在断头后又胡乱劈砍几下，意义何在？余不得而知。尸体头颅及身体上未发现其他伤口，莫非凶手是直接活活将赵雨人头劈下而死？一念及此，余不禁毛骨悚然，全身上下顿感恶寒，此凶手实乃灭绝人性。

洞内线索大致按其上所言。

图5　窑洞俯视图

1944年7月7日

未发现家人衣物丢失。

故而，凶手是裸身杀人，所以衣物未沾染血迹？然而被害者为何会容其优哉游哉地脱去衣裳？未发现赵雨身上有被打晕之痕迹，或是因生产后过于疲惫，故未注意到凶手的行动，但凶手对此不能掌握，若赵雨神志清醒，那么凶手又该如何是好？故而，在计划杀人之条件下，凶手应携带额外衣物才对。

那么，果然还是冲动杀人。凶手来到洞内，见赵雨昏睡，遂起歹心，将衣物脱光，欲行不轨之事，然而赵雨苏醒反抗。凶手一怒之下杀死赵雨，并清洗身上的血迹。

不过，此番推理亦与前面手斧的推理矛盾，余认为接近真相，然而仍有不明之处，即使正确，也无法解决密室之谜团。

此外，今日兆年哥竟胡言乱语，言此案件为祖先掌控凶灵所为。因祖先不能容忍后人竟与满族女子通婚并产下后代，于是派遣凶灵"虎"前来杀死女子与婴儿。"虎"在五行中属金，故凶灵使用金属割断女子之头颅，然后乘风飞去，所以地上未留下脚印。虽祖先祭祀四灵之事为真，不过所谓凶灵杀人简直一派胡言！兆年非要找中社村看塔人祭祀塔内供奉的真武大帝以平息祖先愤怒，余虽觉可笑，也就由他去吧。

一筹莫展。

1944年7月10日

李部长发来电报，望余早日回西安。

任务紧迫，此番案情亦无进展，赵雨已于前日下葬了，或许此事只能无奈放弃。

余几天来日思夜想，照顾兰儿时也心不在焉，如今战局混乱，形势复杂，在回西安后，也只能将此抛之脑后，以顾好妻女为先。

余现在有一想法，或许能解释此密室之谜。然称之为奇思妙想也不为过，虽能锁定凶手，但无任何证据，恐说出来也只是贻笑大方罢了，且此说法也无法解释现场所有的谜团，但还是姑且记录如下——

尧卯书聚精会神地阅读着日记，然而，就在日记主人即将解开密室诡计的关键时刻，日记的内容却戛然而止。倒不是因为彭庆年就记录到这里，而是后面的几页已经散失了，能够看到明显的脱落痕迹，再往后就是一页页白纸了。

放下日记，尧卯书才发现，手臂上已经起了一层鸡皮疙瘩。日记里的内容令他心生战栗，他从来没有想象过，自己的家族竟然出过如此骇人之事，虽然已是近八十年前，可案发现场那股妖异的邪气似乎正弥漫在这间屋子里。如果说彭生一案，他在听的过程中还没有太大波澜，甚至觉得大概率就是一起意外，只是村民们当时知识水平有限，无法辨识意外的原因，所以才以讹传讹，传出了所谓凶灵作祟的说法，那么这起案件则毫无疑问地透露出某些邪恶的意图。

无论真的是凶灵作案后乘风而去，还是凶手在现场使用了某些诡计制造出此一密室，这起案件都不可能是意外或者自杀，被害人被残忍割下的头颅，诉说着一定有行此残酷之事的存在。当然，凶灵之说纯属无稽之谈，准确来说，一定有杀死赵雨与婴儿的凶手存在，而此凶手，大概率就在自己的祖辈之中。

更进一步地，他不由得考虑到，如果说日记的内容没有作假的话，那么凶手自然不会是彭庆年，但是仔细思考之下，其实从客观的条件来说，彭庆年才是最具备凶手条件之人。他与彭永年避雨停留的窑洞在案发窑洞附近，且他能够在不惊动彭永年的情况下悄悄起身离开窑洞，而对方则不行。

如果两窑洞相近的话，或许有不留下脚印即可前往案发现场的方法。比如，如果洞穴里有两块木板，他可以先将一块木板铺在地上，然后双脚站于木板之上，再将另一块木板铺于前面的地面，如此循环往复，即可不留下脚印前往案发窑洞。虽然也会在地面上留下少许可疑痕迹，但相较脚印来说比较细微，经雨点冲刷后难以发现。当然，到底是否有这样便利的工具存在已经无法证实了，但这是能够解决脚印问题的一种猜想。

而且，这个诡计对于当时还在坡上的人来说是很难实行的，因为从坡上下来是下坡，在雨后湿滑泥泞的路面上很难保持平衡，容易滑落，而且距离实在太远，在途中一处脚印都不留下几乎是不可能做到的。因此，能利用这种诡计进行作案的只有彭庆年一人。如果这就是真相的话，日记中所记载的案发现场的可疑之处就可以当作是胡编乱造，无须在意了。

可是，这种说法细想也非常勉强。如果彭庆年就是凶手的话，先不论其动机，他为什么要伪造这样一本日记？既然彭家众人的想法都是将赵雨的死伪装成一场大出血造成的意外以掩盖丑闻，那么他只需顺水推舟，甚至都不需要去联系警察，自然也没有任何必要去编造这份日记，甚至在其中写那么多看起来非常真实的细节。

如此看来，这本日记应该就像记录者所说，是为了破案而记载的。那么其中记录当属事实，但如此一来，又不得不面对记录中存在的诸多疑点。尧卯书对这些疑点一头雾水，而且，此事到底是否与他们正在追查的事件以及银圆的下落有关，他也毫无头绪。因此，他自然而然地便想到求助于自己身旁的侦探——关水。

转过头去，便看见关水正垂着头，捧着自己刚刚看过的那本老相册，似在看照片，但又像在发呆。从蓬乱的头发间看不出他的表情，尧卯书呼唤道："喂，关水。"

关水一脸茫然地抬起头来。

"什么啊，这副表情，你刚刚不会是睡着了吧。"

见关水对自己的打趣毫无反应，似乎还在愣神，尧卯书便继续问道："大侦探，你对这本日记有何看法？"

关水紧咬着下唇，沉默不语。片刻后，他犹疑地说道："我……还在思考。"

"说起来，从昨天到现在，听说了那么多事情之后，你还没有对此发表一句看法呢。你就非要像小说里的侦探那样，把所有谜团都留到最后再解决吗？"尧卯书不满地抱怨道。

"抱歉，不是我不想告诉你，只是太多线索在我脑袋里打转，就像找不到线头的毛线团一样，就算告诉你了，也只能徒添疑惑罢了。今天……就先到这里吧。我的头很痛，可能是感冒了。等过几天吧，过几天，等我准备好了，就打电话找你，然后咱们就可以一起去找银圆了。"关水勉强地笑了笑，一只手扶着额头向门口走去。

"等等，你已经知道怎么找银圆了？"

"大概，八九不离十吧。"

"那我们不用去找我姨外婆了？毕竟她才是埋下银圆的当事人，去找她的话，说不定能知道什么线索。"

"已经没必要了。如果你姨外婆真有什么线索的话，她自己应该早就把那些银圆挖出来了吧。别去了，只是无用功而已。"

"但是，从当事人那里听取证言，然后从证言中发现他们本人都没有注意到的线索并解开谜团，这难道不正是侦探的工作吗？"

关水没有回答，摆了摆手，走出了房间。不久，尧卯书便听到门口的防盗门打开又关闭，金属碰撞的声音此时显得十分刺耳。

尧卯书总觉得关水的态度有点消极得不正常，就连他说八九不离十的声音都显得有气无力的。说起来，他从未见识过关水侦探工作的实绩，而且这两天关水也没有发表任何看法，这令他不由得感到这个侦探或许没那么靠谱。

尧卯书拍了拍脸，振作起精神，暗下决心，不能再像之前一样，只知道依赖别人，自己却大脑空空的什么都不想了。这两天以来，自己所听说的、看到的和关水一模一样，而且身为彭家后代的自己，知道的应该比他更多才对，因此，如果他能从这些信息里得出什么结论的话，那么自己也可以做到。

于是，他暗下决心，坐在床边冥思苦想起来。

半个小时之后，他垂着头坐在原地，发出了微微的鼾声。

又过了半个小时，他醒了过来，似乎完全忘记了一小时前自己的雄心壮志一般，收拾起了箱子里的东西。他打算把日记本和相册带走，其他东西则一股脑塞回到箱子里，然后把箱子放回了原来的位置，准备回家。

不过，他还是决定去拜会一下自己多年未见的姨外婆。即便自己大脑空空，什么都想不出来，他也希望去听一听另一位当事人——彭美玲姨外婆的证词，除了找银圆，他对于外婆所说的后来那档事也很感兴趣，毕竟也是自己家族的历史嘛。

此时，他完全没有想到，外婆语焉不详的后来那档事，竟然也牵连到一起残酷而可疑的血案。并且，和彭生的"不可能坠亡"、赵雨的"密室杀人"类似，这起血案中也存在着看似人力所不能及的事实，或者可称之为"不可能犯罪"吧！死亡的阴影在百年间一直笼罩着这个命运多舛的家族……

几天后的下午，尧卯书依旧窝在他的小房间里无聊地刷着手机。这几天，关水那边也完全没有联络，虽然他下定决心要去找姨外婆，不过一回到家以后，他的懒病又发作了，只想躺在床上一动不动。如果关水能就这样把银圆送来该多好！不对，不要银圆了，直接换成几百万现金打进自己的银行卡账户吧，这样他就可以想干什么就干什么了……

就在他沉浸于自己不切实际的幻想中时，突然，手机从短视频跳到了通话界面，大音量的铃声随即响起。因为他几乎不会接到别人打来的电话，所以此时突然被吓得一激灵，差点把手机扔到地上。莫非是关水那边终于有消息了？他的内心不由得激动起来。

然而，看到来电的号码，却是一个陌生号码，这令他大失所望。一般来说，对于不认识的电话号码，由于多半是骚扰电话，再加上极度社恐，他都是直接挂掉不接的，不过这次或许是点错了，又或许是直觉使然，他竟然鬼使神差地接通了电话。

"喂？"

"喂，你是尧卯书吧。"

没想到，电话那头传来的竟然是一个清脆的女声，这也让他暂缓了挂断电话的念头。

"是，请问您是……"

"我叫关晓琳，是关水的……亲戚。我就直说吧，我想让你取消委托他找银圆的事情。"

"啊？"

由于对方的身份和意图都过于出人意料，尧卯书不禁大脑宕机了，一时间完全没有理解对方在说什么。

"算了，电话里也说不清楚，你家门口有一家'名典'咖啡馆吧？四点钟我在那里等你，可不准不来哦。"

"你为什么连我家的地址都知道啊，喂？喂？"

对方不给他任何反应的机会，迅速地挂断了电话。

放下手机，尧卯书不禁长叹了一口气。看来又被卷入麻烦的事情里了，而且还是关水那边的，这让他十分烦躁。但对方一上来就强硬地让他取消委托，此事也不能置之不理，于是他还是不情愿地准备前去会会对方。

看了一眼时间，竟然已经三点半了。看来对方是早已打定主意，说不定都已经在咖啡馆等着了，这让他不禁感到更头痛。

来到房间门口，他把门打开一条缝，悄悄地瞄了一眼客厅，幸好母亲不在客厅。自从那天被父母下达最后通牒以后，父亲又出差工作去了，他就尽量避着母亲，和她面对面就会感到内心羞愧不已，也基本没有对话。为了不惊动母亲，他蹑手蹑脚地出了门。

"名典"咖啡馆就位于他所居住的小区对面，中间只隔着一条马路。

尧卯书心里十分忐忑，慢悠悠地接近了咖啡馆。美式装潢的咖啡馆内部装修十分典雅，靠街一面是整扇的落地窗，悠扬的古典音乐声从店内传了出来。或许是因为觉得和穷酸的自己不搭调，他在门口徘徊着，不知道是否应该进去。

此时，坐在靠窗边座位的一个女生隔着窗户向他挥起了手。

尧卯书定睛一看，不禁惊讶地张大了嘴巴。

粉色挑染的双马尾从双肩流泻下来，身着缀满装饰物的黑色礼服，礼服胸前系着一个别致的蝴蝶结。脖子上挂着一个项圈，几条银色的挂坠点缀其上。耳朵上挂着两个巨大的十字形耳环，五官长得十分精致，就像洋娃娃一般，晶莹的大眼睛、圆润的鼻头和涂着唇膏的樱桃小嘴相得益彰。略显深重的眼影和脸上的亮片与装饰感强烈的穿搭形成了一种奇特的平衡美感。女生一边啜饮着面前的咖啡，一边向这边展露出迷人的微笑。

这应该就是最近流行的"地雷系"装扮了吧。如此漂亮的美少女，和自己完全是两个世界的人，这令他的心在怦怦直跳的同时，也更加对能否应付她而不自信。不过最令他惊讶的还不是她的外貌，而是——

这不就是那天碰到关水的时候和他谈笑风生的那个美少女吗？关水还说是偶然遇到过去搭讪的，果然是胡言乱语。

她究竟是关水的什么人呢……怀着复杂的思绪，尧卯书推开了咖啡馆的大门。

在她对面坐下后，尧卯书不由得感到如坐针毡，不敢直视她的眼睛。向走近的服务员点单之后，他尴尬地咳嗽了两声。

"那个，我是……"

"我知道，是大学毕业不好好找工作妄图靠着奇遇一夜暴富的尧卯书先生，对吧？"

嗡……

他感到大脑如遭重锤般，瞬间一片空白。原来是这种毒舌属性的吗？那么他更应付不来了。说实话，他甚至想立即从这里站起来逃走。

或许是察觉到他的怯意，端坐在对面的美少女也轻轻咳了两声，似乎是掩饰尴尬，而后说道："抱歉，刚一见面攻击性就有点强，不小心把心里想的话说出来了。我没那个意思，只是最近我也因为你添的麻烦比较头痛，加上心里稍微有一点鄙视你，所以就不小心说出来了。"

"那个……"

"别，先别走，我会好好反省。自我介绍一下，我叫关晓琳，是关水的亲戚，目前也刚刚大学毕业，正在自己创业做生意，加上在关水的咨询公司打工——虽然公司也只有我们两个人。总而言之，我没有攻击你的意思，希望你能好好地坐下来和我谈一谈。"

关晓琳飞快地用动听的声音说出了上面一大段话。面对关晓琳的一连串高速言弹连击，尧卯书一时竟忘记了自己刚刚想说什么。这时，服务员将他点的咖啡送了过来，他拿起咖啡杯啜饮了一口，让大脑冷静片刻，而后问道："那个，不好意思，你平时也是这样的吗？"

她似乎没想到尧卯书会问这个问题，稍稍愣了一下，而后摇了摇头："不，我面对客户和委托人的时候还是很优雅的，只是……"

"觉得面对我的时候没有优雅的必要吗？"

"嗯……"她下意识地点了点头，而后又摇了摇头，"不，只是因为我心里有点乱，完全不是你的问题，请别放在心上。"

看着她的表情，尧卯书觉得自己似乎被当成缓解压力的出气包了，不过转念一想，能被这种美女当成出气包，或许也是一种荣幸，看她的样子，平时应该也堂而皇之地发挥着自己美貌的优势吧。

"你说，除了在关水那里打工，你还在创业？具体是做什么的？"面对和自己近乎同龄、经历却完全不同的人，尧卯书不由得有点好奇。

"也没什么啦，说了你也听不懂，就是卖点小东西。"她似乎并不愿过多解释。尧卯书也没有纠结，毕竟他们不是来相亲的，虽说女生秀色可餐，但他还是巴不得快点谈完事情，从这里逃走。

"说起来，你为什么会知道我的个人信息以及我委托关水去找银圆的事情？"

"个人信息嘛，你的名字和电话就存在关水的通讯录里，知道了这些，其他的随便查一下就知道了。至于为什么知道你委托了他……我在他的手机里装了窃听软件。所以，你们一起讲了什么，听到了什么，我都一清二楚。"

"什么？窃听软件？"

尧卯书惊讶得差点喊了出来。

"谁叫他都不告诉我到底在干什么，去哪了。"关晓琳生气般噘起了嘴巴，"那天我偷偷跟踪他到了纬什街那里，结果差点被他发现，还好我灵机一动，跑到附近的游戏厅装作和他偶遇，他因为有心事，也没细想，最后终于是没被他发现我在跟踪。"

"原来如此，我就想说，这也太巧了吧。你竟然连他的电话都要监听，莫非是他的女朋友，控制欲特别强的那种？"

尧卯书脑海中浮现出病娇女拿着柴刀追杀关水的场景，顿时感到毛骨悚然。

"不是啦。"她连忙摆手，"你没发现我和他都姓关吗？真的只是亲戚而已啦。只不过他整天卷入一些危险的事情，然后又不告诉我，所以我只是以防万一，在他有危险的时候可以去救他而已。嗯，就是这样。"说着，她仿佛说服了自己般点了点头。

尧卯书怀疑地望着她："那你为什么让我取消委托？我们只是去找银圆而已，又不会遇到什么危险。"

"肯定有危险，只是你没有发现而已。自从接了你这个委托之后，关水整天心事重重的，他这人就这样，平时伪装得大大咧咧，但是实际上一到没人的时候就一句话也不说，把自己封闭在厚厚的壳里。可是，这次他竟然连伪装的心情都没有了，全然沉浸在自己的世界中，这在他过去所接受的委托里从来没有出现过。

"这些天，他对我也是爱搭不理的，我觉得他这样的状态就已经很危险了，但我不明白的是，为什么这个委托会如此让他耗费心神。委托本身，寻找银圆应该没什么，中途虽然听说了离奇的案件，不过那也是很多年前的旧案了。他以前经历过危险得多的状况，甚至现场和凶手对峙，陷入差点被杀的境地时都显得游刃有余。

"对了，说到这里，你把之前你们找到的那本日记也给我看一下，因为我只能听到你们的声音，不知道日记里到底写了什么，说不定和关水现在的状态也有关系。对了，还有相册。"

尧卯书在她强硬的口气之下，只能默默地点了点头。虽然他并没有将日记和相册给她看的义务，甚至应该对这个以非法途径窃听自己与关水对话的人严词拒绝，可不知道为什么，他就是感觉无法拒绝她，可能是因为他过于软弱，抑或是体会到关晓琳对关水真切的关心了吧。

"事出反常必有妖，所以，我就根据我所听到的信息进行了一番调查。"

听到这里，尧卯书不禁眼前一亮。管它黑猫白猫，能抓到老鼠的就是好猫。既然关水对此一直语焉不详，如果关晓琳能够达成自己的目的，那么照她的意思取消委托也不是不行。

"莫非，你已经知道案件的真相了？还是你已经推测出了银圆埋藏的地点？"

她摇了摇头："这个倒没有。比起推理，我更擅长调查。根据你外婆所提到的四灵信仰，以及彭家是宋代逃难到陕西建立了彭家河村的传言，我在网上调查了一下彭家的背景，结果发现还真不简单。首先，你知道这四灵信仰是从何而来吗？"

尧卯书摇了摇头，他从未想过从这方面去进行调查。

"四灵信仰自先秦时期就已经出现，最早其实在中国尚处于部落时期就有了，即不同的部落信仰的不同图腾。关于四灵到底是哪几种，有不同的说法。在西汉的《礼记·礼运》中记载着，'麟、凤、龟、龙，谓之四灵'；《三辅黄图·未央宫》

中则记载，'苍龙、白虎、朱雀、玄武，天之四灵，以正四方'，也就是把麟换成了虎。而四灵与四方，以及五行之间的关系也在这一时期出现了。

"汉代以后，四灵信仰普遍流传开来。历朝历代，尤以尊奉玄武为首，特别是到了宋代以后。这里有一个有趣的细节。本来，四方的主宰分别是东方青帝青龙、西方白帝白虎、南方赤帝朱雀、北方黑帝玄武，但在北宋宋真宗时期，为了避宋圣祖赵玄朗的讳，将玄武大帝的名讳改为真武大帝，自此之后，普遍用真武代替玄武。"

"啊，对了，我记得那本日记中有祭祀真武大帝的字样。"尧卯书想起之前看过的日记中的内容，不禁插话道。

关晓琳点了点头："没错，那就更从侧面证实了，你的祖先的确是宋朝时期，而且很有可能是南北宋交替之际逃难到陕西来的。而且，在一千多年的历史中，当初信仰的东西到底是什么，很有可能已经发生了偏差。我觉得，当初你的祖先逃难至此的时候，祭祀的应该就是真武大帝，后来才逐渐发展为四灵信仰。要知道，真武大帝在宋代的时候可是皇室信仰，彭家既然能够在此地特地修建一座中社塔来祭祀真武大帝，那多半与皇室脱不了干系，很有可能就是受皇室影响的，至少也是皇帝身边的红人。

"于是，我便查了一下宋朝时期，尤其是南北宋交替之际彭姓的科举中举者，发现还真有这么一号符合的人物。此人名叫彭路，是北宋崇宁二年（1103）的状元，官任观文阁大学士，和宋徽宗颇为亲近，有一首专门拍宋徽宗马屁的诗《谢恩》流传于世。不过金人打过来的时候，估计他也是跑得最快的。我觉得，他多半就是你们彭家的祖先。

"不过，此处也有疑点。他一开始可能是为了拍皇帝马屁而信仰真武大帝，但他逃亡陕西之后，为什么还会费力去修建一座塔来供奉真武大帝呢？难不成他是被道家思想所感化，真心实意地信仰起来了？我总觉得这行为和这个人给我的印象并不相符。"

"说到这个，"关晓琳拿起咖啡杯，抿了一口杯中的咖啡，"我还查到了另一件南北宋交替时期很有意思的事情。

"《宋史》记载：'绍兴初，有崔绍祖者至寿春府，称越王次子，受上皇蜡诏为天下兵马大元帅，兴师恢复。镇抚使赵霖以闻。召赴行在，事败，送台狱伏罪，斩于越州市。'意思是，在南宋政权建立之后，有两人冒充越王之子，拿着宋徽宗的诏书称自己被任命为兵马大元帅，结果被宋高宗看穿诏书是假的，二人被斩首示众。但是，为什么有人会这么蠢，自己去找着被砍呢？难道真以为冒牌的诏书能骗过宋高宗吗？"

说着，她又摆了摆手："啊，跑题了跑题了，这个和你家应该没什么关系，你就当我自言自语吧。"

"不过，就算彭家的祖先是彭路，这又代表着什么呢？"尧卯书喃喃道。

"我也不知道。只是，我觉得其中肯定有着能够令关水魂不守舍的巨大阴谋，不是你那可笑的区区几百枚银圆能够相比的。不过不论它是什么，我都不想再让他牵涉其中了。"

"但是，这里也有点奇怪。"关晓琳皱起眉头，"按关水的性格，不论你家的身份多高贵，牵涉到多大的历史阴谋，都不会让他烦恼。虽然他不说，但是我明白，他所在乎的其实只有他自己。无论给他多少钱，只要不符合他的心意，他都无动于衷；而如果能使他的心感到满足的话，就算下一秒就会死在路边，恐怕他也会带着微笑死去。虽然说得有点极端了，不过我知道，他就是这样的人。

"啊啊，真麻烦，要是我搞错了的话，或许就算让你取消委托也不能让他振作起来，或者也有可能他的心事其实完全和你的委托没有关系，但是他最近应该也没有别的委托了啊。总而言之——"

她的双手撑在桌子边缘，向尧卯书这边探出上半身，把脸凑了过来，直视着他的双眼。这突然的举动让他感到脸上一阵发烧："你，你干什么？"

"我不要你取消委托了，让我也加入调查吧。"

"什么？"

"我想知道，关水到底在烦恼什么。他不是不陪你去找你姨外婆吗？我可以和你一起去，不收费的哦。"

"但……但是……"

"没有但是。难道你觉得你一个人去听取证词，能得出什么结论吗？恐怕结论放在你眼前，你都会视而不见吧。我也不是贬低你，但是普通人的确就是这样的。"

148

她摇了摇手，衣服上的金属挂饰跟着一阵晃荡，发出了悦耳的声音。

"还是说，你要取消委托？二选一，你是选和美少女一起去愉快地调查呢，还是继续窝在你那个小房间里，放弃一夜暴富的愿望，一事无成地活下去？"

尧卯书挪开直视着她的双眼，望向窗外飘过的薄云，苦笑道："看来，我也没有选择了吧。"

就这样，尧卯书莫名其妙地和这个有点毒舌的神秘美少女关晓琳组成了同盟。

咖啡馆里，悠扬的音乐声继续播放着，是柴可夫斯基的《天鹅湖》。

在关晓琳的催促下，毫无行动力的尧卯书也像是被鞭子从后面驱赶般，快速地定下了去拜访姨外婆彭美玲的行程。

他先打电话给外婆，从外婆那里问到姨外婆的手机号，又问外婆那件事到底是什么，外婆告诉他，跟姨外婆说是卖二府街房子时候的事就行。于是，他忐忑地拨通了姨外婆的号码。

他记得，上一次见到姨外婆还是在自己上中学的时候。印象里，姨外婆留着及耳的短发，胖乎乎的圆脸上总是面带笑容，每次见面都会夸张地和他打招呼。她走起路来晃悠悠的，做事却非常麻利，尤其是在厨房扯面的时候，双手一拉，面条便在胸前如跳舞时手上拿着的红丝巾般飞快地舞动起来。在他仍眼花缭乱之时，面条已下入锅中。姨外婆的面吃到嘴里劲道爽滑，令他印象深刻，不愧为在车站食堂一人掌勺几十年的大厨。但是，他其实有点怕这位姨外婆，因为她实在是过于热心，听外婆说，她已经帮好几个适龄的年轻人安排了多场相亲，而且还通过外婆问他，想帮他也安排，吓得他连连摆手拒绝。

铃声响了几下之后，姨外婆那夸张的大嗓门便从电话那边传了过来："喂，谁呀？"

"姨外婆，我是小卯。"

"小卯……呀，小卯呀！怎么想起来给姨外婆打电话了？是不是改变主意，想让姨外婆帮你找对象了？这就对了嘛，你姨外婆找的，介绍一对成一对啊，那个棒棒、小哲、阿敏，都是我给介绍成的，现在人家娃娃都抱了。我这边现在还有好几个黄花大闺女找我呢，家庭条件都好得很，你等下，我现在就给你问问。大学生嘛，学习好得很，长相也没问题，保准一介绍一个准，我这就给你安排……"

眼见姨外婆没有要停下来的意思，他只能硬着头皮插话道："姨外婆，那个，我不是要找对象……"

"不是找对象？别害羞了，不找对象你还能找你姨外婆干吗？我给你说，你现在也大学毕业了吧？再不找就晚了，人家棒棒，在你这个年纪都已经抱娃娃了，铁路系统找的，条件好得很，工作也轻松。"

"姨外婆，我真不是那个意思。"尧卯书苦笑着说道，"我只是想问问家里以前的事，外婆说您知道得比她清楚。"

"家里的事？什么事？"姨外婆显然一头雾水。

"就是卖二府街房子时候的事。"

电话那头顿时沉默了，再答话时，语气中的热情相比刚才下降了许多。

"哦，那件事啊，难怪姐姐她不愿意讲。都这么多年过去了，你还想知道那件事干吗？"

"姨外婆，我也不想瞒着您，就跟您说实话吧。当年您不是在彭家河那里埋了银圆，后来一直都没机会再挖出来吗？我现在想把那些银圆挖出来，所以在调查家里以前的事，想着可能会有什么线索。当年在平坟的时候发生的事情我已经听外婆讲了，就是这件事……"

"唉，五十多年过去了，我自己都快把埋过银圆这事给忘了……你肯定也是听你外婆讲的吧？这也是姐姐心里过不去的一个坎了，毕竟后来我们一直过得磕磕绊绊的，如果有那笔钱的话就会好很多。不过，到了现在，姨外婆是已经完全无所谓了，你想找的话，我会把知道的全都告诉你的。"

"谢谢姨外婆。"尧卯书连忙道谢。

"但是，那件事情里真的可能有找到银圆的线索吗？"姨外婆仿佛自言自语般，"不过仔细想想，可能还真的有——那个时候在宅子里的人，好像平坟的时候也都在村子里。哎哟，我也老了，脑袋不好使了。那件事，一回想起来就可怕啊，而且挺不可思议的，也难怪你外婆不愿意讲了，光是讲彭生的事，她就已经很痛苦了吧。"

尧卯书听后，心中不禁一惊，自己完全没有考虑到外婆的感受，原来那时她一直是在强颜欢笑，内心其实在为回忆往事而痛苦着。他感到十分愧疚。

"要讲这事，姨外婆是完全没问题。不过这事说起来可就长了，三言两语恐怕说不清楚。"

"嗯，我明白，所以我打算来宝鸡一趟，您什么时候有空？"

"我呀，现在退休了，啥时候都有空，就是身体有点毛病，隔三岔五就得往医院跑。我看看，要不后天吧？后天下午。你准备怎么过来？"

"就坐高铁吧。现在高铁挺方便的。"

"那好，姨外婆家在左岸新城，你下了高铁，就坐41路公交车，坐到和谐路站就行，到时候你打电话，姨外婆去车站接你。"

"我直接去您家吧？省得您来回麻烦了。"

"不，不。"

他似乎能想象出姨外婆在电话那头挥着手的样子。

"我腿脚一点问题都没有，我得的糖尿病，就是应该多走走，你就听姨外婆的。"

"好。"尧卯书不再推辞，接受了姨外婆的提议。

"唉，说起那件事啊，当时我也真的是气坏了。"姨外婆继续自言自语般说道，"以至于后来他死了之后，我一点都没有感到悲伤，甚至还觉得挺解气的。现在再看，我当时也是太不成熟了，再怎么说，毕竟也是亲戚啊。”

“什么？您说谁死了？”

“就是根喜啊。哦，你应该叫他舅姥爷吧。”

很快便到了行动当日。那天，在听说根喜的死亡之后，得知家族里又一起怪事的尧卯书不禁心乱如麻，感觉自己似乎打开了潘多拉魔盒一般，一起又一起离奇的死亡事件从尘封的历史中被他挖出，虽然目前还并没有对现在产生什么影响，不过已经让他的心中产生了一丝隐隐的不安。他所不知道的是，这不安很快便要成为现实。

怀着隐约的不安，他在中午前乘坐地铁二号线到达了西安北站。

“列车已到达终点站西安北站，请乘客们有序下车，欢迎再次乘车。”

伴随着电子音的报站声，车厢内的人们无声地鱼贯而出。尧卯书埋头跟着提着大包小包、步履匆匆的人群出了站，突然感到肩膀上被拍了一下。

“喂，你好慢啊。”

抬头一看，关晓琳的脸出现在眼前。今天她穿着黑色半袖上衣和牛仔裤，脸上和身上花里胡哨的装饰也如变魔术一般消失无踪了，不过略施脂粉的脸，反而更体现出她自然的美感。

“没想到你还是有点常识的嘛。”

“我的穿衣风格只是个人兴趣而已，见长辈的时候，我还是会注意避免无谓的误会的。没常识的人是你吧？"说着，她瞪了尧卯书一眼，举起了手中提的东西。

"这是？"

"牛奶啊，还有水果。我就知道你肯定没准备这些，去看望长辈，带上点慰问品，这不才是生活常识吗？"

尧卯书无言以对，只能把手伸向她："抱歉，我帮你提吧。之后我把钱转给你。"

"这还差不多。不过，转钱就不用了，我还不缺这点钱。"

二人无言地走进高铁站，在广阔的候车大厅等待片刻后，便搭上了前往宝鸡的列车。自从前几年西安到宝鸡的高铁开通之后，来往相比以前方便许多，只需要支付50元左右的车票，不到一小时就可以从一个城市到另一个城市。

二人上了车，找到座位坐下之后，尧卯书终于感觉松了一口气。不过，一瞄到旁边坐着的关晓琳的脸，便又立即紧张起来，感觉如坐针毡。

"在看什么？"她板起脸，双臂交抱在胸前，似乎还对刚才尧卯书说她没常识怀恨在心，这种表现倒是挺少女的。

"不，没，没什么。"总不能说因为你长得好看，所以忍不住偷看吧。尧卯书暗想。

"说起来，我让你带的日记和相册呢？你不会连这个也忘记了吧？"

"不，没忘。"

他从随身携带的背包中拿出了那本破破烂烂的日记和泛黄

的老相册，交给关晓琳，她随即便认真地翻看起来。

尧卯书将脸转向窗外。钢筋水泥浇筑的建筑物不断从眼前掠过，片刻之后，高楼渐渐消失，取而代之的是低矮的平房和绿油油的农田。早春时节，田里的麦子还没有成熟，不过看不到手工作业的农民，只有大型机器在运作着。此情此景，足以滋润尧卯书平日里看惯手机屏幕的双眼。

就在他不知不觉闭上眼睛，感觉快要睡着的时候，关晓琳在一旁向他搭起了话："说起来，你是怎么认识关水的？"

转过头去，她正低头翻着相册，似乎是随口问出了这个问题。尧卯书回想起当初和关水结识的经过，其实颇为戏剧性。

"最开始是在一个推理论坛里。当时我在读了一本推理小说之后，觉得书里的密室诡计特别荒谬，根本不可能在现实里实行，于是就发了一个帖子吐槽这件事。下面回复的人议论纷纷，有些人支持我的说法，有些人则觉得想象力和创新性更重要，可行性则无关痛痒。不过，唯独他针对我觉得每一个不可实现的点进行了反论，说明了其在现实里也有破解的方法。我当然觉得心里很不痛快，于是又吹毛求疵地对他所说的那些点进行反驳。这么一来二去，就反复讨论了几十层，我也深深记住了他的网名。后来，我们还就推理小说的文学性、社会性等多个问题进行过讨论，也就逐渐熟悉起来，可以说是'不打不相识'了。"

关晓琳忍不住笑了出来："我知道，他身为侦探，有时候也喜欢看那些虚构的推理小说，因为在他解决的事件里就有不少是模仿小说进行的犯罪，需要侦探出马的什么不在场证明或者密室案件，大多数也正是这种脑子不太正常的犯人所为。不过没想到他竟然还有这样较真的一面。"

"后来有一次，论坛举行了一次分享身边真实的推理事件的活动，其他人举的基本都是一些微不足道的日常之谜，唯独他分享的是一起密室杀人案件，令我大吃一惊，才知道他竟然在现实里从事着类似侦探的工作。后来，怎么说呢，因为逐渐熟悉起来了吧，他便向我推销起他万事屋的工作，说什么都可以解决，于是这次我就想到来委托他了。"

关晓琳仿佛在思考着什么般，轻轻地点了点头。接着，两人又陷入沉默。几十分钟的时间一晃而过，窗外的景色已经由农田又变回了工厂和交错延伸的交通管线，马上就要到宝鸡了。

在尧卯书印象里，如果说西安像个大工地的话，那么宝鸡就像一个大森林——宝鸡地处秦岭脚下，即便在市区，随时远望也都可以看到秦岭那高耸着的威严身影。宝鸡仿佛被秦岭环抱在怀中的孩子一样，市区里到处都是苍翠的大槐树，整个城市笼罩在一片绿意之中。整洁的街道上，人流与西安相比简直是稀少。这种回归乡野般的慢节奏生活令尧卯书心驰神往，只是，和其他许多事情一样，他并没有勇气去实践。

下了高铁，高铁站里的人也很少，空旷的大厅显得有些寂寥。二人一同走出高铁站，在门口转乘41路公交车，坐了两站便来到了姨外婆所说的和谐路站。

一下公交车，就在他想要给姨外婆打电话的时候，发现有个体型独特的身影正站在站牌旁边，向他使劲地招着手。

"小卯，这里！"

走近一看，果然是那个熟悉的姨外婆。只见姨外婆留着波波头，或许是因为刚染过，一头黑色的头发显得油亮油亮的，完全看不出已是七十来岁的老人，圆润的脸庞上挂着笑容，一双明亮的大眼睛闪闪发光。她身着一件绿色的长衫，上面印着各式各样、大小不一的花朵。

看到尧卯书走近，她几乎是抢一般从他手里把果篮拿了过去，尧卯书几乎拼尽全力才把牛奶留在了手里。

"姨外婆，我来拿就好，您都多大岁数了，我是年轻人，怎么能让您拿呢？"

"你到宝鸡来，姨外婆是主人，你是客人，哪有让客人拿东西的。你看看你，和你姨外婆客气啥呢，还拿东西。"

话虽然这么说，不过她的嘴角咧得更开了。此时，她注意到了在尧卯书身旁站着的面带微笑的关晓琳。

"这女娃长得真俊啊。你都有对象了，也不和姨外婆说。姨外婆还寻思着帮你找对象呢。你看这小姑娘多好，你早说，姨外婆就放心了。"

"姨外婆，她不是……"

尧卯书顿时脸红了起来，想要澄清，不过却被关晓琳从身旁悄悄地踢了一下。

"外婆好，我叫关晓琳。我这次跟着他呀，一起来看看您。"说着，关晓琳拉起他的手，尧卯书顿时明白了她的意思，与其费力解释半天换来姨外婆的怀疑，还不如伪装成男女朋友，这样容易探听到更多消息，不过他仍然感觉脸上一阵滚烫。

姨外婆一边在前面唠叨着近况，带着他们向她居住的左岸新城走去，一边旁敲侧击打听着二人的恋情进展，尧卯书只能硬着头皮应付过去。远方便是云雾缭绕的秦岭南峰，他们就在秦岭的守护之下一路走着。

到达小区后，二人跟随姨外婆在被迷宫般树篱环绕的小区内左拐右绕，终于在晕头转向之前到了姨外婆居住的楼栋，那是在小区的一个角落里。他终于明白为什么姨外婆会坚持到公交站来接自己了，否则恐怕他在这里绕半个小时都找不见地方。

一进屋，熟悉的气息顿时扑面而来，唤醒了尧卯书多年以前的记忆。因为宝鸡夏天的平均气温要比西安低三四摄氏度，他在小学的时候曾经为了避暑，来姨外婆家住过一个暑假。客厅里还是摆着十年前那张淡黄色的茶几，木制的靠椅也原封不动，只是经历了十年后，历史的气息又浓了一分。

"你们坐，今天你姨外公不在，家里就我一个人。我给你们泡壶茶去。"

"姨外婆，不用麻烦了。"

"这是你姨外公从安徽那边带回来的，说是好茶，我也不懂，你们尝尝。"

说着，姨外婆便走进厨房去泡茶了。

客厅里，关晓琳坐在尧卯书对面，一只手支在下巴上，若有所思地望着窗外。

"说起来，你看完日记和相册，有发现什么吗？"

"有倒是有，只不过，我感觉有点不可思议，或者说，有点荒谬。"

"是什么？"

"关于相册的……算了，这个先不说。我可能需要回去再自己调查一下，我以前竟然从来没有想到这一点……关于日记里提到的疑点，我们倒是可以好好讨论一下。

"关于现场的水迹、手斧的位置，以及凶手断头的理由，我总觉得这几点是相互联系的。日记的主人也尝试就这几点进行推理，但他得出了临时起意和预谋杀人均不合理的结论，就此放弃了。但我感觉似乎抓到了一点什么……先说好啊，比起关水，我的推理能力还有所不足，所以你也不要什么脑子都不动，一起来和我想想看。"

"好，你先说，你想到了什么？"

"日记主人提到，如果是预谋杀人的话，从被衣柜隔开的粮室内拿出手斧不合理，如果是临时起意的话，从现场的水迹可以推理出，凶手在杀人的时候没穿衣服不合理。但是，这里他其实有一点过于想当然了。"

"怎么说？"

"这里的两个结论看似是正确的，但它们都是以'被害人被斧头砍杀致死'为前提，但他确认这个前提的条件其实只有一个，那就是被害人除了脖颈处被砍的痕迹之外，并没有其他伤口。"

"难道这不能说明吗？"

"当然不能。就算被害者是被用其他方法杀害的，只要痕迹位于脖子处，那么在斧头砍过之后，自然也就看不出来了。"

"你的意思是……被害人是被勒死的？"

关晓琳满意地点了点头："没错，而且我觉得这大概率就是真相。只有这样，才能解决手斧位置、水迹以及凶手断头理由这几个矛盾点。先不考虑凶手是预谋还是意外杀人，总而言之，他在到达洞穴以后，将被害人勒颈致死。他知道在衣柜后的粮库内放有手斧，于是移开衣柜，将手斧拿出，然后脱光身上的衣物，对准被害人的脖子一顿劈砍，之后将身体和手斧清洗干净，接着再次穿回衣物，将手斧放回原处，而后离开现场。密室的问题，这里也先不考虑。那么，凶手将被害人斩首的原因是？"

"他想掩盖死者的真实死因！"

关晓琳点了点头："没错，那个年代那个地方没有法医，如果将死者颈部的痕迹砍得稀巴烂，那么前来调查的人一定会认为死者就是被砍杀而死，而不会想到，死者其实是被勒死的。但是，我就是在推理到这里的时候卡了壳。"

"凶手到底为什么要掩盖死者的死因呢？"尧卯书喃喃道。

"没错，就是这点！看来你也不是完全的榆木脑袋嘛。"关晓琳拍了拍手，"勒颈和被手斧砍杀，到底有什么区别？为什么知道了被害人是被勒颈而死，就会对凶手不利呢？就是这点让我十分困惑，怎么也想不出来。"

为什么凶手要掩盖死者的死因？这个问题在尧卯书脑海中打着转，不过他也没有什么好的想法，只能无奈地摇了摇头。这时，姨外婆端着泡好的茶出来了，他们的对话也就此告一段落。

关晓琳连忙上前，从姨外婆手中接过了放着茶杯的托盘，将冒着热气的茶杯分别放到三人面前。

尧卯书端起茶杯，微微抿了一口。不过对茶叶毫无研究的他实在品不出这茶的好坏，只能感受到一股清香在嘴里扩散开来，反正好喝就是了。

"好茶啊！"茶水一入口，关晓琳便赞叹道，"这应该是顶级的黄山毛峰，应该说是绿茶的代表茶种了。这种级别的茶叶，在外地是不可能买到的，就算在本地也产量极少，只有和茶店老板相熟之人才能托人帮他留下些许，但也要卖到至少几千元一斤的高价了。"

"没想到，你还挺懂茶叶。"尧卯书惊讶道。

关晓琳白了他一眼，似乎要发动毒舌技能，又想到姨外婆在旁不好发作。姨外婆看她的眼神也越来越欣赏了，这令尧卯书不禁感觉一阵心悸，这下惨了，自己走之后姨外婆肯定会给外婆说，自己找了个怎样的女朋友！他已经预感到自己以后恐怕是跳进黄河也洗不清了吧。

三人又寒暄了片刻，终于，在关晓琳的引导下，两人把彭美玲那仿佛永远止不住的话头引到了他们想要询问的过去的事情上。

谈到过去，本来笑容满面的姨外婆也微微正色，咳嗽了两声，似乎有点严肃起来。她拿起茶杯喝了一口茶，而后慢慢地讲述道："过去的事情啊，有时候我真的不太想回忆。比如说彭平，还有我二伯他们一家，谈起来都是伤痛。还有彭生、失踪的刘巧兰和她的孩子……或许每一家都有每一家的难处吧。可是姨外婆觉得，发生在咱家的事情也未免太多了些。你多少应该听你外婆讲过吧？"

"外婆跟我讲了彭生的死，还有刘巧兰在医院失踪的事情。"

"是啦。当年失踪这事可也是惹出了一阵混乱啊。不仅如此，医院的人也在手忙脚乱中闹了乌龙。当时你外婆生完孩子以后，因为身体虚弱，晕了过去。但是医院规定陪护的家属不能进产房，当时我和姐夫在产房外面等着，看到这景象，姐夫想要冲进去，但是被护士挡了出来，说是个男孩，母子平安，我们这才松了一口气。可是，第二天，和她一个产房的刘巧兰便失踪了，医院里一片混乱的情况下，那个护士又来告诉我们，说昨天搞错了，你外婆生的是女孩，还不停地向我们鞠躬道歉呢。"

"哦？这件事我倒是没有听外婆说过。"

"我和姐夫觉得没有必要把这事告诉她，所以就一直没给她说。唉，还好姐夫不是重男轻女之人啊。"

尧卯书若有所思地点了点头："其实，我想问的是……"

"你是想问在卖二府街房子的时候发生的事情吧？之前你在电话里说过。"姨外婆又抿了一口茶，而后开口道，"那件事发生的时候，我想想啊，应该是在1991年……"

第八章

过去·地震

　　1979年，改革开放政策实行以后，彭巧玲与彭美玲姐妹二人终于有机会回到她们在西安市二府街的那套房子里去。房子是一栋三层的小楼，前面带一个院子，位于二府街和北院门，也就是现在所说的回民街的交界处。然而，彼时有一家郭姓之人早已经霸占了那套房子，怎么赶也赶不走。无奈之下，二人只好将他们告上了法庭。经过法院长达三年的起诉、开庭、再审等流程，最终，法院强制执行，将他们赶出了这套房子，此时时间已经来到了1984年。

　　然而，费尽功夫收回房子所有权的姐妹俩却发现，事情并没有她们想的那么简单。六十到七十年代之间，由于恐惧美苏会发生核战争，响应"深挖洞、广积粮""备战备荒"的号召，很多民众都纷纷在自家地下挖起了防空洞，这郭家也不例外。或许因为房子不是他们自己的，他们相比一般人更加肆无忌惮，几乎将院子的整个地下挖空，变成了防空洞，甚至都可以在防空洞里面直接看到房子的地基。然而，由于缺乏建筑知识，他们所挖的防空洞可以说是破绽百出，有没有防空的作用先不说，反而导致整栋建筑地基下陷，甚至导致隔壁两侧的建筑物都向这里倾斜了。到了姐妹俩收回房子的时候，这个防空洞已经没有丝毫作用，反而变成了一个巨大的麻烦。

在郭家居住于此的时候，隔壁的邻居心知肚明这房子并不是他们所有，而且由于他们善于耍赖，所以并没有人想着去找他们赔偿。但姐妹俩收回房子以后不久，来自邻居们的一纸诉状便从天而降，让两人狼狈不堪。经过漫长的与邻居们对簿公堂、协商、赔偿以后，又是三年过去，此时已是1987年。

在这三年间，还有一件事对彭巧玲打击巨大，那就是黄家卫的死。身为卡车司机，黄家卫的驾驶技术极佳，多年来从未出现过违章或事故，奈何有时候祸从天降，尤其是在路上跑的行当，就算自己毫无错误，他人的失误也有可能导致双方均车毁人亡。在一次拉货的途中，由于高速上对向司机疲劳驾驶，将车开到了他所在的车道，避让不及之下，两辆大车发生了剧烈的碰撞，而黄家卫本人也年仅四十多岁便死于这场不幸的事故，可谓是英年早逝。

自那以后，彭巧玲头上的白发便日渐增多。加上长年的官司也令她心生疲惫，地基不稳的房子住起来心里总是不踏实，后续如何依照法院判决处理地基下陷的问题更令她深感头痛。而彭美玲家住宝鸡，也不能时时刻刻陪在她的身旁，于是，她便起了将房子卖掉的念头。但是，这房子已经远近皆知，在他人眼中也是一个烫手山芋，接手之后大概率要全部拆掉并且重新打地基，于是迟迟没有人购买。最终，还是几个胆大的回民和彭巧玲谈好，决定将房子买下，而最终谈成的价格也只有区区一万元。不过，对于她本人来说，反倒是像甩掉了一个沉重的包袱般松了一口气吧。而这个时候，又是四年过去了，时间终于来到了1991年。

可是，就在房子出手前夕，又出了岔子——双喜不知从哪儿得知了消息，带着根喜跑来房子里住下，声称这房子当初是彭庆年买的没错，但是有一部分钱是彭怀存出的，因此现在房子卖掉了，他们也有权利分一部分钱。虽然彭美玲向他们表示，钱绝对不会分给他们一分，但他们还是不由分说地强行住进了房子的地下室里。

而这起事件，就发生在她们即将搬出房子的前一天……

"都说了，这房子跟你一毛钱关系也没有，就算你再死皮赖脸地赖在这里，也没有任何好处，赶紧哪儿来的回哪儿去吧。"彭美玲双手叉腰站在院子中央，中气十足地朝着防空洞的入口处扯着嗓子喊道。

"妹子，都是一家人，别这么绝情嘛。当年在村子里，我不是还分给过你们花钱吗？"彭双喜打开防空洞简陋的木制遮蔽口，探出脑袋，一边嘿嘿笑着一边说道。几周以来的防空洞生活让他变得面黄肌瘦，加上他本身的长脸，浓重的黑眼圈看起来就像个死人一般。

"别提你那花钱了，一想到就来气。"彭美玲想到，当初她拿着那枚花钱到八仙庵去鉴定，结果那鉴定师拿着瞅了三瞅——"你这个呀，一文不值！"把她的鼻子都气歪了。至今，她仍然相信，双喜和根喜是用某种障眼法从她们眼皮子底下偷走了陪葬品，只给了她们其中最不值钱的戏耍她们。

"你说，你们是何必呢？就为了这点不属于自己的钱，天天住在这阴暗潮湿的防空洞里面，下面什么都没有，只有你们自己铺的两床草席，再住下去要出事的。你们就算回村里去种地，也比这强不是吗？"

"这你别管。"双喜哼了一声，"老子就爱住这儿，这防空洞睡起来多舒服。"

"你是这么想的，那根喜呢？"

"谁知道他在想什么，这会儿又不知道跑到哪儿去了……当初就不该叫他一块儿来，都没跟你们说过几句话，一点作用都不起，真是废物。"

"唉。"彭美玲无奈地叹了一口气，"你爱住你就住吧，反正我们明天就要搬出去了，到时候你跟过来收房的回民讲，让他们给你钱吧。"

"什么？"双喜惊讶地瞪圆了双眼，似要抗议。此时，大门那边传来了动静，似乎是有人在外面敲门，巧玲正在应门，于是她也连忙走了过去。

门口站着面色阴沉的根喜。他并不像双喜般惦记着分钱的事情，反而好像单纯把这里当成一个住的地方般，每天不知道在外面忙活些什么。他默默地向姐妹二人点了点头，似要走进院子，不过，此时走向门口的一名少年吸引了三人的注意力。

只见那少年留着微卷的短发，长着一对细长的眼睛，一笑起来便眯成了一条缝。他的睫毛很长，红扑扑的圆脸蛋上生着点点青春痘，鼻头也有些红润，看起来二十岁左右的样子。他身上穿着打着补丁的布衣和短裤，脚底下是一双鞋帮子已经裂开的不太合脚的皮鞋。

他脸上挂着微笑，向巧玲和美玲低下了头，说道："姑姑们好。我是彭平的儿子，名叫彭平生。你们可能已经不记得彭平是谁了吧，因为他当年刚出生不久，便离开了彭家，他是彭永年的儿子，所以我应该叫彭永年爷爷才对。"

巧玲和美玲完全没想到这少年的身份，一时之间不由得呆愣在原地。细看之下，少年的五官的确与年轻时候的彭永年颇为相似，这不禁也让姐妹俩产生了几分信服感。

"我爸现在在河北沧州那边，他身体有点问题，来不了，我家已经快穷得过不下去了，他听说你们这儿在卖房，就让我过来看看，能不能分到点钱。"

一听这话，不论这少年的身份到底是真是假，彭美玲顿时火气就上来了。平时没见过人影，一到有钱的时候，什么七大姑八大姨的都冒出来了，她扯着嗓子嚷嚷道："没门，没门，别惦记这钱了，没你的份。什么彭平，连面都没见过的人也想来分钱，实在太可笑了。"

那少年礼貌地点了点头："我明白了。不过，今天我应该来不及回去了，可否让我在此借住一晚？"

"家里没有给你住的地方！"

"妹妹……"彭巧玲皱着眉头，似想劝妹妹不要如此绝情。

"就是因为你太心软了，所以这些只想不劳而获的'蛀虫'才接二连三地冒出来。"

听到自己被称为"蛀虫"，少年并没有生气，而是继续微笑着说道："没关系，我可以住防空洞，我自己带了草席。"

说着，他背过身去，展示了自己背上背着的草席。

"哎，怎么一个两个都想住防空洞，那防空洞是有什么魔力吗？随你吧，不过，明天你可就得搬出去。"

彭美玲叹了一口气，妥协了。此时，她瞟到旁边一言不发的彭根喜，发现他正以一种奇怪的眼神，诧异地盯着那个自称是彭平生的少年。

但很快，根喜便转过身去，走向了防空洞，少年也跟在他身后，不多时，二人便消失在了那个漆黑的洞口之下。美玲则跟着巧玲回到了屋子里。

"唉，这都是什么事啊？"回到客厅，她一屁股坐在方桌前的竹板凳上，喝了口水，接着便抱怨道，"根喜和双喜这两个大麻烦还没走，现在又来了个什么彭平的儿子，要是他们一直缠着我们的话，保不准后面又得打官司了。这些年都打了多少场官司了？我已经受够了。"

巧玲也皱着眉头，勉强地笑了笑："希望明天就可以结束吧。"

"明天咱们搬走之后，你先到宝鸡我那边躲一阵，等他们都走了再回西安，不然我怕他们会继续缠着你不放。"

巧玲默默地点了点头，望着窗外。灰蒙蒙的天色，似乎就像自己这些年来的人生一般，黯淡而看不到希望。她又想起自己正读技校的女儿，唯有这时，才能为自己的心灵带来一丝慰藉。

"什么时候，好日子才能来到啊……"

不知是姐妹俩中的谁，在寂静的客厅里低语着。窗边的小鸟发出叽叽喳喳的声音，风吹过院外的大树，将一片树叶带到方桌之上。在这一系列不值一提的小动静之后，整个屋子又陷入了全然的宁静之中。

傍晚。

彭美玲将许久不穿的衣服一排晾开，挂在院子里提前晾晒干净，便于明天将这些衣服全部带走。巧玲正在房子里四处巡视着，看看还有没有什么落下的东西。明天等收房的回民一来，给完钱后，二人就准备甩掉双喜等人，静悄悄地溜走。

此时，双喜走过她身边，向大门外面走去。

"你终于想通了，准备走了？"

双喜板着脸，摇了摇头："根喜让我去帮他买两盒烟。平常我都不怎么出来，都是他在外面买。其实我看出来了，他是想把我支开，单独和那个自称彭平儿子的小子说些什么，不过就随他去吧。你们这么油盐不进，我也得想想，之后到底该怎么办。"

说着，他便离开了院子。

美玲继续在院子里搭着衣服，过了一会儿，她终于忙完了，伸了个大大的懒腰。此时，四周的风呼呼地吹着，天色突然飞快地黯淡下来，夕阳的橙色光辉被黑暗所取代，一道闪光划过天幕，紧接着，头上传来轰隆隆的声音。

糟了，看来要下雨。彭美玲想着，慌慌张张地把刚刚搭好的衣服又收了起来。

就在她抱着一大堆衣服，准备冲回屋里的时候，突然，她感受到脚下似乎开始摇晃。

"怎……怎么回事？"

由于正在奔跑的过程中，她没有太多反应时间。晃动逐渐剧烈起来，她保持不住平衡，摔倒在地。

外面的街道从空无一人瞬间变得嘈杂起来。

"地震了，地震了，快跑！"

不知道谁在街上大喊着，越来越多的人从家里冲到街道上，每个人的脸上都带着茫然与无措。院墙上放着的盆子砸倒在地，猫儿在小巷间飞快地穿梭着，远处传来激烈的犬吠声……各种各样的声音汇聚成一个不祥的旋涡，在彭美玲的脑海中不断地盘旋着。

她用手撑起身体。"姐姐，姐姐！"

她向室内大喊着，紧接着站起身来，向屋子里冲去。这栋房子本来就是危房，又遭遇地震，恐怕十有八九要倒塌，而巧玲此时此刻还在房子里面，这让她不禁心急如焚。

就在她刚刚冲到房子门口的时候，巧玲也恰好从里面跑了出来。

彭美玲感到怦怦直跳的心脏微微冷静了下来，拉起姐姐的手就向门外奔去。

响动声越来越剧烈了，砖瓦在破碎，门房的门匾塌落，街道上像变魔术般出现了熙熙攘攘的人群，人们喧哗着，哭喊着，已经分不清什么是什么了。彭美玲迅速地在人群中来回地挤着，紧紧攥住彭巧玲的手，拉着她往前面广场的开阔地带跑。

终于，在一番如同地狱般的拥挤与推搡过后，二人来到了户部巷前的一个广场。这里可以眺望到远处的鼓楼以及她们来时的二府街，街上黑压压的人潮仍在不断涌动着。广场上的人们大都已经比较冷静，不过各种议论与哭喊声仍像虫鸣般在耳边环绕。美玲大口大口地喘着气，巧玲面色苍白地抚摩着胸口，此时，二人终于有工夫回头望向自己刚刚逃出来的那个家——

只见，整座房子像是有生命的活物一般，正一点一点向着地面塌陷下去。

夜晚。

广场上，广播的声音从四面八方传来：此次地震震级为6.5级，震源为西安市雁塔区附近，目前仍有发生余震的风险，请居住在雁塔区的居民前往开阔处避难。

美玲和巧玲在广场的一角找到了一块狭小的地方作为临时的避难处，二人将刚刚领到的薄褥子铺在地上。周围挤满了像她们一样从家里逃出来的人，不像傍晚般喧闹，现在，大多数人都沉默着，整座广场散发着一股恐惧的气息。可是，此时的巧玲却没有打算休息。

"我要回去。"

"太危险了，广播里也说了，可能发生余震。"

"但是，根喜和彭平生可能还被困在防空洞里。"

彭美玲本来想说，已经管不了他们了，不过话到嘴边又憋回了肚子里，她知道姐姐肯定不能接受这样的说辞。

"那我陪你一起回去。"

"不，你就留在这里，把这块地方占住。"

"我和你一起去，不然，咱俩就都别去。"

美玲拉住巧玲的胳膊，其实她当然希望巧玲放弃，不过巧玲并不打算放弃，又拗不过她，只好叹了一口气，说道："那好吧，咱们一起去吧。"

二人在夜色中，不顾旁人疑惑的眼神，逆着人流向来时的街道走去。傍晚的人潮涌动仿佛是假象一般，现在街上空无一人。明亮的月光下，可见各种从高处落下的砖瓦碎片，以及人们在逃走时落下的瓶瓶罐罐，街道两旁院子的围墙很多已经塌下来了，整个街道看起来就好像废墟一般。

美玲拉着巧玲的手，留意着地面上的各种障碍。二人小心翼翼地在街道上穿行，终于回到了自家的小院门前。

栅栏门已经从墙上脱落，躺倒在地面上，院墙也倒得歪七扭八。房子的墙面裂开一道大缝，整个三层的墙面已经都脱落下来，砸到了地下，变成一堆砖瓦的残片；不过房子还没有倒塌，维持着基本的形状。

然而，砖瓦和裂缝其实还不是最糟糕的，最糟糕的是，整个房子的前半部分明显往地下陷落了几十公分，因而看起来就像比萨斜塔般摇摇晃晃，似乎随时有整个垮塌的风险。不用说，这自然是乱挖防空洞导致地基不稳所造成的结果。

"太危险了，要抓紧。"说着，美玲便慌慌张张地跑到防空洞的入口附近，巧玲紧随其后。

然而，整个入口附近都已经被三楼垮塌下来的砖瓦与石块给盖住了，根本分辨不出入口在何处；凭二人之力也不可能将这些东西移开，这令她们不禁心生绝望。

"喂——根喜！彭平生！你们在下面吗？"美玲趴在地面上，朝着砖瓦堆所构成的废墟大喊道。

沉静了片刻后，废墟中传来了一个微弱而沉闷的声音："妹子，我在这儿。"

"根喜，是根喜吗？"彭巧玲激动地喊道。

"是，是我。"

"彭平生在你旁边吗?"

"不,没看到,这下面有很多泥土涌进来,叫他也没反应,太黑了,我什么也看不见,或许他已经被土压住了,或者地震的时候逃出去了。"

巧玲咬着嘴唇,美玲也一脸黯然。这种情况,多半是没救了。

"你在下面保持冷静,不要乱动,保存体力,我们去找救援!"美玲向地下喊道。

"好。"隔了一会儿后,又传来一声更加微弱的回应。

美玲站起身来,拍掉身上的尘土。"走吧,我们去找救援,毕竟我们在这里也做不了什么。"

巧玲不甘心地又看了看在夜色中摇摇晃晃的房子,点了点头。

二人向院门外走去,就在此时,又一阵晃动从脚下传来,令二人不禁东倒西歪,差点一个没站稳摔倒在地。

"是余震!"

还好,震动只持续了几秒便停止了。回头望去,房子似乎变得更加倾斜了。

二人焦急地在广场上穿梭着,寻找着救援人员。待她们找到分发物资的志愿者,又联系到救援队员,最终由救援队组织前往救援的时候,已经接近午夜了。救援队不允许普通人同行,二人只能在黑暗中焦急地等待着,祈祷着根喜的平安无事,直到黎明。

然而，她们最后也没能等到好消息传来。在救援的过程中，再次发生了余震，救援人员不得已只好先行撤离。在这次余震中，整座房子终于承受不住巨大的压力，整个垮塌成了一堆废墟。而院子的地面，也就是被挖空的防空洞顶部也整个塌陷了下去，将防空洞全部掩埋了起来，院子的地面不复存在，变成了一个大坑。这些都是后来她们从救援人员那里听说的。

一夜没睡的彭巧玲，以及一直在旁照看着她的彭美玲，姐妹俩在得知了这个消息之后，精神受到了重创，只能拖着疲惫的身躯离开现场，暂时回到国棉三厂位于安装六处的家属楼去休养，并期盼着彭平生和彭根喜在废墟中被救出、奇迹生还的消息。

然而，一周后，她们所等到的，却是比她们所能想象到的最糟的情况还要离奇得多的结果，并且，这结果还是由意想不到的人所带来的。

那天，彭美玲正百无聊赖地坐在卧室的椅子上，手里拿着一本武侠小说，可半天却一个字也没看进去。旁边的彭巧玲倚靠在床上，一脸茫然地望着窗外的斜阳，脸上显得十分憔悴。

"唉，怎么还没消息啊。"美玲把书合上，又在室内来回踱起步来，而巧玲只是在旁默默地点了点头，似乎已没有余力去思考什么。

就在这时，咚咚咚，门口传来了一阵敲门声。

"咦？"美玲走到门口，"是谁呀？"

"公安局的。"门外传来一声浑厚的男低音。

美玲心里一惊，就算是通知消息，也不该是公安局的人来吧？此类消息，应是先通知到居委会，再由居委会通知到她们比较合理。不过，她还是先打开了门。

门外站着一个长着国字脸、面色沉稳的中年男人，以及一个长得有点清秀的年轻人，他们均穿着警服。

"我叫王建国，他叫陈永明，是我的搭档。这是我的警号，你看一下。"说着，他便向美玲出示了自己的警官证。美玲注意到，他是西安市公安局雁塔分局刑侦大队的。此时，巧玲也从卧室里走了出来，靠在卧室与客厅之间的门框上。

"我叫彭美玲，这是我姐姐彭巧玲。王警官，陈警官，你们先坐这里吧，"彭美玲指着客厅的沙发，"我去给你们泡点茶。"

"不麻烦了。"王建国摆了摆手，坐了下来，陈永明则从口袋里掏出了本子和笔，似乎准备开始记录些什么，"你们也坐吧。这次主要是来找你们了解一下情况。"

美玲和巧玲对望一眼，从卧室里拿出两把椅子，坐到了两位警官对面。

"是……彭根喜和彭平生的事情吗？"

"没错。很遗憾，在救援队挖开废墟的时候，彭根喜已经确认死亡了，而自称彭平生的人则下落不明，目前还没有找到他的遗体。"

彭巧玲把自己的嘴唇咬得通红，似乎下一秒就要落下眼泪来。彭美玲叹了一口气，问道："彭双喜呢？"

"根据我们的调查，彭双喜似乎已经离开西安了，之后如有必要，我们也会去找他了解情况。"

"那就好。不过，如果只是通知这些事的话，为什么需要您出面呢？"

王建国点了点头："没错，如果只是因为地震死亡的话，自然轮不到我们出面，不过，彭根喜的死亡，已经正式由我们雁塔分局刑侦大队立案调查。"

美玲一惊："难道他不是因为地震而死的？"

"没错，救援人员发现他的时候，他的胸口正插着一把匕首。就是这把。"王建国说着，从胸前的口袋中掏出一张照片，拿给姐妹二人，"你们见过吗？"

那是一把看起来十分普通的匕首，刀柄漆黑，上面没有任何特征。二人均困惑地摇了摇头。

"在发现彭根喜非自然死亡之后，救援队迅速报警，警方派出了调查及鉴识人员。可惜，由于地震，绝大部分现场痕迹都已经消失无踪了，只能通过解剖来从尸体上获取信息。根据解剖结果，彭根喜的死亡时间在地震当晚九点到十一点之间，而地震发生的时间是在傍晚六点，这说明彭根喜是在地震发生后才被杀害的。死亡原因是被匕首刺杀而死。我们从救援队那里听说，晚上九点左右，你们曾经前去废墟中寻找彭根喜，并和他有过对话，是吗？"

"是的。"彭美玲回答道。

"都说了些什么？"

"也没什么。"彭美玲一边回忆，一边慢慢开口说道，"我们就是确认了，他的确被困在防空洞里，以及当时他说没看见彭平生，可能是被涌入的泥土埋住了，或者是提前逃走了。"

"那真的是彭根喜的声音吗？"

"没错，虽然声音比较小，不过我还是能够分辨清楚的。"

"是这样吗？"王建国显得有点困惑，"其实我们目前已经把那个自称彭平生的人列为重大嫌疑人，因为我们在户籍系统上查过，发现根本就不存在'彭平生'这个人，也就说明，那个人的身份是假冒的。"

"什么？彭平生是假冒的？"

一个又一个具有冲击力的事实被揭露出来，让彭美玲一时间晕头转向，反应不过来。不过，那个彭平生的确没有拿出证明自己身份的证件，二人也只是因为其长相像彭永年，以及对他后来不过多纠缠的行为产生的好感，才认定他说的是实话。

"你还记得那个彭平生有什么相貌特征吗？"

"让我想想……大概二十岁，红鼻头，圆脸，小眼睛，头发比较卷，穿着破旧的布衣和短裤，以及不合脚的皮鞋。"

陈永明在一旁迅速地将这些特征记录了下来，不过，彼时的侧写技术还不发达，完全不能依靠这些信息去拼凑出一幅嫌疑人画像。更何况，其中可能有很多特征都是伪装的，所以也并没有多大作用。

"那个人所伪装的身份，和你们家到底有什么关系？为什么你们会相信他？"

"这个就说来话长了。"彭美玲叹了一口气，解释道，"我和姐姐的父亲彭庆年的大哥，也就是我们的大伯彭永年，据说当年曾经娶过媳妇，不过因为他过于游手好闲，婚后不久媳妇便带着孩子跑了，那应该都是将近五十年前的事情了。他那个失踪的儿子就叫彭平。"

"这个彭永年，现在还在世吗？"

"嗯，不过就算你们去问他，恐怕也问不出什么来。当然，这些事情我们也是听家里人说的，因为那个时候，我们都还没出生呢。所以，我们其实都没见过这个应该是我们大哥的彭平。当这个彭平生突然出现在我们面前，自称彭平儿子的时候，我们也非常困惑，不过对方表现得十分坦然，而且长相也和年轻时的彭永年颇为相似，所以我们也没多怀疑。"

"我明白了。"王建国点了点头，"看来你们的确有理由相信他。"

"对啊，而且我根本就不知道，谁能对我家的情况这么了解，甚至能想到去假扮这个彭平的儿子。"彭美玲也对此感到十分困惑。

"不过，现在的问题是，"王建国接着说道，"如果你们说的是真的话，那么彭根喜就是一个人被困在防空洞中的。地震发生初期，防空洞的唯一入口已经被堵死了，这一点也有很多经过附近的人能够证明，所以是毫无疑问的。那么，他究竟是如何被杀的？凶手在杀死他之后，又怎么从现场离开呢？"

美玲和巧玲都哑然了。巧玲不禁回想起近二十年前彭生的死亡。又是一起不可理解的案件！上一次是彭生在无人靠近的平坦路段莫名其妙地翻下悬崖，这一次则是彭根喜在无人能够进出的防空洞废墟内被匕首插入胸口。

她的心中不由得感到一阵恐惧，莫非，这次是凶灵中掌管水的"龟"在作祟？"龟"不仅能驭水，还能自由地穿梭于土地中，因此垮塌的防空洞与外界虽完全隔绝，但对它来说不值一提。可是，就算真的存在凶灵作祟，"龟"又为什么要杀死彭根喜呢？难道他也因为某种原因冒犯了祖先，比如说，偷出祖先的陪葬品并进行贩卖……一切的一切，对巧玲来说都充满了谜团。

王建国咳嗽一声："其实，本来我也是将你们二人当作怀疑对象的。因为只有你们对救援队声称过'彭平生'这号人的存在，说不定这个人根本就不存在，只是你们编出来用来转移警方注意力的而已。"

"可，可是……"美玲焦急地想要反驳。

王建国伸出手，示意她停下，接着说道："不过，你们的这番证言减少了嫌疑，所以我才会和你们说这些。如果你们想要将嫌疑推给那个并不存在的'彭平生'的话，就不应该说当时防空洞里只有彭根喜一人，反而应该说只有'彭平生'比较合理，只有那样才能自然营造出'彭平生'杀害彭根喜的状况。但不论是谁杀害了彭根喜都无法绕开一个问题，那就是凶手到底是如何进出垮塌的防空洞的。

"就算当时那个自称'彭平生'的人正躲在洞中，在黑暗中刻意保持沉默，让彭根喜没有发现他的存在，而后杀害了他，但是，他又怎样从现场离开呢？全然被堵死的防空洞完全没有其他的出入口，甚至不久后，凌晨两点左右，整个房屋和院子都完全垮塌了，如果他那时还留在里面的话，肯定没有任何生还的可能。然而，他就像一缕青烟一样从防空洞里消失不见了。这让我不得不怀疑，也许这个人从一开始就根本不存在啊！"

"等等，王警官。"彭美玲质疑道，"为什么您不考虑彭根喜是自杀而死呢？如果说地震之后，防空洞是一个完全封闭的空间，没有人能够进出，那么，他因为受不了会被压死的恐惧而选择自杀，不是一个更加合理的解释吗？"

王建国摇了摇头："或许凶手也是想诱导我们这么想，警局里也有人倾向于这个想法，但是我不能认同。首先是伤口鉴识上的问题，虽然匕首因为被垮塌的地面砸下而改变了方向，不过恰好匕首柄被砸向的是向腹部的一端，因此当初的痕迹才得以保留。我们发现，匕首刺入时是向斜上方刺入的。如果是自杀的话，一般伤口都会是平向或是斜向下的，很少会出现斜向上的情况。

"其次，自杀者选择刺胸口本来就比较罕见，就算他当时没有其他工具可用，只有匕首，为了能确保自杀成功，大部分人也会选择割腕或者抹脖子的方法，当然，这只是一个心理因素。而且，就算知道自己有可能会被压死，会有人就这样选择自杀吗？刺杀而死的痛苦也不会比被压死少吧？虽然我知道人类在极端情况下可能会做出任何事，不过这点我还是觉得十分不可思议。而且，你们从来没有见过那把匕首同样是一个疑点。"

彭美玲点了点头："我明白了，就是说，自杀有诸多疑点。可是，这些疑点都不能算作决定性的疑点。如果没有人符合犯案条件的话，不论有什么疑点，最终还是只能认定为自杀吧。"

王建国叹了一口气，站起了身："没错。所以我们现在通缉'彭平生'，也只是抱着一丝希望而已，如果没有新的发现的话，最后也只能以自杀结案了。很可惜，虽然从你们这里了解到新的情况，但只是为案发现场增加了谜团。之后我们也会去向彭双喜确认你们的证词是否可信，以及'彭平生'这号人到底是否存在。今天就打扰到这里吧，谢谢你们的配合。"

说罢，王建国便向二人摆手表示道别，一直在旁边一言不发，只是默默记录着的陈永明也站起身来，向二人微微点头致意。接着，两位警察便离开了，只留下了防盗门被关上时所发出的刺耳金属声。

"怎么办，美玲？"警察一走，巧玲强忍着的眼泪便从脸上流了下来，"没想到，根喜竟然也是被杀死的！那个'彭平生'，他为什么要杀害根喜，又是怎么杀害的根喜？他是怎么从封闭的案发现场逃走的？我们要不要去找双喜问问情况？"

彭美玲摇了摇头："姐姐，你冷静下来。那个警察来这里，自顾自地说了一大堆，我想，主要还是观察我们的反应，看看我们会不会露出什么破绽。估计他们现在也正监视着这里呢，如果我们贸然去找双喜的话，很有可能会被他们找借口抓起来。"

巧玲大惊失色："什么?！可是那个警察不是说，他已经不把我们当作嫌疑人了吗？"

"他只是让我们放松警惕而已，因为他们怀疑'彭平生'根本不存在，那么剩下的嫌疑人就是我们和双喜三人，因为根喜在此地根本不认识别人，所以我们肯定还背负着重大嫌疑。

"不过我估计，通过我们今天的表现，他应该基本把我们排除了，毕竟我们是真的什么都不知道。那个陈警官可能就是他们找的心理学家之类，专门负责观察我们的反应的吧，我看他经常时不时地瞟过来。总之，不管根喜是自杀还是他杀，都和我们没关系，我们该做什么就做什么，不要再管这件事了。"

"可是……"彭巧玲垂下头去，一直攥紧的双手松了开来，掌心里握着的，正是当年根喜他们送给她的那枚花钱。

一滴眼泪落下，滴在花钱上，沾湿了那风度翩翩的公子与枝丫盘曲的老树。

第九章

现在·回到故乡

待姨外婆讲述完往事之后，橙色的晚霞也已经笼罩了大地。结果，警方到底没能找到彭根喜死于他杀的证据，对'彭平生'的通缉也无疾而终，最后只能以自杀结案。经历了一个地震后的混乱时期，原先购买房子的回民仍然乐意地收下了已经损毁的房子，可能因为他们本来就打算全部拆掉重建，因此地震所造成的后果反而为他们省了工夫。所有的事情看似已经过去，只在经历者的脑海中留下了深深的疑云以及无法挽回的伤痛。姨外婆用淡淡的语气讲述着这些，已全然没有年轻时的好奇心与解决谜团的勇气，而是仅仅把它当作一段不愿提起的悲伤往事了。

在讲完这些往事之后，姨外婆又变回了那个热情、爱操心的老人，非要给关晓琳展示一下扯面的手艺。于是二人在姨外婆家吃了她做的油泼扯面，尧卯书为了不给她添麻烦，婉拒了她极力挽留二人在此过夜的想法，和关晓琳踏上了归途。

关晓琳在听完姨外婆讲述的过去之后，就好像那天看完日记的关水一样，一直眉头紧锁地思考着什么。尧卯书一直想问她到底有没有什么新的发现，不过碍于姨外婆在面前不好开口，这也是他拒绝留宿的原因之一。

待二人告别了送他们到小区门口的姨外婆，来到路上以后，尧卯书便迫不及待地开口问道："喂，大侦探，看你心事重重的，你到底发现了什么？"

"我是有发现啦，不过我还不知道该不该和你说，以及……"

"以及什么？你不会也要和关水一样当谜语人吧？感觉自从开始调查以来，我跟着你们两位侦探到处跑来跑去，却没有任何收获，脑子里不断增长的就只有谜团罢了。这已经是第三起命案了吧，而且比前两起还要难以理解。虽然我在来之前已经知道彭根喜的死了，但我一点都没想到，竟然是如此离奇的死法。我感觉我的大脑都快要麻木了。"

关晓琳白了他一眼："我真不是不想告诉你，而是有些话如果不是百分百确定的话，说出来可能就会有不可挽回的后果。我也很烦恼啊……你知道，对一个人来说，最重要的是什么吗？"

"生命？金钱？理想？"尧卯书完全猜不到她问这个问题

的用意。

她叹了一口气："是家人啊。"

二人默默地走着，尧卯书似乎有点明白她想说的意思，但又似懂非懂，但他知道她现在是不会再轻易告诉自己什么了。那些疑问只能在他的脑海中不断地盘旋着。

首先，最重要的问题，也是当初办案的警察们一直纠结的问题——凶手到底是如何从那个地震后的防空洞中逃走的？如果说，彭生之死是"视线密室"，赵雨之死是"足迹密室"的话，那么，彭根喜之死，便是实打实的"物理密室"了。防空洞唯一的出入口完全被砖瓦和碎石所封死，并且，解剖结果和姐妹二人的证词均能够证明彭根喜的死亡的确发生在地震以后，防空洞的入口已经被堵死的时间。这是比任何门锁都更加可靠的，大自然的威仪所造就的"绝对密室"啊！

其次，便是凶手的问题。目前来看，最可疑的当然是那个自称彭平生的少年，他的真实身份到底是谁？他为什么要冒充彭平的儿子？如果是要瓜分财产的话，就算当时没有被看穿，最后真正分钱的时候，一定会查证他的真实身份。那就意味着，他的真实目的并不是瓜分财产，那么他的目的到底是什么？为什么他会和彭永年长相相似？当然，还有一个最重要的问题——凶手真的是他吗？

还有动机的问题。为什么凶手会谋杀一个被困在防空洞里，随时都有可能因为余震造成防空洞垮塌而死的人？彭平生与彭根喜之间到底有什么恩怨？如果他们之前就认识的话，为什么在门口相遇时表现得如同陌生人一般？彭根喜看着彭平生奇怪的眼神说明了什么？还是说那仅仅是彭美玲的错觉？

众多的问题，加上前两起案件中所有没有解决的疑团，让尧卯书感觉自己的脑袋就像一个已经被吹到极限的气球，再往里吹入一丝空气就会爆炸。他反而更希望谁能在这个气球上扎一下，让里面的空气跑光，这样大脑空空，什么都不想反而会更加舒服一些。

尧卯书就这样心不在焉地一路思考着，最终却也只是将问题都总结出来了而已。不知不觉间，二人便已经坐在了返回西安的高铁上。坐在身旁的关晓琳无聊地斜睨着窗外，似是偶然转过脸来，注意到他这副抓耳挠腮的模样，说道："倒也不是什么都不能说，就当是为了维持我们的同盟关系，给你略施点好处吧。不过，有些问题我也还不是完全了解。就比如——"

"密室的手法？"

"没错。"她尴尬地笑了笑，"你是怎么知道的？"

"你不是说，你并不善于推理，而是善于调查吗？所以我猜，你那不能说的部分，也是还有待进行某些我不知道的调查吧。"

"哼。"她发出一声不屑的嗤笑，"你这是质疑我的侦探水平吗？我虽然不善于推理，但那只是相对关水而言，比起你来还是能强个大概五十倍吧。"

"那你倒是说说，你都推理出了些什么？"

"嗯……"她的左手食指放在下巴上，歪着脑袋——这姿态不由得让尧卯书想起了《弹丸论破》（一个推理类冒险游戏）中的塞蕾丝缇雅，当然，二人长得完全不像就是了。

"首先，我推理出，死者并不是自杀的。如果他是自杀的话，和鉴识结果不符，而且也不符合死者的心理。嗯，还有凶器的来源也很可疑。"

"好像并没有人觉得他是自杀的。不对，你这推理，完全就是照搬警察的说法吧！"

"嗯，接下来是动机。动机的话，肯定和你家的往事有关。"

"你这不说了和没说一样吗？"

关晓琳在尧卯书心中的信任度直线下降了。

"好了，开个玩笑嘛。说正经的，其实运用反论的方法，就可以推理出一些看似难以得出的结论。比如说，为什么彭平生长得像彭永年，又很了解你家的事情，但是却在户籍上查无此人呢？"

尧卯书点了点头，示意她继续说。

"其实，从这两点，我们不妨假设彭平生就是彭永年的孙子。至于在户籍上查无此人，只是证明他谎报了名字，这也很正常。彭平幼年时就离开彭家，他的母亲很有可能再嫁，而后改了彭平的姓氏，所以他的儿子自然也不姓彭了。他之所以说自己叫彭平生，只是为了和你的家人凑近关系而已。"

"原来如此。"尧卯书终于感到有点信服了，"还有呢？"

"还有，就是彭根喜被杀的动机了。据彭双喜说，他虽然答应和自己一起来西安，但是却对分钱的事情不太上心，反而不知道每天在外面忙些什么。他在这里人生地不熟的，到底能忙什么呢？我觉得肯定和他被杀的原因有关。"

"嗯，还可以，不过挺普通的。"尧卯书仿佛评价餐厅里的食物般评价着她的推理。

"还有手法……手法，啊！我想到一种可以解释密室的手法了。"关晓琳沉浸于思考之中，差点大喊出声，在千钧一发之际捂住了自己的嘴巴。

"哦？"听到这里，尧卯书终于感到眼前一亮。之前关晓琳所说的顶多就是一些显而易见的推论而已，根本就无法判断她作为侦探的能力，而能够直面这密室的谜团，或许是她勇气的一种体现。

"你听说过土壤液化吗？"

"土壤液化？"尧卯书想，是利用冷知识来解答吗？的确很有关晓琳的风格。

"没错。在地震时，原本砂土间被水填满的缝隙松动，有可能形成悬浮状态而失去承载力，在许多地震中都发生过土壤液化的现象。而这种现象一旦发生，就会导致地面的凹陷。有一种可能是，在凶手行凶后，由于又发生余震，防空洞地面的部分土壤发生了液化，变得如同沼泽地一般，将他整个埋入进去，于是他便被下陷的土地所吞没。后来，防空洞上方的地面发生剧烈崩塌，又将下方原本松动的土地压实。救援人员只移开了塌落在上方的土石，而不会想着要继续向下挖掘，于是就出现了这种凶手消失的离奇现象。"

"如果这就是真相的话，意味着凶手其实也已经死了，而且就埋在当初的那片土地里？"

"没错。"

"那被害人的尸体完全没有受到影响，就是刚好尸体所在的那片地面没有发生土壤液化的情况了？"

"是的，完全就是巧合。"关晓琳点了点头，"不过，如果这就是真相的话……"

"怎么了？"

她又摇了摇头："没什么，我是说，但愿这就是真相吧。"

"总感觉不是很令人信服啊。"

如果凶手早已在当年就死去的话，那么大多数疑团也已经随着他的死去，变成了永远不可能解开的谜了吧。而且，如果这就是真相的话，这趟旅行对尧卯书来说，其实只是徒增了困惑而已，虽然他本来也没有对这次出行能获得找到银圆的线索抱很大希望就是了。那么，对关晓琳又如何呢？

他又偷看了一眼关晓琳，只见她还是很苦恼的样子，完全没有因为解开了密室诡计而放松，反而显得更加坐立不安。

她为什么会因为这起案件而产生如此大的情绪波动，而她此行的目的又是否达成了呢？

尧卯书没有这些问题的答案，但在他的潜意识中，此时或许已经预感到了什么。

回到西安以后，尧卯书又进入了无所事事的状态。从宝鸡回来那天，从高铁下来以后，本来他还想和关晓琳继续商量一下接下来应该怎么办，但她接了个电话之后，就说生意上突然有急事，急匆匆地走了，后来就和关水一样杳无音讯。关水好歹对他的消息还会敷衍地回复两句，她倒好，直接连电话也打不通了，所以尧卯书已经完全联系不到她。

就在这样一种不安的状态下，终于来到了那一天。虽然在当时看来，那天也只是无数个平凡的日子里普通又平淡的一天而已，不过如果从后来的视角看去，或许称之为"命运之日"也不为过。

那天傍晚，尧卯书就和往常一样，躺在床上刷着手机。他的手指不断滑过屏幕，切换着屏幕上抖音的画面，这些繁杂的信息却完全没有经过他的大脑。他的心中十分烦闷，这些天来，他一直被噩梦困扰着，三起发生在自己家族祖辈中的离奇命案像附骨之疽一样潜伏在他的脑海中，他一闭上双眼，似乎就能看到彭生支离破碎的尸块、赵雨和婴儿的尸体，以及彭根喜胸口插着一把匕首，被落石砸得血肉模糊的模样。不仅在白天，甚至半夜他都会突然惊醒，然后心惊胆战地在黑暗中环顾四周，似乎感觉自己身旁有什么东西在监视着自己。如果此时一阵穿堂风吹过，他便会浑身颤抖，似乎恐惧于凶灵会乘风而来，将打探这些事情的他灭口一般。

虽然他也明白，这些不过是荒唐无稽的幻想，但恐惧感还是弥漫在他的内心，让他有时不禁后悔，早知道就不要挑起这些事端了，可惜现在为时已晚。

与此同时，他对两位侦探也产生了怀疑和不耐烦的情绪。虽然不知道他们在做什么，但在自己委托他们之后，目前看来还没有产生什么成果。守口如瓶的关水自不必说，关晓琳也仅仅是提出了一些说服力不强的假设而已。而且，为什么在宝鸡之行后，关晓琳的态度会发生如此大的转变？这让他怀疑，是否侦探们也与事件之间产生了说不清、道不明的关系。或许，面对诸多的疑团，甚至在侦探都不太可信的情况下，他却没有自己解决事件的能力，这才是最令他痛苦的一点。

他心不在焉地玩着手机，被多种思绪来回撕扯着，却又仿佛什么都没想。就在此刻，屏幕的上方显示出了一条通知，是关水发来的消息。

"你准备好去找银圆了吗？"

纵然有无数的话想要说，想要问，可最终，在看到这条他等待了许久的消息时，他的内心仿佛也释然了，千言万语汇成一个字："好。"

"明早九点，我开车到你家楼下接你。"

放下手机，他长出一口气，此时冒出的第一个念头却是——要不要告诉关晓琳呢？

还是算了吧，反正她在监听关水的电话，如果她有心的话，一定会知道他们的行踪。虽然这么想着，一番犹豫之后，他还是拨通了关晓琳的电话，不过仍然和之前一样无法接通。这也令他不知是失望还是松了一口气，那个女人他一点也看不透……

总而言之，那天他还是睡了一个这些天以来最安稳的觉。

再次睁开眼睛时，他看到关水已经站在床前，面带微笑地向他招手了。他依旧戴着那副粉色的心形墨镜，穿着深蓝色皮夹克，杂乱的头发从头顶的渔夫帽里溢出，正探头探脑地向尧卯书这里看来。他这个造型不由得让尧卯书想到了《航海王》里的赞高。

"啊……"尧卯书迷迷糊糊地揉了揉眼睛，看着关水那张大脸，忽然意识到了什么，"你，你是怎么进来的？"

他猛地一下坐起身来，差点和关水的头撞在一起，还好关水反应比较快，躲过了这一击，不然二人恐怕都会被撞出脑震荡来。

"我就给你妈说，我是你朋友，和你约好了，她就让我进来了啊。"

"那你也不该突然闯进来吧，不是说好了在楼下等吗？"

关水没说话，只是指了指手腕。尧卯书拿起手机一看，已经九点半了。他尴尬地笑了笑，嘴里嘟囔着："明明上了很多闹铃，怎么一个都没听见……"

"那我先下楼等你了。"说着，关水挥了挥手，走出了房间。

尧卯书迅速穿好衣服，洗漱完毕，应付了几句母亲好奇的询问，逃一般地出了门。关水就站在楼下的路旁，侧身倚靠在一辆不起眼的黑色大众轿车前，望着远方的天空。

"来了啊。"说着，关水便拉开车门，坐到了车里，尧卯书也从另一端坐到了副驾驶座上。这辆老式手动挡轿车内部十分憋闷，让他有些头昏脑涨。轿车的火早已经打着了，关水放开手刹，车子便缓缓移动起来。

"没吃早饭吧，这里有面包。"关水一只手把着方向盘，另一只手从车门内侧的储物格中拿出了一个面包，向尧卯书丢了过去。

"谢谢。"尧卯书接过面包，感受着从车窗吹进来的微风带来的些微凉意。今天关水的体贴让他感觉前些天那个对他爱搭不理的人似乎消失了，取而代之的是另一个人一般，这令他不禁笑了起来。

"在笑什么？莫非是因为终于要拿到你日思夜想的银圆了，已经兴奋得坐不住了？"

"不。只是你给我的感觉不一样了。"

"是这样吗？或许确实是吧。"关水也微微笑了笑，踩下了油门。车辆驶出小区，在此刻有些空旷的马路上飞驰着，两旁的行道树和商店飞快地向身后退去。尧卯书此刻有成百上千个问题想要问关水，却不知从何问起。

"对了，我们这次过去不用准备些什么吗？"

"就在后座上放着。"

他转过头去一看，只见车后座上放着两根好像高尔夫球杆一样黑色的长杆，以及两把挖土用的铁锹，还有一个背包——从没拉拉链的顶部可以窥探到里面装满了食物和水等物资。

"那是什么，那两根黑色的杆子？"

"是银探测器啦。"

"这样啊。我们到那边之后住哪里？"

"你外婆不是说有很多窑洞废弃了吗？我后来查了一下，现在似乎那里所有的窑洞都已经不住人了，为数不多的村民都搬到了坡上居住。那我们就在那里露营好了，后备厢里有帐篷和睡袋。不过，我们最好掩人耳目一点，别让村民们知道我们是来干啥的，不然指不定会惹出什么麻烦。如果被人看到的话，到时候就说我们是迷路的游客好了。不知道你太外公的大哥二哥他们怎么样了，还住不住在那里。"

尧卯书点了点头。他也有所耳闻，现在的彭家河已经差不多快要变成废村了，年轻人几乎全都去城市里打工了，只剩下少数老人还住在那里，田地也几乎都变成了荒地。不过，外婆也不知道许久未联系的赵清雅一家现在如何了。

车子开上了西安绕城高速，逐渐驶离市区，由连霍高速一路向澄城县驶去。尧卯书一路上一直想向关水提起关晓琳的话题，但又害怕这样势必会让关水知道他们二人私下调查的事情，最终还是作罢。

"说起来，除了银圆所埋之地以外，那两起案件的真相你也已经知道了吗？"

"是啊，其实我看到日记以后就已经知道了。只是我不明白凶手这么做的动机。说实话，我到现在也不是很明白，不过已经无所谓了。之所以没有告诉你，也是因为我觉得还不到时机。"

"那么现在呢?"

"现在也是一样。"

尧卯书不满地望向关水,虽然关水的神情很放松,不过语气还是挺严肃的,所以他也没有在这一点上过多纠结。

"所以你这些天到底都在干什么?"

"主要是挣扎吧,以及调查。说实话,我以前从不知道,调查是这么令人痛苦的一件事。"

"你的工作不就是调查吗?"

"是指那些查阅资料、搜集讯息的工作。之前一直都是我的助手帮我做的,这些天那个人不在,所以只有我自己动手咯。"

尧卯书心知,这里关水说的应该是关晓琳,不过他觉得,就算关晓琳在的话,关水也不会将这起事件的调查工作交给她。

"所以,关于这起事件,到底有什么好调查的?"

"当然是调查事件的背景了。也就是深深扎根于彭家河村的文化与信仰,还有关于你们家族的事情,只有明白了这些,才能大致了解凶手的动机吧。不过,外人就算再怎么调查,能够了解到的也有限就是了。"

"那么你调查出什么了吗?"

"算是吧。还是有点有趣的东西。"

"又不能说吗?"

"安心啦，等我们找到银圆以后，最后你想知道什么，我都会告诉你的，毕竟这也是你的事情啊。"

尧卯书叹了一口气，望着远方的秦岭和近处的车流。对话就这么不得要领地一直进行着，终于，车穿过了澄城县，来到了交道镇的地界。一路走来，最能判断位置的标志竟然是楼房的高矮——西安市内到处可见几十层高的高层，到了澄城则以七八层到十几层的小高层为主，到了交道镇的时候，路边则大多是三四层的小楼，几十年前遗留下来的农家小院比比皆是。平整而宽敞的马路上车流很少，路边也只有三三两两的行人。

沿着镇子的中轴线一路前行，尧卯书看到了外婆曾提到的交道镇政府楼——以前的两层小院已经变成了巍峨的大楼，以及有着白蓝相间外墙的交道镇学校、交道医院等等。尧卯书虽然是第一次来到这里，却莫名产生了些许怀念之情。

就在车子开过交道派出所时，关水的眉头皱了起来。他吸了吸鼻子，问道："你有没有闻到汽油味?"

"没有，怎么啦?"

"好像漏油了。"说着，关水便将车停在路边，下车去检查油箱，尧卯书也跟在他身后下了车。关水蹲下身去，观察着汽车的底盘，地上一摊小小的油渍晕染出七彩的色泽，正逐渐扩散开来。

"确实是漏油了。唉，估计是哪里老化了吧，毕竟是开了十几年的老古董了。"

"那怎么办?"

"我查查，这镇上应该有修车厂吧。"关水拿出手机，"哦，有了，就在附近，我把车送到修车厂，然后我们走过去吧，反正也不远了。"

说罢，他便将后座上的背包、铁锹、银探测器，以及后备厢里的帐篷都拿了出来，将铁锹和银探测器装进一个黑色长袋子里面，接着把这些东西都放到了尧卯书身边。

"你就在这边等着吧，省得多绕路了。"

"行。"

此时，恰好已是正午时分。

没多久，关水便回来了，二人拉着大包小包艰难地向前走去。过了交道派出所后，很快便到达了中社村的地界。中社村的规模要比彭家河村大很多，除了一条主干道外，还有许多弯弯绕绕的小路，众多宅院散布在树林、灌木丛与零零散散的田地之间，有些田地已经荒芜了，里面长满了野草。

尧卯书很怕他们二人这副与当地格格不入的装扮和大包小包的行李会引来村民们诧异的眼光，不过在村中的道路走着，他们完全看不到一个人影，看来是他自己想多了。

"怎么一个人都没有？"尧卯书诧异地问道。

"现在的农村是这样的呀，大多数年轻人都进城去了，老人都待在家里，所以走几个小时看不见人也很正常。"关水漫不经心地回答道。

二人沿着村道向东北方向一路前进，道路变得越来越狭窄，不多时，二人便走到了山脚下。当年在此附近应该有中社村的墓地，不过现在四处都长满了荒草，完全分辨不出原本的墓地在何处，这让尧卯书不禁对他们能否找到银圆有所怀疑。

"你真的有把握找到银圆吗？"

"放心吧。"

现在也只有相信关水了，他想。

二人走上了山路。这里并非什么旅游景点，也没有商业上的开发潜力，因而还是几十年前的土路，一路上，土渣不断向下滑落着，一旦下雨路就会变得泥泞不堪。左面的山壁异常高耸而险峻，有一百多米高，部分干枯的树枝从山崖上横向伸展出来，形成一派奇特景象。

右手边的脚下与外婆描述的相同，仍是一片幽深的森林，可能是当年还没来得及砍伐，就又迎来了退耕还林的时代。走在山路上，耳边不断传来鸟雀叽叽喳喳的声音，早春的微风吹过脸颊，清新的空气让尧卯书感觉到久违的神清气爽，如果没有肩膀上沉重的行李的话，也不失为一次放松心情的旅程。

二人向前走着，没过一会儿，就看到左面的山壁上出现了一个个黑黝黝的洞口。每个洞口前都杂草丛生，几乎快要将洞口整个盖住——这些大概就是废弃的窑洞了。尧卯书回想起外婆所讲的经历，近五十年前，她们也同样行走于这段前往彭家河的道路上。而几百年来，不知有多少他的先祖也和他们此时一样，怀着不同的心情与遭遇，看着同样的风景。一想到这里，尧卯书不禁感慨万千。

"怎么样，要不要进去看看？"他问道。

关水一时间没有反应，只是怔怔地看着前方。

"怎么了？"尧卯书上前两步，沿着关水的视线望去。

只见前方的一个洞口坐着一个老人。老人的年纪已经很大了，皮肤上布满了斑纹，他穿着浅黑色的粗布衣服，左手拿着纸卷卷成的旱烟放在嘴边，眯着眼睛望着远方的天空。他的脸上和手上似乎都有伤疤，与千沟万壑的皮肤交叠在一起，让人难以看清。不像这边的窑洞只剩下一个洞口，他所在的那口窑洞门窗还完好无损，或许说明他仍然住在这里。老人似乎也注意到了二人，转过头来瞥了一眼，但随即又不感兴趣似的再次遥望起天空。

"那个伤！"尧卯书突然回想起来，"莫非，那个老人就是彭永年？我应该叫他……没想到他竟然还活着，而且还住在窑洞里。奇怪，你之前不是说，这里的窑洞已经全部废弃了吗？"

关水似乎回过神来："网上是这么说的，可能还有个别比较顽固的老人还坚持住在这里吧。"

"怎么办？我们要上去找他问问情况吗？"

关水摇了摇头："当年你外公黄家卫都和他说不上话，更别提我们了。我们还是别惊动他，先把东西放到这边的窑洞里面吧。"

二人踏上已经被杂草完全覆盖的台阶，拨开一口窑洞洞口处的草丛，走进了洞内。由于洞口完全被遮蔽，洞里面一片漆黑。尧卯书胆战心惊地打开手机的手电筒，只见窑洞内部空无一物，脚下遍布着大大小小的土块，似乎是从圆拱形的天花板上掉下来的，内壁上到处可见因土渣掉落形成的孔洞。窑洞深度大约十米，在深处还有一道较小的圆拱形洞口，应该就是原来人们用于储粮的粮库入口了。

"我们真的要住这里吗？不会半夜被掉下来的土块砸死吧？还不如在外面找个平坦的地方露营算了。"尧卯书向身后的关水抱怨道。

"好吧，那我们再向前面走走看，看还有没有更合适的地方。"

于是，二人退出那个洞口，继续前进。此时，刚才坐着的老人已经不见了，或许是回窑洞里休息去了。他们走到老人住的窑洞附近，惊讶地发现，除了老人所居住的窑洞以外，旁边的几口窑洞也还残留着门窗。虽然高窗上只剩下了光秃秃的几根栅栏，木门也已经变得破破烂烂，不过也比前面那些已经几乎被杂草遮蔽的破败窑洞要好得多。

尧卯书随意走进一个还留着门窗的窑洞，发现里面竟然还残留着土炕和灶台，灰尘也比较少，可能是住在此处的人还没有搬走太久的缘故。

"喂，关水，要不然我们就住这里吧？"

关水环顾四周，看着角落里堆放着的或许是前人搬走时丢下的木柴，若有所思地点了点头。

尧卯书松了一口气，连忙把身上背着的帐篷卸了下来，搁在土炕边。此刻，那个不祥的情景——母亲与婴儿的尸体，又从他的潜意识里蹦了出来，他眼前的窑洞似乎又变回了近八十年前赵雨的死亡现场，洞内到处被鲜血所覆盖，一股腥味仿佛穿越时空，涌入他的鼻腔。

"赵雨就是在这里被杀的啊……"

"嗯？"关水疑惑地看了过来，尧卯书似能感受到他墨镜之后的目光在问，你怎么知道她死在这里的？

他连忙摆了摆手："不是说就死在这里，是应该和这个窑洞大差不差吧。对了，说到这里，我知道日记里写的手斧与水迹的矛盾以及凶手断头的理由是怎么回事了。"

"是为了掩盖死者的死因吧。"关水轻描淡写地回答道。

"你知道了？"尧卯书大吃一惊，没想到自己和关晓琳讨论半天得出的结果，关水竟然早就已经知道了。

"这种事情，看到日记的那一刻就应该想到了吧。事实上，那本日记里其实已经把凶手、手法都写得明明白白了，只是不知道动机而已。"

"什么？"回想起自己当时看完日记，曾经也想尝试着推理真相结果却直接睡着了的事，尧卯书不禁尴尬地挠了挠头。

"那你现在总该可以告诉我了吧，凶手到底是谁？他是怎么制造出那个足迹密室的？"

"还不是时候。"关水摘下帽子，捋了捋头发，脸上现出一抹淡然的笑意，"现在还是以找银圆为主吧。喂，拿上探测器和铁锹，准备出发了。"

"什么嘛……"尧卯书嘟囔着，一屁股坐在了窑洞深处的土炕上面，激起一股灰尘，"至少先歇会儿吧，走了这么久了。而且，中午还没吃饭。"

"好吧，好吧。"关水就像一个哄小孩上学的慈父般，温柔地望着他。

第十章

自白·再见了

我必须坦承的一点是，我曾经杀过人。

虽然我当时并不理解其含义，但追随着过去的幻影，我不自觉地，却也不得不动了手。因为那既是往事的延续，也是构成我人格的重要的一部分。也就是说，如果在那个时候，我没有杀掉那个人的话，我便不是我了，因此我并不后悔，不论这件事是对是错。或许你会觉得我冷漠、冷血，甚至不配为人，仅仅是一个披着人皮的怪兽，我想，这种说法也没错。自那时以后，年少时那个怀着一腔热血、奋不顾身的我就已经死了，或者说，我本来的命运就应该在那时戛然而止，而活到现在则是上天愚弄下的一个错误。现在存在于此，并写下这些东西的我，只不过是借着当时的皮囊继续苟活下来的不祥之物。

即便到了今天，闭上双眼，当时的一幕幕仍像播放影片般在我的面前浮现。颤抖的大地，碎裂的岩石，暗无天日的洞穴，绝望的恐惧感，刀插入肉中的凝滞感，慌乱与惶恐，以及，黑暗中透出的一丝光明……

不过，不可思议的是，它从未出现在我的梦中。可能是在清醒时它给予我的折磨已经足够，抑或是我对它已经过于了解，因此它不用像之前那些模棱两可的场景，在梦中一遍又一遍地提醒我，似乎是潜意识在告诉我，一定不要忘记。

如今想来，当时的我也的确是过于不成熟了，在仅仅对过去一知半解的情况下，便仅凭着一股冒失的冲劲有勇无谋地探究真相，以致置自己于险境之中，最终走到不得不杀人的地步。正是这次经历，让我一度封存了去探寻往事的天真想法，或许它也是导致我被噩梦所扰的源头。但矛盾的是，也恰恰是这次经历，给予了我去追溯、去寻根的可能。

一直以来，虽然我说服自己放弃，告诉自己历史已经尘埃落定，再去探寻也只能徒增伤悲，但我的内心或许一直也在蠢蠢欲动，只是缺乏一个契机。而那个契机如今已经出现，虽然我没有太过刻意地去追求，但它就那么不经意地出现了，这也是一种缘分吧。

于是，我提起笔，写下了这些，不为任何无谓之事，只为在我死后，有朝一日你能发现我的自白，那样至少能对你的心灵起到一定的慰藉作用。或许我太过自私，但请你原谅，我虽然优柔寡断，但从未对自己做过的事情后悔。

随着我越来越接近历史的真相，那折磨着我的两个噩梦中的每一幕所代表的含义也越发明晰起来，而且，这不仅仅是对我会做这两个梦的原因的探索，它们本身的内容也成为解开历史谜团的关键。每当我回忆起梦中的一幕幕，不禁感到有些不可思议，它们竟与现实契合得如此完美。这或许也代表着将梦带给我的那个人，其执念有多么顽固而深沉吧。但是，这也越发使我感到恐惧。如果我以梦境为线索，知道了所谓的真相，那么真相到底是否可称之为真相？如果我的梦境与现实存在微妙的偏差的话，我所认为的真相可能瞬间便会化为毫无价值的泡影。但我现在已经对此无能为力，没有什么能够相信，没有什么能够改变，我所能做的，唯有坚信自己的内心了。

可能所有人都会认为，我必须受到惩罚，我也是这么觉得的，并且我从未忘记这件事。只是，我还有事情需要完成，因此我恬不知耻地活了下来。现在活着的我，只不过是一具沿着过去的轨迹活动的行尸走肉罢了，既然如此，这具躯体必然会走向终结，而且我有预感，这终结应该就在不远的将来——在这趟前往故乡的旅途中，随着我的噩梦，随着过去的幻影，我将一同消逝。如果是这样的话，我的灵魂应该也可以得到安息吧。

为了我的父母、我的家人、我的祖先，以及那些无辜受难的人们……

当然，也是为了我自己。

再见了，我亲爱的女儿。原谅我，没法继续陪你走下去。

照顾好自己。

第十一章

现在·密室再现

二人简单地吃了些自热食品填饱肚子，便动身前去寻找银圆了。虽然才刚下午一点半，但刚刚还明媚地挂在天空中的太阳此时已被云雾所遮挡，天色逐渐阴沉下来。尧卯书担忧地望着天空，想要打开手机查一查天气预报，这才发现，这里已经完全没有信号了。

"该不会要下雨吧？"

"要是下雨可就糟了，我没准备伞。"

"算了，走一步看一步吧。"

说着，二人便继续向山上走去。还好此处坡度并不大，不过二人也在山路上前进了一个多小时，才终于来到了坡上。前方已是绝路，左侧远远望去，田野间稀稀拉拉地排布着一些房屋，房屋的数量比中社村要少得多，基本都是左、中、右三栋围绕着中间一个小院的样式。房屋间原来应该是田地，不过现在大多已经荒废了，只有少数的田还有人照料。二人左拐后，加快了脚步，离墓地还有不少路，再不快点，等到了那儿，天就该黑了。二人一路沿村道向前走去，村道左手边不远处便是百米高的悬崖峭壁，的确让人有点心惊胆战，不过几十年来生活在这里的村民们应该早已习以为常。

和在中社村一样，一路上，二人并没有看到什么人，唯有两三个农民在田间劳作着，不过因为相隔很远，只能看到一个大概的轮廓，故而对方也没有对他们产生兴趣。就这么走了半小时之后，他们来到了一栋大宅前。

大宅比较醒目，因为一路走来基本都是平房，只有它是两层高的，不过久未修缮，看起来已经颇为破旧了，墙壁上出现了如蜘蛛网般的龟裂。这里应该就是彭家的祖宅了。

尧卯书假装漫不经心地走近祖宅，窥视着庭院的内部。庭院里的柳树已经消失不见，角落里的石桌石椅倒是还在，不过上面已经积了厚厚一层灰，看来是很久没人坐了。

不过，真正令他感到惊讶的是，庭院里，一位头发花白的老妇人正佝偻着身子，拿着一把大扫帚扫着门前的石板地。

"难道那人就是……"

"没错，大概就是赵清雅了。"关水虽然装作若无其事，不过显然也在暗中窥探着。

"没想到，五十年前那起事件的亲历者，如今基本还都健在啊。"

他们本想就这么从大宅前走过去，不过，那位老妇人似乎注意到了什么，丢下扫帚，走到宅院的大铁门前，打开了生锈的铁门。

"喂，你们两个是谁？来这里做什么？你们走近一点，我看你有点面熟。"

没想到她竟然会说普通话。老妇人指着尧卯书，示意他过去。这下，尧卯书只好硬着头皮走上前去。

"您好，我们是来钓鱼的。"尧卯书指了指自己背后的黑色长袋子，"不过迷路了，就走到了这里。您不用管我们，我们不会给您添麻烦的。"

"来山里钓鱼吗？"老妇人布满皱纹的脸上显露出一丝笑意，看来她年纪虽大，脑子却很清醒。

"啊，不，不，我说错了，我们是来打高尔夫球的。"尧卯书慌忙摆着手，心中暗恼，自己怎么连这个都会记错。

"行啦。你是庆年的曾外孙，对不对？"

"您怎么知道的？"尧卯书惊讶道。

"看你的脸就知道了，还是有庆年年轻时候的影子的啊。我叫赵清雅，不知道你认不认得。"

"认得，认得。其实我只是想来老家看一看，所以不想打扰到您。"

"不打扰，不打扰，我一个人寂寞得紧哪。"

"双喜舅姥爷呢？"

"他好着呢。就是不住这边了，在县城里买了房，和孩子一起住了。我这老胳膊老腿的，就待在这村子里了。我都这个年纪了，早就不在乎你们要做什么了，只要有空能来我这里坐坐，陪我随便说说话，我就很高兴啦。"

"好的，有空的话，我一定会来的。"和赵清雅客套两句之后，尧卯书便摆手和她道别。

"说起来，另外那个人看着好像也有点面熟啊，虽然戴着副墨镜……"老太太佝偻着背，一边向院子里走，一边小声念叨着。不过，她所念叨的这句话，尧卯书便没有听到了。

关水站在原地等他回来，没有多问什么便继续向前走去。

"根据那张简易的地图，过了大宅，大概再走半个小时，然后斜向前走十五分钟，就差不多是墓地了。到那之后，我们就分散开来找吧。你往村子尽头的森林那边找，我往村子这边找。探测器的操作很简单，打开开关以后，就把下面的圆盘抵着地面，如果发出了声音的话就说明有了。"关水一边走，一边向尧卯书叮嘱道。

"什么嘛，结果还是这种最原始的方法，我还以为你已经十拿九稳了呢。像这样找，岂不是大海捞针？"

"放心吧，最后肯定会找到的。"

"唉。"尧卯书重重地叹了一口气。

经过大宅再往前，明显进入了更荒芜的地界。路边的茅草长得有大半人高，已经完全侵入了道路的范围，想要看清脚下的路都十分困难。周围一片寂静，唯有二人蹚过草地所发出的沙沙声。灰蒙蒙的天色下，尧卯书完全丧失了方向感和时间感，只能依靠手机的指南针和时钟为自己指引方向、判断时间。这碍人的茅草使他们无法像刚才那样加快脚步，不过倒正好能按当年尧卯书的外婆他们正常的速度来走，毕竟，他们只知道要走多少时间，不知道该走多远。

四十五分钟之后，二人终于来到了那个地点。然而，此处已经看不出半点墓地曾经存在过的影子，就连茅草的高度也和其他地方一模一样，要找到埋藏银圆的地方，真是大海捞针，更何况，这些茅草还会给探测器造成阻碍，让寻找的过程变得更为艰难。

他偷偷瞥了一眼一旁的关水，只见他已经一手拿着探测器，开始认真地盯着脚下寻找了，真不知道他究竟为何会如此乐观。抱着随便试试看的心态，尧卯书也打开了手中的探测器，努力将它贴近地面，向着森林的方向找去。

虽然十分无趣，但一旦投入这个工作，时间便飞速流逝。当尧卯书再次回过神来，看了一眼手机，才发现不知不觉已经下午五点多了。自己到这里时应该是四点左右，已经寻找了一个多小时。由于此处地势较低，加上茅草很高，所以低下头寻找时甚至整个人都会陷入茅草之中。回过头去，已经完全看不到关水的身影了。天色越来越暗，他觉得该回去了，不然就要在夜色里走山路了。当然，直到现在，手上那个探测器还没有任何反应。

"喂，关水！"他试着呼唤关水，不过或许是已经相隔太远，他并没有听到任何回应。无奈之下，他只能在茅草地里回头，艰难地往回跋涉。

就在他估摸着差不多回到了开始的地方时，终于看到了关水拿着探测器半蹲着的身影。他似乎仍在认真寻找着，挂在腰间的铁锹上沾了些泥土，不过两手空空，显然也没有什么发现。

"喂，该回去了吧？明天再过来吧，天色晚了。"

"好。"关水一脸疲惫地回应，完全不复刚才的自信。他身上沾了不少泥土与灰尘，显得有些灰头土脸。不过自己应该也是半斤八两吧。

此时，天上传来了轰隆隆的雷声。

"不会真的要下雨了吧？"

尧卯书话音刚落，便感到脸上传来一阵凉意。

点点雨滴从天幕落下，本就阴沉的天色迅速昏暗下来。二人慌忙沿着原路返回，还好雨势暂时还未增大。不过，当他们走到坡道上时，天已经完全黑了下来，如果不开手电筒的话，连面前的路都看不清楚。

二人在黑暗中，在雨点的侵袭下艰难地下着山。此时，伴着雷鸣，一道闪电如霹雳般划过天际，在黑暗中短暂照亮了二人的面庞。紧接着，雨点逐渐变大，转瞬间，便成了黄豆大小。

"快走，"走在前面的关水说，"还好应该快到窑洞了。"

尧卯书跟着关水，用铁锹当作拐杖，狼狈不堪地在雨幕中前进着。大雨已经将他淋成了落汤鸡，他大口大口喘着粗气，感到雨点砸在身上生疼生疼的，双腿也因在凹凸不平的山路上快速前行而酸痛不已。

此时，后方的山路上突然传来一阵沉闷的碰撞声，他往后一看，只见一块山壁已然塌陷下来，砸在了山路上，整条路都被大块的土石覆盖住了。而且，随着雨势不断增大，还有更多的土石正在向下滑落。

"完了，滑坡了!"

"快跑!"说罢，关水便向前跑了起来，腰间别着的铁锹随着他的跑动而来回摇晃着。隔着雨幕，他的身影有些看不清楚，尧卯书也尽全力紧随其后。

终于，在他感到意识有些模糊时，似是来到了来时的那个窑洞洞口。关水正在使劲推着那扇木门的门把。

"怎么打不开?"

"让我试试。"尧卯书上前去，试图推开木门，但门仍然纹丝不动。

"奇怪了。"

他打开手机的手电筒，手电筒微弱的灯光在雨中照亮了他们面前的窑洞入口。有限的光亮中，只能看到木门和高窗隐约的轮廓，窗户黑色的栅栏好像监狱的栅栏门一般令他心生战栗。此时，他突然发现，洞内似乎透着点点微弱的光。

"喂，我们不会走错了吧? 里面有光，这里应该是那个老人居住的地方吧?"

关水愕然地向上望去："好像确实走错了。快，应该就在隔壁。"

尧卯书连忙冲向旁边的洞穴。这次木门应声而开，关水也紧随其后跑了过来。他们终于从雨幕中逃脱，回到了窑洞里。

"嘶，好冷啊。"心情稍微放松下来，尧卯书立即感到周围散发着彻骨的凉意，衣服已经完全湿透了，整个贴在身上，更是冷得他瑟瑟发抖。雨水不断从窗格的缝隙间落入洞里，在门口附近形成了一个小小的水洼。

"还好角落里有木柴。"关水走到角落，拿起了一根木柴。他的帽子和墨镜都不知道丢到哪里去了，头发全都湿漉漉地贴在脸上，棱角分明的下巴上布满胡茬。尧卯书愣愣地望着他的侧脸，有种不安的感觉在他的内心扩散开来。

"这木柴应该还能用。喂，帽子老弟，看什么呢？赶紧把衣服脱下来吧，我去把灶台的火生起来，把衣服烤干。睡袋在那儿，脱了衣服就赶紧钻进去吧，不然要是在这里发烧就麻烦了。"

"嗯，好。"尧卯书回过神来，依照关水所言脱掉了身上已经湿透的衣服，从背包里拿出毛巾将身上擦干，然后准备搭帐篷。

"咦，奇怪，绑帐篷的绳子呢？"

"在这里还要什么帐篷啊，又不是那种废弃很久的窑洞，直接睡睡袋里就好了。"

"也是。"

于是，尧卯书将睡袋铺好，钻了进去。

关水的身体素质比尧卯书要好很多，当尧卯书还在睡袋中冷得瑟瑟发抖的时候，他已经将灶台的火生了起来，并把二人的湿衣服搭在了灶台的边缘。火光为洞内增添了不少暖意，尧卯书也终于感到身上舒服些了。在火光的映衬下，可以看到关水精干的躯体。平时完全看不出来，他身上没有一块多余的赘肉，甚至还有六块腹肌。尧卯书不好意思地转过头去。

"都是大男人，有什么不好意思的。"

暖和起来之后，二人便吃了些带来的食物补充体力。尧卯书手中拿着罐头，和关水围坐在火堆旁，颇有些露营的感觉。他一边将罐头中的土豆焖肉放入口中，一边挑起了话头。

"话说回来，今天还真是惨啊。"

"是啊，没想到会下那么大的雨。"关水的语气似乎比较平静。

"刚才我们下来的时候，后面的路因为滑坡被堵住了，那我们明天该怎么上去啊？"

"明天再过去看看吧。"关水说着，吃完了手上的东西，站了起来，"放心吧，一定可以找到的。"

尧卯书虽然很想问他到底哪里来的自信，不过还是忍住了，决定先看看他到底要怎么做，最后如果失败了再找他算账也不迟。

关水把另一个睡袋也拿了出来，铺在了窑洞深处离尧卯书的睡袋稍远的地方。

"今天就先到这里吧，我先睡了，你也早点休息。"

自顾自地说完这番话之后，关水便钻进了睡袋。尧卯书吃完饭后无事可做，也只好钻进睡袋中，虽然本来还想看看手机上的小说，可是，一天下来积累的疲惫让他的眼皮迅速耷拉下来，接着，便陷入了深沉的睡眠。

昏暗的洞穴里，火光不断摇曳着，外面雨声依旧。

第二天早晨。

尧卯书一醒来，便察觉外面的雨已经停了。灶台的火光刚刚熄灭，仍有缕缕青烟向上升起，自己的衣服也已经干得差不多了。他穿好衣服，打开了门，只见外面的天地均笼罩于一片薄雾之间，眼前的山路，下方的森林，以及远处的秦岭山脉都在其中若隐若现，小鸟鸣啾的声音，以及不时自树梢滴下的水声自耳边传来。

关水的衣服还搭在原处。回头望去，他果然还睡着，应该是昨天太累了吧。尧卯书没有叫醒他，而是独自走出窑洞，想要到附近散散步。

走到门口，他随意环顾四周，突然发现右侧那个老人居住的窑洞，高窗上面有两根栅栏被割断了，只留下了上下两端，形成了一个大小可以供人出入的口子。断口处似乎还有点点暗红色的痕迹。

"什么?! 该不会……"

眼前的景象让尧卯书心中生出一丝不好的预感。他连忙将视线移到脚下，只见昨天自己和关水奔跑回来时留下的足迹已经变得模糊不清。

除此之外，一片泥泞的雨后土地上，没有任何足迹。

他连忙跑回洞中，摇醒了关水。接着，二人一同来到那个窑洞的洞口，尧卯书尝试着推开那扇木门，不过仍旧纹丝不动。

"你在下面撑着我一下，我从窗户的缺口翻过去。"

"好。"

于是，尧卯书便蹲了下来，关水跨在他的肩膀上，压得他颤颤巍巍，好不容易才站了起来。这个高度刚好让关水够到高窗的底端。他两手撑着窗框，猛地一使劲，尧卯书感到肩膀一沉，接着，关水便从窗户翻进了洞内。

紧接着，窑洞内传来了关水的一声惊呼。

"喂，怎么了？"尧卯书敲着门，感觉门后的阻力突然消失了，应该是关水从门内将门闩卸了下来。一推开门，他便看到关水怔愣在门口，脚下是一摊和他们住的窑洞相似的水渍，应是昨夜的雨遗留下来的痕迹。而他的面前，是一幅令人难以置信的光景。

只见门口往里两三米处，灶台边上倒着一具尸体，是昨天那个老人，也就是彭永年。之所以一眼就能看出那是尸体，不仅仅是因为周围完全被血所浸染，整个地面都成了一片暗红色，而且，最主要的是，彭永年的两条手臂都被从根部切断了，断臂就散落在尸体旁，刚好压在了窗户上被割断的两根木栅栏上。彭永年的脸痛苦地扭曲着，紧紧缩成一团，失去了双臂的尸体就好像一截被砍断的枯木。用作凶器的手斧就落在死者的脖颈附近，脖颈处伤口喷溅出的大量血液将整个手斧都染得通红。

尧卯书感到一阵晕眩，大脑一片空白，不由得后退两步，跌坐在地。一股恶心感从胃部直冲而来，无法抑止，他别过头去，拼命地呕吐着。

当他回过神来，便紧接着感到一阵深深的恐惧。虽然他已经从外婆和姨外婆的讲述，以及那本日记中得知了多起凶案，但和真正目击凶案的冲击力不能相提并论。他站起身来，那本日记中的内容再次浮现在脑海里。

大雨、脚印、惨死的尸体……这情景与日记里描述的如此相似，他感觉自己仿佛穿越到了近八十年前，一切都显得那么虚幻而不真实。明明只是来寻找银圆，不承想，却遭遇了如此异常的事件。

他徘徊着，不敢再走进窑洞，不敢再看那残酷的光景一眼。用余光向洞内瞥去，关水似乎正在里面摸索着，不知道在查看些什么，但此时尧卯书就连与他搭话的勇气都没有了。

就算他再怎么不愿意思考，此刻也意识到，这起事件一定与他们二人的到来有关，不然为何已平静了差不多三十年，而他们一来，就又立即发生了如此残忍的凶案。如果将自己与关水代入近八十年前的那起事件的话，那么自己所对应的不正是彭庆年，而关水所对应的则不正是彭永年吗？

依照常理来看，除了他们自己，知道他们此番回来的人，就只有赵清雅了，或许还有彭永年本人。但是，昨天发生滑坡以后，通往山下的道路被整个封死，而在他们回到窑洞口的时候，曾经走错到了彭永年所居住的窑洞，当时虽然在黑暗中看不分明，不过窗户的栅栏明显都还是在的，如果缺损了两根的话，应该一眼就能看出。也就是说，凶案发生在他们下山之后，那么赵清雅是不可能通过滑坡路段下山的，更何况，他本来也不相信一个九十多岁的老人能够在将一个人杀死并砍断胳膊后，还能从三米多高的高窗上翻出现场。

那么，嫌疑人岂不是就剩下了关水以及他自己？可是，就如同近八十年前彭庆年和彭永年一般，关水的睡袋比起他在窑洞的更内部，而且他的整个睡袋完全将通往洞外的道路堵住了，因此，如果关水想要从窑洞里出去的话，势必会惊醒他，然而，他却没有感觉到有任何人经过的动静。所以，关水也是不可能作案的。这一点令他有些许安心，但如此一来，能够作案的岂不是就剩下他自己了？他的内心无比清楚，唯有他自己不是凶手这点是确信无疑的。

难道说，还有一个不知名的凶手正在暗中窥探着他们的动静，甚至跟踪他们来到了此地？一想到这儿，尧卯书便感觉浑身发麻，一股紧迫的危机感从他的内心升起。

可是，就算还有一个凶手，他又是如何进入窑洞里的呢？大雨后泥泞的地面上，只有自己与关水昨夜跑过的模糊足迹，难道那个凶手是飞进洞内的吗？这个密室与日记中描述的足迹密室简直一模一样！而且，在行凶后，他又是为什么不直接从门口离开，反而选择如此麻烦的方式，将本来人不能出入的窗户割断两条栅栏，从那里逃走，留下锁着的木门？

一切的一切，都与近八十年前的那起事件如此相像，然而，又有些微不同之处，比如凶手离开的方式，以及死者被切断的部位。这些不同之处，是否就是通往真相的钥匙……

尧卯书摇了摇头，将纷繁复杂的思绪赶出脑海。他鼓起勇气走进窑洞，尽量不去看依旧躺在地上的尸体，而向正半蹲着查看洞内深处碗柜的关水说："关水，我们报警吧！"

关水讶异地转过头来："报警？"

"没错，既然发生了这么严重的事，已经不是我们所能处理的了。"

"你不要银圆了吗？如果报警的话，这里肯定会被封锁起来，而且我们也会被当作重要知情人，以后可能就再也没有机会来这里挖银圆了。"

"虽然很可惜，不过，也只能放弃了吧。"

"唉，"关水困扰地挠了挠头，"我就直说吧。咱们俩肯定会被警方当作重大嫌疑人的。要不然，为何咱们一来，就发生了凶案？"

"可是，不是还有足迹之类的问题吗？我相信，警方一定能查出真相的。"

"警方不会在意这些的。对于他们来说，这起案件非常简单，凶手就是我们二人。脚印什么的都无关紧要，所谓密室之类的说法，也不过是你的一面之词罢了。但是别忘了，我可是侦探。"关水走到尧卯书面前，紧盯着他的双眼，"如果单独来看这起案件的话，的确可能感到无从下手。但是，这起案件绝不是孤立存在的，而是跟过去的那几件凶案紧密相关。要想解决这起案件，就必须解决过去的案件。看来，终于是时候告诉你这一系列事件的真相了。"

第十二章

真相·一

二人来到窑洞之外，关上木门，将血案现场与外界隔离开来。迷雾中，关水站在山路上一处较为平坦的凸出之地，面对着森林深深吸了一口气，而后说道：

"首先，还是来说说日记中所记载的那起案件吧。想必你也发现了，彭永年的死和那起案件极为相似，被害者都是死于雨后的足迹密室之中，且都有两位发现人确认在下雨之前，门的确是锁着的。讽刺的是，当年作为嫌疑人之一的彭永年如今却变成了被害者，这大概也是天意吧。"

"那起案件的凶手到底是谁？他又是如何制造出那个足迹密室的？"尧卯书急切地问道，其实比起凶手的身份，他此刻更加在意的是凶手制造密室的手法，因为这说不定能对现在的事件有所启发。

"不要着急，我按顺序一点一点来说。既然你知道凶手断头的理由是为了掩盖死者的死因，那么，关于水迹和手斧位置的推理，你应该也明白了吧？"

"没错。"

"那这部分我就跳过了。关键是，凶手为什么要掩盖死者的死因？如果被发现死者是被扼死的，对凶手会有什么坏处吗？"

"对，就是这一点，我怎么也想不明白。"

"其实很简单。"关水转过身来，看向尧卯书，一字一顿地说道，"因为凶手的一只手上有六根手指。"

"什么？"意料之外的原因就像一记重锤般砸向尧卯书的脑袋。

"因为凶手有六根手指，所以，他坚决不能让别人发现被害者脖子上的扼痕，任何人只要一看到那个扼痕，便会知道凶手的真实身份，所以他干脆将被害者的头都砍了下来。"

"竟然是这样……"

关水点了点头："那么，凶手的身份也就呼之欲出了，那就是彭家有六根手指的人。"

"难道是彭根喜?!"尧卯书回想起外婆说过的话。

"不，虽然他也有六根手指，但那个时候他还是一个两岁的婴儿，所以是不可能作案的。你还记得我们在你外婆家看过的那张彭家全家的合照吗？"

尧卯书回想起那张照片。

"莫非是彭永年?"

"没错,就是彭永年。在那张照片里,只有他的双手背在身后,没有显露出来,而除了彭根喜,其他人的双手的确都是五根手指。"

"可是,他现在双手也都是五根手指啊。"

"大概是后来不知什么原因,砍掉了一根手指吧。你应该也注意到了,他的左手外侧有一道伤疤。"

"但是,这也只是你的猜测吧?你并没有实际的证据能证明,凶手就是为了掩盖自己有六根手指的事实而砍下死者的头颅的。"

"确实如此。我也是因为其他的契机,才领悟到凶手有六根手指的,所以其实是从结论而来的反推。但是,即便忽略掉这条线索,光是日记中提及的内容便足以推理出凶手。"

"怎么说?"

"这还要从凶手使用的诡计说起。我们边走边说吧,顺便看看前面山体滑坡的情况怎么样了。"说着,关水便踏着雨后泥泞的道路,向山上缓缓走去,尧卯书跟在他后面,两人身后留下了两串长长的脚印。

"我在看到日记里描述的现场的状况时,其实就想到了这个诡计,但是,直到我回去查阅资料,并询问了认识的法医朋友以后,才能够确定凶手确实使用了这个诡计。"

"凶手到底使用了什么诡计?"

"其实这个密室的形成也在凶手的意料之外。他没想到会下起那么大的雨，因此才形成了那个足迹密室，如果没有下雨的话，到底是否有人在这条路上走过是看不出来的。要解释足迹其实十分简单——凶手作案是在下雨之前，也就是当天下午的时候。"

"可是，这说不通啊！在开始下雨之后，彭庆年已经确认了门是锁起来的！还是说，他是彭永年的共犯？"

关水摇了摇头："不，这里才是凶手使用的诡计。简单来说，凶手用死去的婴儿充当了门闩。"

说完这句，他停了下来，似是有所不忍。片刻之后，他才接着说道："婴儿的尸僵要比成人来得快很多，在死后10—30分钟就会出现。凶手在杀死赵雨和婴儿之后，将婴儿架在本来放门闩的卡位上，然后来到门外，从门缝中将婴儿的一只手臂向前伸出，卡在墙一侧的卡位上。此时，由于刚刚死去的婴儿身体还很柔软，所以他能够完成这样的动作。之所以现场的门板上会沾染大量鲜血，也是因为凶手刻意将血洒在这里，以掩盖曾经用婴儿充当门闩的事实。

"当彭庆年、彭永年下午来到现场时，婴儿已经产生了尸僵，全身变得僵硬，所以门推不开。而二人第二天再次来到现场时，尸僵已经消失了，故而彭永年稍一使力，婴儿便从卡位上掉了下来，形成了他们看到的那副模样。现场打翻的饭盆也是那个时候被婴儿尸体砸倒的，没想到这反而误导了彭庆年，让他觉得案件是在雨后发生的。"

如此残忍的诡计，令尧卯书听得胆战心惊。

"可是，他们第一次来到现场的时候，不是还听到里面传来婴儿的哭声吗？"

"那是另一个婴儿的哭声。凶手当时不知道赵雨怀的是双胞胎，生产下了一个，另一个还有一半身体卡在母亲体内。凶手杀完人离开现场后，因为赵雨死后肌肉松弛，婴儿从母亲体内滑出，发出了哭声。然而，不知道此事的彭永年以为是已经惨死的婴儿发出的诅咒，所以吓得惊慌失措，以至于一屁股坐在了地上。"

二人在泥泞的山路走着，前方路上掉落了许多被昨天暴雨折断的树枝，他们一边避让，一边小心翼翼地前进着。

"所以，能够满足凶手条件的都有谁呢？回想一下案发当日众人的行动轨迹，彭怀存和彭淑兰一直待在屋内，赵清雅也未出门，一直在忙活着做饭。当时不在家里的，只有下地干活的彭兆年以及在外面闲逛的彭永年了。凶手能想到这个诡计，一定是看了当时家里存放的法医学书籍；然而，日记中提到，彭兆年'目不识丁'，而彭永年则上过几年学。因此，能实行这个诡计的凶手就只有彭永年了。

"彭永年使用这个诡计，本来只是想确保自己的不在场证明——通过和彭庆年一起确认门还锁着，之后便寻找各种理由避免独处直到第二天尸体发现时，那么便可以将自己置于嫌疑人的范围之外。然而他没有想到突然下起了大雨，因此产生了足迹的谜团，任何人都没有办法进出现场，这反而是他意料之

228

外的。"

"原来如此。"尧卯书恍然大悟的同时，又不禁感到有些失望，因为这个诡计在如今发生的杀人事件中是完全不适用的。然而，对于日记中记载的案件，他仍有不太明确之处。

"但是，彭永年后来为什么要冒着风险将婴儿的尸体转移走呢？"

"这与案件没有直接关系，之后再说吧。"

谈话之间，二人已经来到了昨天发生山体滑坡的地方。只见塌落的土石已经完全将道路封锁住了，除非等待救援队将土石清理干净，否则他们已经完全没有上去的办法。

"这下就算不报警的话，我们也没办法上去找银圆了吧？我看还是报警吧。"

"不，有办法。而且这个办法与彭生案的手法有关。"

关水转过身去，踏着来时的脚印又折返回去。尧卯书急切地问道："和彭生的死有关？你到底准备如何找到银圆？"

关水没有回头，一边走，一边说道："其实你外婆提过，她通过火柴的位置推理出有密道，我觉得应该是正确的，要不然，就无法解释彭生被杀的问题，因为按照正常的路径，所有嫌疑人的不在场证明都是明确的。然而，如果有密道存在的话，就有人能够作案了——"

"是谁？"

"当然还是彭永年。不知道你有没有注意到，窑洞群与墓地的直线距离其实十分近，基本上，墓地就位于窑洞群的上方，当然，准确来说是斜上方。所以，如果有一条密道从彭永年居住的窑洞一直通向墓地的话，他就可以在半个小时内在窑洞和墓地之间往返，那么他的不在场证明自然也就不复存在了。

"所以，我本来是想通过他居住的窑洞去寻找密道，然后从密道前往墓地的。但是没想到他竟然还住在这里，所以没办法，我只能退而求其次，从墓地那一端去寻找密道的出口，这就要难得多了。"

"所以你刚才一直在洞里走来走去，原来是在调查这个！"尧卯书惊呼，"可是，在彭生掉下悬崖的那一刻，彭永年应该正坐在窑洞口抽烟才对，这是被黄家卫在无意中目击到的，那他还是有不在场证明啊？"

关水摇了摇头，双手背在身后，停住了脚步。"这便是他所利用的诡计了。准确来说，这个'视线密室'，他采用的是'延时杀人'诡计。"

"延时杀人？就是说他在拖拉机上做了手脚吗？可是，我外公在调查时，并没有发现拖拉机有被做过手脚的痕迹。"

"不，其实彭生早在那之前就已经死了。在拖拉机上坐着的，是一个死人。只是大家都以为他是在拖拉机掉下悬崖后才死的，因此，这也能算是一种另类的'延时杀人'吧。"

"但是，他究竟是怎么做到的？我记得当时外公也提出过彭生早就死了的想法，却被否决了。"

"正常来说的确不行，因为人死后，尸体整个会瘫软下去，凶手把他放进去时，也还来不及形成尸僵。但别忘了彭生的尸体被发现时的状态。"

尧卯书回想起外婆所讲述的外公黄家卫当年缝合尸体时对尸体不自然的状况的描述，外公当年也对此产生了疑惑。

"其实，尸体的状态正给我们暗示了凶手的手法。为什么尸体上会有那么不自然的痕迹？原因就在于，这本来就不是因为摔落造成的伤口，而是凶手刻意造成的。凶手在杀完人之后，将尸体的头部、一条胳膊和两条腿全部砍了下来。

"接着，凶手在拖拉机的驾驶座上凿出一个大洞，将左脚塞进那个洞里，然后将左大腿插入左小腿中以保持竖直，最后再将头颅插进左大腿顶端露出的骨头内。我猜测，他首先是用了胳膊，但是发现立不稳当，于是才换成了腿骨，这样就能够解释，为什么左臂和左腿上都有奇怪的痕迹了。为了加固这一装置，他可能把左小臂或者左大臂卡在旁边，总而言之，最终他让彭生的头稳稳当当地插在了座位上。

"紧接着，他把剩下的右腿死死卡在油门与座位之间，剩下的一截胳膊则卡在驾驶室门与控制方向的拉杆之间。然后，他只需要下车用那根铁杆把发动机的火打着，由于油门被踩下，拉杆也向后拉，车便会自动行驶起来。同时，因为从驾驶室侧面和正面的小窗里只能看到彭生的头，而他的头正直直地立在那里，所以从远处看来，肯定想不到他已经死了。也正因如此，所以之后你外公在调查时，才会发现驾驶座内部被血浸染得如此彻底。

"当时，的确就是一个被分成几块的死人在驾驶着拖拉机啊！"

尧卯书一想到那个场景，不由得又感到一阵恶心自胃部涌上来，他强压住呕吐感，问道："可是，既然如此，他又为什么会摔下悬崖去呢？"

"这一点也是凶手所没有料到的。他本来的想法是，彭生的尸体开着拖拉机一直往前，到了道路的尽头之后跌下悬崖，因为那个地方基本上是不会有人的。而他则出现在自己居住的窑洞前，以确保自己的不在场证明。可是，没想到拖拉机开到一半，彭生的尸体开始产生尸僵，肌肉收缩，导致拉杆的方向发生了变化，再加上或许是行驶过程中有些微颠簸，在这些因素的共同作用下，拖拉机最终发生了偏移，跌下悬崖。而这一幕恰恰又被在地里劳作的多名村民看到，才产生了这个离奇的'视线密室'。"

"不，等等，虽然你解释了凶手作案的手法，但是，其实那起案件中出现了各种各样的谜团，如果你不能把这些谜团都解开的话，那么，案件的真相其实也不过是你的臆测罢了。"尧卯书深思熟虑后说道。因为虽然关水的说法听上去很有道理，但在差不多五十年后的今天，终归是没有任何证据能够证明他的说法，所以，需要更加完美地解释当时的事件才行。

"你说吧，都有哪些谜团？"关水抱着双臂，饶有兴味地望着他。

"第一，我姨外婆在中社村里感受到的视线是什么？第二，她在墓地中看到的黑影，以及听到的声音，到底是什么？第三，彭根喜在进入墓穴后，曾经说感觉棺材里有点动静，这是真的吗？还是只是他的错觉？第四，姨外婆在树林里找人时，追赶她的'人头'到底是什么？难道真的是凶灵'龟'作祟？第五，村民们在墓地巡逻时，看到的两身三臂的黑影是真的吗？如果你能解答这些问题的话，才算真正解开了当年案件的所有疑团。"

一阵微风吹过，尧卯书和关水隔着一截断裂的树干在风中对峙着。虽然案件的迷雾一点点被拨开，但他内心的不安感完全没有减少，其真实面目也逐渐显露出来。

然而，关水的表情仍然是如此平静。

"其实，第一和第二个问题，你外婆当时已经回答过了。你姨外婆感受到的视线，是因为她腰间挂着一把铁铲，所以村民们把她当成了前来平坟的知青。而墓地间的黑影，毫无疑问就是彭永年了。他为了防止彭生半夜来平坟，因此通过密道前去墓地巡视，然而你姨外婆发出的动静让他又警觉地返回了密道。或许正是在那个时候，他已经将一部分陪葬品转移走了。

"第三个问题，我觉得当时很有可能就是彭永年躲在那个棺材里面。他在杀完人并进行完延时的准备之后，急忙赶回密道，可没想到，那个时候你们也已经在前往墓地的路上了，而他还没有将墓中的陪葬品全部转移。于是他便慌慌张张地继续往返于窑洞与墓地之间，想要将陪葬品全部转移走。就在他打开棺材的时候，墓地终于被挖开了，情急之下，他只能赶忙躲进了棺材里，然后在棺材的内部死死扒住棺材盖。这就是棺材打不开，以及里面传来异动的原因。

"第四个问题，我想，应该也是一个大自然的意外吧。按道理来说，凶手完全没有必要藏起彭生的头，这反而会让别人产生他杀的怀疑，然而彭生的头却消失了，一直到最后也没有找到。其实答案很简单，我觉得他的头很有可能是被蟒蛇给吞下去了。"

"蟒蛇？"

"没错。蛇能够吞下自己身体直径几倍的东西，而蟒蛇将人头整个吞进体内的事情以前在非洲也发生过。由于人头直径远远大于它身体的直径，在它吞下人头后，人头便整个凸显出来，在它的腹部形成一个人脸状的花纹，这便是草丛中急速移动的人头的真相了。当时，你姨外婆在夜色之下，觉得人脸上仿佛覆盖了一层膜一般看不清楚，这也侧面证实了人头确实是被蟒蛇吞下了。不过到了今天，这一点应该无法得到确证了。

"第五个问题其实也和杀人手法有关。如果彭永年将尸体的躯干也留在拖拉机里，你觉得可行吗？"

"为什么不行？"

"当然不行，被砍断了大部分肢体的身体，其血流量十分巨大，如果把它留在驾驶室的话，就会造成驾驶室内不自然的出血痕迹，所以，在杀人之后，他唯独将尸体的躯干留了下来，藏在了村子尽头的森林里。但是，他必须要在尸体的其余部分被发现之前，将躯干也放置于附近，于是，他便趁着夜色偷偷又从密道将之前藏起来的尸体背在背上，准备搬到山下的树林里去。

"但是，没想到，在他回到墓地的时候，已经有村民在墓地里巡逻了，于是他慌忙想要逃走，却还是被村民们目击到了他背着只剩下一条胳膊和躯干的尸体的踪影，这也就是所谓'两身三臂'的黑影之谜。后来，他趁着村民们去抓田鼠的时候，连忙钻回了密道之中，那个黑影便也就消失不见了。

"关于这一点，你外公曾经提到过的过于苍白的身体以及在发现身体处少得不自然的血流量也能够证实。"

讲到这里，二人也已经走回了来时的窑洞口前。尧卯书之前暂时被强压下去的恐惧又从内心升腾了起来。"我们不报警真的好吗？如果之后才被警方知道了这起案件，那我们的嫌疑岂不是更大了？"

关水无视了他的问题，打开了窑洞的门，将那具骇人的尸体展露出来。尧卯书连忙别过脸去，生怕尸体再次出现在自己的视线之内。

"然后，便是这起事件了。听我讲完前两起事件，难道你没有什么疑问吗？"

"什么疑问？"尧卯书望着远方灰蒙蒙的天际，僵硬地问道。

"彭永年他究竟为什么要杀死赵雨、赵雨刚出生的孩子，以及彭生？其实比起手法，这才是之前一直困扰着我的问题。虽然说，杀死彭生尚且还能用惩戒惊扰祖先的不肖子孙来解释，但这个动机也过于薄弱了，再加上我们完全不知道他杀死赵雨的动机。我只能认为，他是想守护某个秘密。"

"秘密？"

"没错，隐藏在祖坟中的秘密。一个足以让他出卖灵魂，在几十年间不断杀人的秘密。"

尧卯书感到身后关水的声音小了些许，似乎是走进了洞内。

"现在来看看这起案件吧。为什么我们一来，就又发生了如此惨烈的案件？为什么凶手要费力砍下死者的两条胳膊？为什么案发现场又是一个无人能够出入的'足迹密室'？答案其实很简单——彭永年是自杀的。"

"你说什么？"尧卯书忍不住转过头去，即使要面对令他恐惧的尸体，他也不能对此说法置之不理，"怎么可能是自杀的？难道你想说，自杀者还可以砍掉自己的两条胳膊吗？"

他强忍着恐惧踏进洞内，注视着地上仍然一动不动的尸体。周围的血迹已经完全干了，变成了黯淡的红色。他注意到，一旁的灶台里有烧尽的柴堆，柴堆还留有余温，似乎刚刚烧尽不久。这令他不禁想到五行中代表火的"凤"。前三起案件中，分别出现了"虎""龙""龟"的痕迹，难道，这起案件是"凤"的凶灵作祟，它在杀死死者之后便化身为柴堆中的火焰，随着柴堆的烧尽而消失？

胡思乱想很快便停止了，他注意到关水正蹲在地上，指着死者的脖颈处，说："你看，死者的脖颈就正好贴在手斧旁边，手斧上沾染的血痕以及周围地面的血痕可以证明，死者的尸体以及手斧都没有被移动过。你觉得，一个凶手会以如此别扭的姿势，将死者的脖子贴到放置在地上的手斧上去杀人吗？"

接着，他走到门口，指着破损的高窗道："如果凶手真的是从这里逃跑的话，他难道还能飞到高窗上面吗？靠近门的内侧一定得有一把椅子或者其他垫脚物供他踩，他才能够到上方的高窗，然而，现场却没有这样的东西。"

然后，他走到断臂旁。"再来看这个。死者的断臂覆盖在割断的窗户栅栏上方，这不是恰恰说明，割断栅栏是在彭永年死亡之前吗？然而，如果是他杀的话，凶手逃离现场必定是在行凶之后，故而栅栏应该在胳膊上面才对。这也说明了，窗栅栏其实是彭永年自己割断的，他大概是将手斧绑在木柴上，然后够到高窗并砍下栅栏。

"种种迹象都能够表明，这不过是一场伪装成谋杀的自杀，彭永年刻意砍断自己的两条胳膊，为的就是强调，他绝对不是自杀的。我想，他大概是先砍断了自己的一条胳膊，然后将斧头放在地上，自己爬到灶台上向斧头上面倒去，借助灶台的高度和倒下的重力砍下自己的另一条胳膊。紧接着，他便扬起自己的头颅，靠在斧子上，然后猛地一划，便完成了自杀。

"他这么做的目的也很简单，就是通过将现场布置成他杀，来阻止我们探索祖坟中的秘密。因为一旦发生他杀案件，现场必定被封锁，我们也就没有机会再去挖宝了。而且，我们还会被当成嫌疑人。但是，他终究还是差了些，布置中出现了许多漏洞。我想，如果我当时在前两起案件的案发现场的话，应该也能发现他的很多漏洞吧，只是因为当时没有一个专业的侦探，这才被他钻了空子，完成了看似毫无漏洞的犯罪。"

尧卯书在窑洞口来回踱着步，他对关水对前两起案件的推理没有什么意见，不过在这起案件上，虽然关水非常自信，现场的一些情况也确实证明了他的说法，不过，尧卯书还是对彭永年自杀论不置可否，因为疑点实在太多了。

第一，彭永年为何会选择在自己居住的窑洞内自杀？就算阻止了他们二人探查，那么窑洞也会被警方搜查，可能反而会暴露他想要隐藏的秘密。

第二，此地十分偏僻，他如何才能确保事件被警方发现？如果他与关水像现在这样不报警，他的自杀就将失去意义。

第三，为何他会选择砍掉双臂这样痛苦的方法自杀？就算想要布置成他杀，也应该会有没这么痛苦的做法才对。

第四，如果他想要布置成他杀，为何不直接把门打开，而是采用了如此迂回的做法，割断窗栅栏，再将门保持上锁？

第五，如果事情真如关水所说，为何高窗被割断的栅栏处会残留着血迹？这难道不是因为凶手从此处逃脱时，身上的血迹沾染到栅栏上所导致的吗？

就在尧卯书还在为这些问题而苦苦思索时，关水已经移开了窑洞深处的那个碗柜。只见碗柜之后显露出一个小小的拱门。

尧卯书快步走上前去："莫非这就是——"

"这里大概是粮库。"关水回答道，"日记里也有提到，包括我们之前在那个废弃窑洞里也看到过，为了防止被偷抢，窑洞里一般都会设置一个储粮用的密室，入口通常就藏在衣柜或者碗柜的后面。"

关水拉开那扇拱门，只见里面露出了一袋袋粮食，将整个空间塞得满满当当。

"什么嘛，不是密道啊？"

"你觉得，一个老人需要这么多粮食吗？"说着，关水便动手开始将粮食往外面搬。有些粮食的袋子似乎已经破损了，撒得地上到处都是。尧卯书见状也上前帮忙，虽然尸体在侧让他感觉十分异样，不过他也只好忍耐这种不适感。

粮食一袋袋被搬开之后，只见后面逐渐显露出一条一人宽的小径。小径只向前延伸了一点便向内侧拐弯了，因此完全看不到前方的情景。

"竟然真的有密道！"尧卯书激动地喊道。

"没错，跟我来吧，距离你找到银圆应该不远了。"

尧卯书打开手机的手电筒，跟在关水身后，向着完全黑暗的密道中走去。突然，他感到头上一阵疼痛，似乎是撞到了突然变矮的石壁，不由得痛得叫出声来。

"怎么了？"前方传来了关水的声音。由于密道里面弯弯曲曲，关水已经走到他前面几个弯了，因此完全看不到他的身影。

"没，没什么。"

密道内部十分原始，基本没有任何装饰，就是在石壁上硬生生开凿出的一个狭窄的空间。尧卯书走在其中，感觉脚底下阻力比较大，应该是在一路向上方前进，逐渐深入山体内部，而前面应该就是墓地的方向。

在石壁间艰难穿行了大概十几分钟之后，终于，尧卯书跟在关水之后来到了密道的尽头处。只见密道尽头有一扇半人高的铁门镶嵌在石壁之中，铁门上没有锁，只有一道厚重的木制门闩架在门上，而关水此时正将手放在门闩之上，想要拉起它，门闩却丝毫不动，反而是门闩上的灰尘和木屑随着他的动作不断掉落下来。

"这是怎么回事？难道是卡死了？"尧卯书越过关水的肩膀看着门闩。

关水尝试无果，暂时将手放了下来。他端详着这扇铁门，说道："不，从边缘可以看出，门闩是没有卡住的。我想，这扇门大概就是所谓的机关门了。"

"机关门？"

"没错，这算是一种技艺门，据说现在已经失传了。要想打开这扇门，直接拉起门闩是不可能的，必须要找到门上的机关，才可以打开。"说着，关水蹲下身来，仔细观察起这扇铁门的每一处，尤其是它的门闩和限木部分。而他身后的尧卯书却思考着完全不同的事情。

如果说这里的门闩闩着的话，岂不是说，凶手要从这里逃走是不可能的了……

本来在发现密道之后，尧卯书觉得，比起自杀论来，倒不如说凶手通过密道逃到了山上才比较合理，然而，这扇闩着的铁门却击碎了他的这一幻想。

"哦，有了！"前方的关水不知在门的什么地方摆弄了一番，终于将那个门闩取了下来。

"怎么做到的？"

关水举起了左手。在手电筒微弱的光照下，尧卯书看到他的手中正拿着一根小小的木条。

"在门闩右侧的限木下方有一个不起眼的小洞，洞里有一根木条，把门闩死死地卡在了限木里面，所以想要拿下门闩，必须要先从洞里把那根木条抽出来。锁起来的时候也是同理，要在将门闩闩上之后，再将木条插进洞中才行。"

"也就是说，从外侧肯定不能把门锁起来了？"

"肯定不行。"关水摇了摇头，"即便门有缝隙，能够用线之类的使门闩架在门上，但是不可能把木条插进限木下面的小洞里面。你不会还在幻想凶手是从这里逃走的吧？"

被说中想法的尧卯书不禁尴尬地挠了挠头。然而就在此时，他突然意识到了什么，手上的动作顿时僵住，一阵凉意从他的内心深处升起，让他感到浑身上下都如此冰冷。

"那，我就打开了。"

"好。"尧卯书僵硬地回答道。

铁门随着吱吱呀呀的声音打了开来，铁门后，昏暗的灯光映照出的是一个不大不小的空间，果然是墓室。大约三米长、五米宽的墓室内，角落里堆放了许多土色的瓶瓶罐罐，许多都已经破碎了，被厚厚的沙土覆盖。墓室中间则摆放着两口棺材，在黑暗中影影绰绰的，看不真切。尧卯书回过头去，发现铁门后的另一面是石壁，从墓穴这一侧很难察觉到密道的存在。

二人将手电筒的光投向石壁，发现上面竟然不是平滑的，而是雕刻着各种图案。虽然已经因为时间久远而发生了侵蚀，但还是能隐约看出这里刻着四灵的形象：两面较窄的石壁上分别刻着龙、虎，留有密道的一面刻着凤，而正面最大的一面石壁上则刻着一个人像，只见此人留着长长的胡须，面色威严，身着锁子甲，一只手上拿着一把宝剑，脚下龟蛇环绕。

"是真武大帝！"尧卯书不禁惊呼，随即怀疑地望向四周，"这里真的是我外天祖父母的墓穴吗？他们应该也就是此地的小地主而已，墓穴中怎么可能会有这么精美的雕刻？"

关水快步走到角落摆成一排的瓦罐旁蹲下，仔细地探看了一番。

"看来都是空的。"他拿起其中的一个端详，而后说道，"是宋代的形制。"

他拍了拍手，站了起来。"看来，这里不是你外天祖父母的墓，而是一个宋代的墓葬。恐怕是当时你外高祖父母为了掩人耳目，所以才谎称是他们的墓。"

"可是，那这里究竟是谁的墓呢？"

"或许这个会给我们答案。"说着，关水躬身向前，捡起了地上掉落的一枚不起眼的钱币，用手指抹去上面覆盖着的沙土和灰尘。尧卯书凑上前去，只见那钱币呈金色，外圆内方，钱币的四方分别题写着四个大字——宣、和、元、宝。

"这枚钱币能说明什么，不就是一枚普通的钱币吗？我也知道，它是在北宋徽宗宣和年间发行的，流通量很大。"

"真的是这样吗？你仔细看它的颜色。"关水将钱币放在他的眼前，尧卯书将手机的手电筒对准钱币。

"难道这是金币？"

"没错。"关水点了点头，而后说道，"要知道，我国古代并没有铸造过流通的金币，因此黄金材质的货币都是出于一些特殊用途制造的。比如上世纪八十年代在佛教圣地五台山出土的淳化佛像币，就是宋太宗赵光义在经历金沙滩一战惨败后，深感大宋江山尚不稳定，于是作为佛教忠实信徒的他，就亲自铸造了一批祭山金币送到五台山窖藏，以求佛祖保佑。这批金币当年被一群清理塔基的农民工发现，他们商量着平分了，但是纸包不住火，走漏了风声，结果这件事后来闹得特别大，逮捕了二十多人。那批金币我记得有两千多枚吧，后来虽然警方追回了大半，但其实还有不少流落到中国香港、中国台湾和欧美的拍卖市场上，一枚市价可达几百万元。

"而这宣和元宝金币就更加特殊了。在古玩界有一件流传极广的轶事，就是上世纪九十年代，黑龙江阿什河乡南城村的一个农民在河里筛沙子的时候发现了一枚宋宣和元宝金币，当时他把金币送到文物局，结果文物局的人不识货，觉得没什么价值，他就以两千块的价格卖给了当时村里的一个爱好古董的村民。结果村民把这枚金币拿到哈尔滨的古董市场上去卖，一下子就轰动了哈尔滨的整个古董圈，各种古董商争相采购，出价从几十万到几百万。那可是九十年代啊，几百万都可以买一栋楼了！文物部门听闻此事，赶紧跑来找那个村民，做了各种思想工作以后，最终还是说服村民将金币上交给了国家。那枚金币现在收藏在金上京历史博物馆，专家估值两亿元。"

"两亿?!"尧卯书不由得惊叹出声。

"因为它是当年宋徽宗亲手铸造的，'宣和元宝'四个字也是宋徽宗亲笔书写的。它并不是流通在市面上的钱币，而是宋徽宗赐予宫中宠妃或皇子、公主的玩物。当年金朝攻破宋国之后，这样的金币绝大部分都已经散失了。至今为止，已知的宣和元宝金币也就只有那一枚而已。"

"也就是说，你手中这枚，是一枚价值两亿的金币了?"尧卯书艰难地咽下口水，心脏狂跳着——除了这枚突然现身的金币所带给他的震撼之外，似乎更多的还有恐惧与担忧。

"没错。"关水的脸上浮现出笑容。与此同时，尧卯书感到一股冰冷的触感贴在了他的腰间。"所以，也是时候请你去死了。"

尧卯书从未发现，关水的笑容竟然如此冰冷。

说时迟，那时快，尧卯书迅速地从口袋里掏出一把面粉撒向空中，而后向后一个翻滚，离开了关水身边。关水仿佛没有反应过来，被突如其来的面粉呛到，不断地咳嗽着。昏暗的墓室里充斥着粉尘，一时间什么都看不清楚。

　　尧卯书趁此机会，迅速地跑到了墓穴的另一个角落，紧紧地贴着身后的石壁。

　　"咳，咳……哈哈哈，看来你已经发现了啊。"

　　尧卯书回想起昨天看到关水摘掉墨镜后的脸时，自己产生的那种奇妙的熟悉感。

　　昨天，关水因为在雨中丢失了墨镜，而不得不以真面目示人。关水之前在医院也曾不经意将墨镜卸下，但绝大多数时间里他都一直戴着墨镜。昨天看到他不戴墨镜的脸后，尧卯书便有一种奇妙的熟悉感。起初，他并没有意识到这种熟悉感到底是什么，但后来他回想起外婆也曾说过觉得关水特别亲切。此外，还有关晓琳看过相册后有所发现却不愿说，以及听闻那起事件之后反常的反应……终于，他明白了这一切是怎么回事——

　　关水的长相，和那张家族合照中的彭永年十分相似。

　　然后，他便立即联想到，关水是否就是当年那个自称彭平生，在地震后便失踪不见的少年？仔细想想，两人从各方面都对得上：年龄上，关水虽然看起来比较年轻，但实际应该也四十多岁了，这从他将外婆称作"阿姨"这点也能得到旁证；外貌上，那少年也留着一头鬈发。

但困扰他的一点是，如果关水便是彭平生，那么，他为什么会有一位"关"姓的亲戚关晓琳呢？

所以，他还是抱着侥幸的心理，认为关水和彭永年相像只是巧合罢了，直到——

"自从我们发现了彭永年死亡的现场以后，你的一系列行为都让我感到十分不对劲。"

"哦？说来听听。"或许是觉得尧卯书在他手下绝无还手之力，关水并没有急着来袭击他，而是站在原地，把玩着手里的匕首。

"明明现场存在着一系列连我都能看得出来的疑点，这些疑点对你来说应该是一眼便知的，但是你却强行忽略了它们，坚称彭永年是自杀的，这是其一。"

"可是，这只是你的一己之见吧，并不能说明什么。"

"不，更关键的在后面。当我在密道中走的时候，因为拐弯处石壁高度陡然下降，我狠狠地碰了一下头，但是，你明明走在我前面却毫无反应，如果你也碰到头了的话，至少应该提醒我一下吧？这一点让我几乎可以肯定，你之前来过这里。

"在铁门前以及进入墓室后，你的表现就更不对劲了。我在知道有密道存在以后，一直坚信凶手一定是从密道离开了现场，但是铁门前那个特殊的门闩令我百思不得其解，因为它完全不能从外面锁住，似乎证实了凶手没有经由此地出入。然而，如此一来，这起案件似乎就是无解的了。但是，一旦我转变思维，便立即恍然大悟。那扇铁门之前，密道里有许多拐弯处，因此当时我有很长一段时间完全无法看到铁门处的状况，只要你在我到铁门之前将那扇铁门的门闩合起来，不就可以了吗?"

"你的意思是，我才是杀死彭永年的真凶?"

"没错。"

"但是，你要怎么解释那个案发现场呢? 明明在我们冒雨回来的时候，彭永年居住的窑洞高窗还是完好无损的，第二天早上却被割断了。我和你一起回到窑洞以后，可是有着完美的不在场证明的哦，而且窑洞口也没有我来回的足迹，这可以说是双重的铁证了。"

尧卯书尽全力思索着，他本以为自己毫无推理的天赋，然而在此危急情景下，他感觉身体内部某处仿佛被引爆了一般，大量的信息在脑中不断流转，通往真相的道路竟然是如此的显而易见。

"很简单。你作案是在下雨之前，就是我们在墓地分头去寻找银圆的时候。"

尧卯书回忆起昨天下午的情景。

"当时，趁我向森林那边去找的时候，你迅速来到密道口，通过密道进入窑洞。杀死彭永年之后，你又若无其事地出现在我面前。所以你才会那么灰头土脸的，带着的铁锹上也不小心沾到了泥土。

"至于高窗和足迹的问题，我也已经想明白了。和近八十年前一样，你也并没有预料到会突然下起如此大的暴雨，所以那个足迹密室的产生纯属意外。本来你是想借由完美的不在场证明，将嫌疑转移到除自己以外的其他人身上，比如指出有一个暗中盯着我们的凶手；同时，为了以防万一，你也进行了一番自杀的伪装，比如尸体与手斧的位置等等。然而，这场暴雨和山体滑坡却完全打乱了你的计划。最终，你只能无可奈何地试图解释为自杀，却因此留下了各种疑点。

"而且，在你的解释里，死者是站在灶台上向斧头上面倒去，把自己的另一条胳膊砍下来的。但是，我注意到灶台里的柴堆是自然烧尽的。如果他要这样做的话，为什么不先把灶台的火熄灭呢？否则既可能被烧伤，也可能被烟雾遮挡视线，从而扰乱他自己的计划。"

"你还没有说，我到底是怎么将现场的窗户割断的。"

"我最疑惑的就是，凶手为什么要将死者的双臂砍断，为什么高窗的栅栏上会残留着血迹？其实这两点是相互联系的。当我们冒雨跑到那个窑洞前的时候，天色已经晚了，所以完全看不清楚高窗栅栏的具体形貌，只能看到一个大概的轮廓。当时，你其实已经将高窗的那两根栅栏用套着黑色衣袖的双臂所替换了吧？通过将衣袖两端套进那两根栅栏上下的残余部分里，使得双臂能够暂时卡在栅栏之间不掉下来。

"当时跑回来的时候，你刻意跑在我的前面并认错了窑洞，这也都是计划好的吧？为的就是让我目击到，当时窑洞的高窗还是完好无损的。

"紧接着，当我因为急着躲雨而赶忙跑向我们住的窑洞时，你便在我身后悄悄地用铁锹将死者的双臂打落到洞内。但是没想到，双臂落在了被割断的窗户栅栏上面，反而为你的自杀论提供了证据。"

"但是，如果我用断臂充当窗户栅栏的话，难道不会有血腥味散发出来，导致诡计被发觉吗？你可不要说因为下了大雨所以闻不到，就像你说的那样，凶手也完全预料不到会下雨的。"

"那是因为，你已经注意到了我的鼻子闻不到气味吧。"

尧卯书回忆起他们之前所经历的一幕幕，虽然自己从没有告诉过关水，但他也完全能够从这些细节中推断出这一点，从而实施这个诡计——

　　"好香啊，你们没有闻到吗？我的肚子都要饿扁了。"

　　外婆摇了摇头，笑道："自打我年轻时做了鼻窦炎手术后，就再也闻不到什么气味了。"

　　尧卯书也摇了摇头。

　　"你有没有闻到汽油味？"

　　"没有，怎么啦？"

　　"好像漏油了。"

啪、啪、啪。

墓室内响起关水的掌声。

"帽子老弟，你可太令我意外了啊。没想到你竟然也有如此突出的推理能力，我一直以来都想让你思考，但你却毫无反应。我本来都觉得你就是一个不会思考的废物了，干得不错。"

"这么说，你承认是你杀死了彭永年。"

"对，是我杀的。我经过各种调查，终于查清楚了你们家族墓地里可能存在的秘密，这可是个可能价值数十亿的秘密啊！但是没想到彭永年那个老不死的竟然还活着，所以我就只好把他除掉了。接下来就轮到你了。"说着，关水作势将匕首抬了起来，向尧卯书这里逼近。

尧卯书虽然内心充满恐惧，但还是硬着头皮摇了摇头："不，这才不是你真正的动机。你进入墓室之后的行为都是装模作样给我看的吧？不然，彭永年怎么可能恰好留着一个价值两亿元的宣和元宝金币在地上？而你又怎么可能瞬间就将它辨认了出来，甚至对它的来历了如指掌？唯一的可能就是，那个金币本来就是你之前放在这里的。所以，你所谓的为了金钱杀人的说法根本就不成立！"

而且，为了金钱杀人，这与关晓琳口中的你完全不是一个人。尧卯书在心里默默地补充道。

"哦？那你倒是说说，我的动机到底是什么？"

"你就是当年那个自称彭平生，在地震中杀了彭根喜的人吧？"

"没想到，你竟然连那起事件都已经调查了啊。"

沉默了片刻后，关水用低沉的语气说道："既然你已经知道了，我也没必要隐瞒了。没错，当年就是我杀了彭根喜。差不多过去三十年了吧，没想到，竟然又会在这里被提及……"

"你究竟是怎么在密闭的防空洞里杀死他的？"没等关水说完，尧卯书便急切地问道，仿佛是知道自己必将死于关水之手，所以要在死前将所有不明白的事情都搞清楚一样。

"那个时候啊，我和他都被困在防空洞里。"关水回忆起来，"颤抖的大地，碎裂的岩石，暗无天日的洞穴，绝望的恐惧感，刀插入肉中的凝滞感，慌乱与惶恐，以及黑暗中透出的一丝光明……没错，黑暗中透出了一丝光明。"

"什么意思？"

"当时，本来我已经绝望地认为，自己肯定会死在那里了。突然，一扇通往生存的光之门在我的面前打开，那便是沉降的房屋啊！"

"沉降的房屋？"

"没错。当时，因为房子的整一层都向地下沉降了几十公分，房间正面的矮窗也探入了地下，矮窗的玻璃已经完全碎了，我就是从那扇窗户里爬了出来，在一片狼藉的倾斜房屋中寻找着生之门。最终，在我终于从一扇尚且完好的窗户里狼狈地爬了出来之后，马上又发生了一起余震，这次，整个房屋彻底倒塌了，将防空洞的废墟压得严严实实。"

尧卯书想起姨外婆在说到当年她和外婆自广场返回家里，试图去救被困在防空洞里的彭根喜和彭平生时，的确提到过看到房子陷落了几十公分。

"所以，我的生命本该在那个时候便终止了。我是个不该活着的人啊！而我后来又活了差不多三十年，完全是因为我成了一个大脑空空的人偶，我不去想，尽力不去追逐过去的幻影，直到我遇到了你。"

似是已经强撑到了极限，关水的表情逐渐扭曲起来，两行清泪从他的眼眶涌落而下。他拿着匕首的手颓然地落了下去，而后又像是下定了什么决心似的坚定地举了起来。

"可是，如果你真的是彭永年的孙子的话，你为什么要杀死自己的爷爷，以及和自己毫无关系的彭根喜呢?"

"我是为了报仇。"

"报仇?"

"不用再说了，给你的时间已经够多了。是时候请你……"说着，关水便将手电筒光对准尧卯书，朝着他冲了过来。

慌乱与恐惧促使尧卯书连滚带爬地向前方跑去，于是，二人便形成了一种奇妙的平衡，围绕着中央的两口棺材不断地追逃着。然而，尧卯书的体力明显不及关水，很快便被他从后面追了上来。

慌乱中，尧卯书随手拿起手边陶罐的一个碎片，向关水砸去，却被他轻松地避让开了。尧卯书跌坐在地，不停地大口喘息着，内心已经由恐惧逐渐转变为绝望。随着关水一步步逼近，他不断地摇着头，脚下突然一蹬，想要将关水踢倒，对方却岿然不动。

体力上的巨大差距让他明白，自己完全没有获胜的可能。

关水已然来到了他的面前，将他压倒在地，匕首似乎下一秒就会插进尧卯书的身体中。

极度慌乱之下，尧卯书已经完全无法可想，只想先制止关水的行动。于是，就连他自己都没有意识到那句话的意义，然而就这么不经大脑地喊了出来：

"你的报仇是错误的！"

"哦，为什么？"

对方的声音在耳边响起，尧卯书似乎能觉察到他吹到自己耳朵上的粗重喘息声。

怎么办，怎么办……如果在这时回答错误的话，下一秒等待着自己的，便是死亡。过去所经历的一幕幕在他的脑中回放着，突然，他的脑袋中灵光一闪，或许可称作极限条件下的灵感爆发吧——

"你不是彭平的儿子，对吧？你是失踪的刘巧兰的儿子，彭天永！"

"没错，但这又怎样呢？"

尧卯书紧紧地咬住嘴唇，似乎要将嘴唇咬出血一般。自己早应该注意到这点的，"关水""关水"，不就是"天永"的变形吗？！然而，仅仅意识到这一点，并不足以缓解自己的危机。他感到那个冰冷的东西似乎已经贴在了自己的脖子上，而自己被关水牢牢地按倒在地，丝毫不能动弹。快点想，快点想，到底哪里还有没有解开的谜团，自己一念之间的灵感到底是否正确……

"你是想为被杀害的父亲报仇吧？"

"是又怎样？"

"如果说，彭生并不是你的父亲呢？"

就是这个！尧卯书感觉一切似乎都拨云见日般明朗起来。

关水沉默着，一动不动，似乎在等待着他接下来的话。

"你可能不知道吧？当年我外婆，也就是彭巧玲在交道医院生产的时候，曾经发生过一起乌龙事件。护士第一天向我姨外婆和外公报喜说，是个男孩，母子平安。然而，第二天刘巧兰失踪之后，护士却慌张地向二人道歉，说昨天弄错了，是个女孩。我在想，有没有可能并不是护士弄错了，而是刘巧兰抱走了外婆所生下的男孩。她可能是为了报复吧，或者觉得一个单身母亲带着女孩难以生存，总而言之，她将婴儿替换了。所以，你其实应该是我外婆的亲生儿子才对，彭生和刘巧兰实际上和你没有任何血缘关系。"

"这不过是你的臆测吧，你有证据可以证明这一点吗？"

尧卯书努力回想过去的每一个细节，终于发现了其中的不自然之处，也让他庆幸，自己学到的专业知识终于有一天在自己最困难的时候发挥了作用。

"当然有！比如说，外婆曾经说过，你母亲留着黑色的长直发，你父亲彭生也是寸头，但你却是鬈发！而我外婆是鬈发，我母亲却是直发。控制鬈发的基因是常染色体上的显性基因，那么你父母都是双隐性，不可能生出鬈发才对。就算有，概率也非常小，大概只有百分之几。而且，我的外公和外婆都是小眼睛，我母亲却是大眼睛，你却正好是眯眯眼。你仔细回想一下，难道这几十年间，你自己没有察觉到任何不对劲的地方吗？"

"的确，我母亲曾说过，她和父亲都能把舌头卷起来吹口哨，而我却只能吹出不成调子的气流声，我小时候经常为此而伤心，难道……"关水喃喃道。

"没错，卷舌基因是常染色体上的显性基因，就算你父母都携带了一个隐性基因，你不会卷舌的概率也只有四分之一。将这个与鬈发结合起来看的话，你更不可能是彭生和刘巧兰的孩子。"

"我……我真正的母亲，竟然是那天在医院见过一面的，你的外婆吗？"

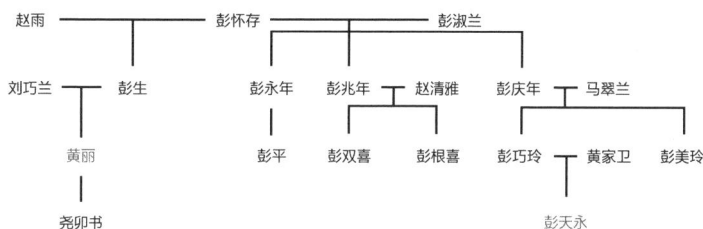

彭家关系图（第一次反转）

关水的声音有些颤抖。但其实，尧卯书自己所受到的震动也一点都不比关水来得小。因为这样一来，他的母亲黄丽便是当年彭生与刘巧兰的孩子，而自己则变成了彭生的孙子，这对于他也是一个巨大的冲击。

二人在黑暗里沉默地僵持了片刻。

不知过了多久，关水似乎冷静了下来，张口说道："但是，就算彭生并不是我的父亲，我的复仇依旧没有错。"

"为什么？彭生和你已经没有任何关系了啊！"

"就算不是为了彭生，我也是为了无辜惨死的赵雨复仇。"

"什么？既然彭生不是你的父亲，那赵雨便也不是你的祖母，与你更加没有关系了！"

"不，你不明白，那个长久以来折磨着我的梦境，那个被强奸的女人……不过你也不需要明白，我已经做好准备了。犯下重罪的我早已不配活在这个世间，只是未竟的事业一直拖累着我，让我无法凭自己所愿离去。我本以为，帮你找到银圆就是我最后的愿望，但没想到，那家伙竟然还活着，让我的双手再次沾染了鲜血。但是，无论怎样，这都是我最后的结局了。原谅我……"

关水说着，尧卯书便感到自己的双手似乎被他的双手牵引着，握在了一个冰冷的东西上，而后，便被他拉着，狠狠地向他的方向刺了过去。

"请你……杀了我吧。这便是我最后的复仇了。寻找银圆的事，你自己来完成吧。很抱歉利用了你。本来我想隐瞒彭永年的死因，帮你找到银圆之后再去死的。可惜，既然如此，这也是天意吧……替我照顾好晓琳。"

黑暗中，尧卯书觉察到，自己被强行握住的那东西似乎刺入了一个柔软的地方。关水的嘴角流出了一股鲜血，沾染到尧卯书的肩膀上，让他感觉湿漉漉的。

紧接着，原本死死压在他身上的关水失去了力量，瘫软下来。

"喂，关水，关水！"

尧卯书在黑暗中绝望地喊着，却没有得到任何回音。他挣扎着从关水的身下爬起，打开了手机的手电筒。只见关水的腹部正插着那把匕首，鲜血从伤口处流出，将他的衣服染得鲜红。他闭着双眼，脸上显露出满足的微笑。尧卯书尝试着将手指放在他的鼻子下方，却感受不到一丝一毫气流的存在。

关水真的死了。

尧卯书浑身上下都在不停地颤抖着。他望着剧烈颤抖着的双手。就是这双手，杀死了关水吗？那个一意孤行的男人，那个毫不在意世俗眼光的男人，那个只为满足自己的心的男人。

那个侦探。

他发现自己早已泪流满面。

墓穴之中如今只剩下他一人，一片死寂，他跪在地上，任由泪水流下。如果自己能早点看出来的话，如果自己能再主动一点去推理的话，如果……那么，是否能够改变现在的悲惨结局？

恐怕仍是不行的吧。关水的意志与决心，他应是完全无法改变的。

不过，他能够做到的还有一点，那便是：从关水遗留的话中找出真相。

他擦干了眼泪，回想起关水说的一句话："我的复仇依旧没有错。"这句话到底代表着什么？那个被强奸的女人又是谁？

尧卯书枯坐在寂静的墓穴里，似乎忘记了时间的流逝，只是不断地冥思苦想着。终于，不知过了多久之后，他像是明白了什么般抬起头来。

如果说，赵雨与关水之间的确有血缘关系呢？

他想到日记中尚未解决的一个疑点：凶手为什么要将婴儿的尸体偷走？这是一个看似与案件全然无关，又对凶手没有任何好处，且要冒着巨大风险的行为。但如果说，彭永年是为了替换婴儿呢？

他想到了日记中关于马翠兰生产的记述。那天，彭永年抱着赵雨的孩子回大宅，留下彭庆年在现场。回来时，彭永年告诉彭庆年，马翠兰已生产，是个女孩。

如果说，马翠兰原本生的是一个男孩，而赵雨生的则是双胞胎女孩呢？彭永年抱着幸存的婴儿回家，趁着四周无人，将赵雨生的女孩与马翠兰刚刚生下的男孩互换，之后他必须将窑洞里的婴儿尸体处理掉，因为彭庆年虽然一时间因现场过于凄惨而不敢细看，但他如果后来前来调查的话，说不定会因为婴儿的性别问题感到蹊跷。在彭永年看来，龙凤胎是很罕见的。再加上也许双胞胎身上有什么相同的胎记呢？于是，为了遮掩自己替换过婴儿的事，彭永年便将死婴的尸体藏了起来。

那么，虽然不知道彭永年替换婴儿的动机，但实际上，彭巧玲才是赵雨和彭怀存真正的女儿，而关水作为彭巧玲的儿子，就是赵雨的孙子。这样的话，二人之间便有了血缘关系，关水坚称自己的复仇没错便是有道理的了。

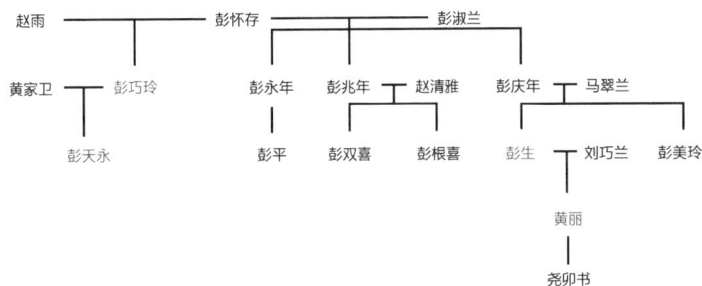

赵雨 —— 彭怀存 —— 彭淑兰

黄家卫 — 彭巧玲　　彭永年　彭兆年 — 赵清雅　彭庆年 — 马翠兰

彭天永　　　彭平　彭双喜　彭根喜　彭生 — 刘巧兰　彭美玲

黄丽

尧卯书

彭家关系图（第二次反转）

但是，有没有证据证明这一点呢？尧卯书回想起自己曾看过的彭庆年与马翠兰的照片。

没错！彭庆年与马翠兰二人也均是直发，彭巧玲却长着一头鬈发！由于直发是隐性基因，父母二人均是直发，生出鬈发孩子的概率是极小的，而且彭庆年与马翠兰均是大眼睛，彭巧玲却是小眼睛，这似乎也从侧面证实了自己的推断。

可是，尧卯书又想起，彭生因为有着一对满族人标志性的黄色眼仁，因此才被视为不祥的象征。赵雨的确是满族人没错，但如果彭生是彭庆年与马翠兰的孩子，他为什么会有一对黄色的眼仁呢？

此时，他又想到之前在看那张照片时，关水曾不自然地一直凝视着照片的底部。

原来如此，没有异常便是最大的异常吗？虽然当时不明所以，但此时将种种情况相互联系，尧卯书现在终于明白了当时关水到底在看什么。恐怕那个时候，关水就已经发现马翠兰的真实身份了吧。上世纪三十年代虽然已经不再缠足，但当时二三十岁的女性生长于清末，由于幼时缠足，其脚的形态会与从小不缠足的满人有所区别，虽然有些满人为了避祸，给幼儿缠足以伪装成汉人，但如果没有丝毫缠足痕迹的，多半为满人。而那张照片中的马翠兰穿着一双凉鞋，足部却没有任何可见的缠足痕迹，所以，马翠兰应该也是一个满人。怪不得彭庆年在日记中对歧视满人的现象表现得如此不满，甚至多有抗议之词。

至此，算是解决了关水称自己的复仇没有错的疑点。然而，他所说的被强奸的女人指的又是谁？

此时，尧卯书发现自己之前遗漏了一个疑点：如果说关水是彭巧玲和黄家卫的儿子、赵雨与彭怀存的孙子，那么，为什么关水会与彭永年长相相似呢？另外，为什么一向亲切的彭怀存会对自己的小老婆不管不顾？还有最重要的一点，为什么彭永年要杀死赵雨和婴儿？杀死彭生是为了保护墓穴的秘密，这还尚且解释得通，杀死赵雨的动机却完全没有头绪。

但如果说，其实赵雨腹中的是彭永年的孩子的话……

彭永年强奸了赵雨，并导致赵雨怀孕。彭怀存发现了此事，为了遮掩家丑，将赵雨纳为小老婆，但实际上恐怕对她毫无感情，因此才会任凭她在窑洞里自生自灭。而后，在赵雨生产的时候，彭永年出于某些理由杀死了她们。虽然动机仍不明确，却比他杀死毫无关联的二人要合理得多。对于这一推断，长相酷似彭永年的关水便是最好的证据。除此之外，尧卯书想到了外婆左手小拇指外侧凸起的大包，这便有可能是继承了彭永年六指的表现。实际上，六指基因的性状大多表征不完全，便会在儿女的指节处留下一个包状的痕迹，这也是比较常见的。

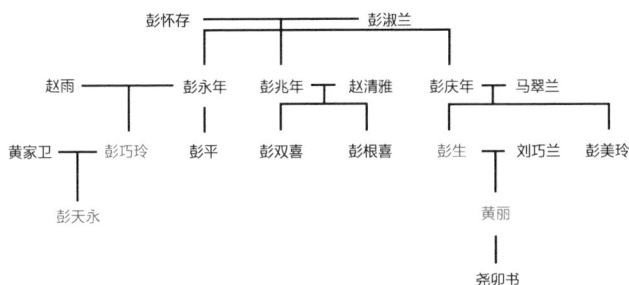

彭怀存 ─── 彭淑兰

赵雨 ── 彭永年　彭兆年 ── 赵清雅　彭庆年 ── 马翠兰

黄家卫 ── 彭巧玲　彭平　彭双喜　彭根喜　彭生 ── 刘巧兰　彭美玲

彭天永

黄丽

尧卯书

彭家关系图（第三次反转）

虽然解开了关水留下的一系列谜团，但尧卯书的内心仍旧有挥之不去的虚无与失落。关水的尸体仍旧倒在一旁。侦探到底能做什么？到底能改变什么？只能在事件发生后，诉说着空洞的话语，却挽回不了任何损失，救不活任何已经离去的人。

尧卯书无力地躺倒在地上，感觉浑身疲惫至极。

此时，铁门的另一侧突然亮起了点点灯光，一个人影紧随着灯光出现了。虽然因为逆光而有些看不清五官，不过她的双马尾从脑后垂下，发色间的一抹粉色与其上绑着的巨大黑白蝴蝶结让尧卯书瞬间明白了她的身份。

"是你啊，关晓琳。"说完这句话，尧卯书的意识便沉入了身体的深处。

第十三章

自白·永别

抱歉，明明在上一篇中已与你死别过了，我却仍厚着脸皮，又写下了这段话。

我思来想去，还是应该将彭家的秘密留下些许线索给你，我的女儿。如果有朝一日，你能够凭着这些线索，寻找到历史的真相的话，那应该也是天意使然。也许其中的部分记述你现在会看得一头雾水，若你对此不感兴趣的话，就将它直接烧掉，而如果你想要调查的话，就顺着这些记述来进行吧。

1991年，我的母亲刘巧兰因病去世了。那时，我刚刚进入西安晚报社，成为一名不起眼的送报员，我主要负责的便是户部巷与二府街那一带的报纸配送。

我意外地发现，在我的送报名单里，竟然有一户姓彭的人家，户主名叫彭巧玲，这或许是天大的缘分吧。母亲向我提到过，她是父亲三哥的女儿，当年母亲曾经和她在同一个产房里。这一机遇，让我对母亲一直耿耿于怀的父亲死亡的真相起了探寻之心。

然而，那探寻之心其实并不强烈，我也并不想去打扰她们的生活。直到有一日在送报时，我无意间看到有两个男人在她家的院子里争吵。

其中一个男人想要离开院子，却被另一个男人揪住了，或许是因为户主本人不在吧，他们就那样肆无忌惮地争吵起来。

我后来才知道，想要离开院子的男人是彭根喜，揪住他的则是彭双喜。

彭双喜拽住彭根喜的后领子，狠狠地说："我带你过来，可不是让你天天在这里瞎逛的。要是你和我一起闹的话，说不定这卖房的钱早就要到手了。"

彭根喜则用低沉的声线不屑地回应："这点钱算什么？"

"你就不怕我把你的秘密告诉她们吗？"

"你爱说你就说去吧，到了今天，还有谁在乎那个？"说着，彭根喜不耐烦地拨开彭双喜放在他领子上的手，向院子门口这里走来。

我连忙躲到附近一户人家的院墙后面，心里却打鼓，他们所说的秘密到底是什么？会不会和我父亲的死有关？

后来，我从邻居那里听说了那两个男人的身份，他们很可能知道当年我父亲的死的真相。我还听说，彭巧玲马上要将此处的房子卖掉了，所以，一旦错过，可能就再也没有机会知道当年事件的真相了。

我想起母亲曾经说过，父亲他们家以前有一个像她一样带着孩子失踪的女子，女子身份未知，但那个孩子叫作彭平。于是，我便打算伪装成彭平的儿子，潜入那个家里，寻找机会打听当年的往事，顺便弄清楚他们说的秘密到底是什么。

潜入的过程意外地顺利，彭巧玲与彭美玲二人丝毫没有怀疑我的身份，便让我住进了房子的防空洞里。可是没想到，我进了防空洞没多久，彭根喜就找了个借口把彭双喜支走了。彭双喜一走，他的面色一变，直接过来把我按在了墙上，说："你不可能是彭平的儿子。说，你到底是谁？来这里有什么目的？"

我心中虽然慌乱，但还是强装镇定与他周旋。"为什么不可能？"

"少装蒜了。彭平这个人根本就不存在！"他突然狞笑起来，"我懂了，你是彭生那家伙的儿子吧？看来，当年光是杀了他还不够，应该把你们一起斩草除根了才是，省得你像老鼠一样，闻着味就来了。"

他的口气，仿佛他就是杀死我父亲的凶手一般。或许是因为当初警察根本没有立案，而二十年的追诉期限也快到了，才让他如此肆无忌惮吧。

就在我怀着满腔怒火，想要继续质问他的时候，突然，大地剧烈地震动起来。我与他均被震得东倒西歪，上方的土石不断塌落，我的后脑被一块石头砸中，顿时失去了意识。

再次醒来时，我感到上方传来一阵强大的力量扼住了我的咽喉，让我感到呼吸困难，大脑也因这猛然的刺激而苏醒。在黑暗中看不真切，不过似乎是彭根喜正打算趁着这场地震杀死我。就在这时，从被土石堵死的防空洞外传来了声音。

"喂——根喜！彭平生！你们在下面吗？"

彭根喜被这声音一吓，顿时放松了手上的力道，转而用一只手捂住了我的嘴。我虽然尽全力想要呼救，却只能发出轻微的呜呜声。

"妹子，我在这儿。"彭根喜装作冷静地回应道。

"根喜，是根喜吗？"上方的声音听起来有些激动。

"是，是我。"

"彭平生在你旁边吗？"

"不，没看到，这下面有很多泥土涌进来，叫他也没反应，太黑了，我什么也看不见，或许他已经被土压住了，或者地震的时候逃出去了。"

听他这么说，我更加剧烈地挣扎起来，却因为身体被他钳制住而动弹不得。"你在下面保持冷静，不要乱动，保存体力，我们去找救援！"

就在他想要回应上面的声音而略有分神时，我突然想到，我身上藏了一把以防万一、用于自保的匕首。这时，我已经什么都顾不上了，立即把刚有松动的右手伸进衣服里，抽出了那把匕首，然后猛地刺入面前人的胸口。

彭根喜发出一声闷哼，而后便倒下了。我大脑一片混乱，呼哧呼哧地大口喘着粗气，待稍微冷静下来之后，便装作彭根喜，向上面的人发出了最后一声回应："好。"

后来，我逃出了那个防空洞，还带走了一枚从彭根喜身上搜出的刻着"宣和元宝"四个字的金币。但我一直百思不得其解，彭根喜为什么想要杀死我？他最后的那句话到底意味着什么？

在调查了那枚宣和元宝金币的来历之后，我似乎对此有所了解，但是，我决定保持沉默，不再调查，并把这段经历封存在记忆的深处。如果说，我父亲和彭根喜的死都是因为这个秘密的话，再去触动它，只会带来更多的伤痛吧！只是，我仍将那枚金币留在身边，让它来提醒我，不要忘记。只是，或许我内心其实一直想要去探寻，只是缺乏一个能够让我鼓起勇气的契机，而那个契机如今已经出现了。

这次是真的永别了。

晓琳，爸爸永远爱你。

第十四章

真相·二

　　再次睁开眼睛的时候，尧卯书看到关晓琳正沉默地跪坐在关水的尸体旁，低垂着头。她的脸上挂着泪痕，双眼红肿，一看就知道刚刚哭过。

　　"关水他……是自杀的。"

　　"我知道。"沉默了片刻后，关晓琳回答，"他给我留下了一封信，我已经看过了。我刚刚从重庆回来。之前在长江上，所以没有接你的电话，抱歉。昨天，我虽然通过父亲的手机，知道你们俩前来寻找银圆了，但也没有太担心，但自从你们进入中社村之后，就没有信号了，我也完全失去了你们的消息。"

　　"等等，关水是你父亲？"尧卯书强撑着自己疲惫的身躯坐了起来。

"没错，我是他的养女，所以我才会跟着他姓关。因为他不想让外人知道，所以一般我都自称是他的亲戚。"关晓琳的声音有些颤抖，"今天我回到事务所以后，在整理资料的时候，偶然发现资料里夹着他写给我的信。看完信之后，我就立即用最快速度赶到了这里。下面有一间窑洞的门虚掩着，上面的窗户栅栏断了，里面散发出一股血腥味，我知道肯定是出事了。之后，我就……"说着说着，她又忍不住哭了起来，"结果……结果还是晚了。"

沉默了片刻后，尧卯书问道："可以让我看看那封信吗？"

关晓琳没有说话，只是从腰间的包里抽出了几页纸，递了过来。尧卯书将信放在手机的光下，一个字一个字地仔细阅读起来。墓室笼罩在一片寂静之中，只有关晓琳不时发出的微弱抽泣声。

不知过了多久，他终于看完了那封信，不禁发出了一声长长的叹息。

信大概不是一次性写完的，墨色的浓淡不同，所用的口吻也不太一样，但这毫无疑问，正是关水最真实的、发自内心的感受。这更加激起了尧卯书内心的痛苦与悔恨。但与此同时，他又不由自主地想要解开这一系列事件中隐藏的谜团。

"原来如此……"沉默片刻后，尧卯书喃喃道。

"什么？"关晓琳抬起头来，美丽的大眼睛此刻已经变得通红。

"我早应该想到的，彭根喜确实很有可能不是彭兆年和赵清雅的亲生儿子！六指是显性基因，彭兆年和赵清雅的手指都是正常的，彭根喜却是六指。在家族内有六指存在的情况下，与其用概率极小的突变来解释，不如认为就是遗传因素较为合理。

"恐怕彭根喜的六指就是遗传自彭永年，而他的真实身份就是那个彭平吧！当年，彭怀存觉得彭永年没有办法抚养好他，就把他过继给了彭兆年。这就能解释，为什么当年彭根喜一看到自称彭平生的关水，便知道彭平生是假冒的，因为他就是彭平本人。

"可是，既然如此，便没有母亲带着孩子逃离的桥段了。那个从未出现的母亲又是谁呢？"

尧卯书想起日记中的记述，彭兆年家的孩子一个三岁，一个两岁。当时他看到这里就觉得有些不合理，一般为了保护母亲，两胎之间至少要相隔一年，但是由于在那个年代，他也没有过多思考，没想到这背后竟隐藏着这样的原因。

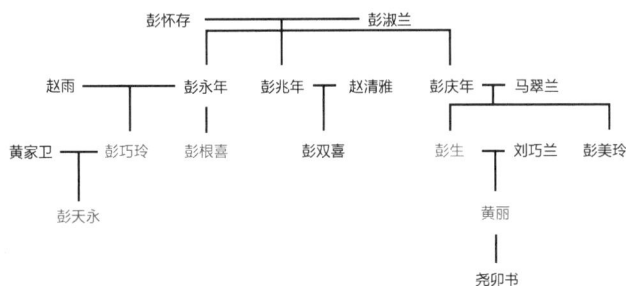

彭家关系图（第四次反转）

"而且，彭根喜为什么要杀死关水？他似乎知道彭生被杀的真相，难道他和彭永年共同守护着那个秘密吗？为什么是他们二人？他们守护的秘密到底是什么？"

尧卯书烦躁地抓挠着自己的头发，感觉谜团似乎永无止境，一个接一个冒出来，而他终究只能选择放弃。

此时，一旁的关晓琳似乎终于振作了起来，虽然仍不时抽泣着，但依然坚定地开口说道："看了那封信以后，根据我之前所做的大量调查，我大概知道了他们守护的秘密到底是什么。"

尧卯书将一只手搭在她的肩膀上，似乎在鼓励她勇敢地说下去。

"信里提到，父亲当年从彭根喜的身上搜出了一枚宣和元宝的金币。但是，那枚金币是宋徽宗当年亲手铸造的，只赐给过宫中少量宠妃和皇亲国戚，就算你们彭家的先祖是他身边的红人，也是不可能得到这金币的。于是，我便想到了宋徽宗在位时，发生过一次动乱。"

"你是说，靖康之乱？"

"没错。当年金人攻入北宋首都汴京，也就是现在的开封之后，曾经盘点宫中人士的名册，要求皇亲国戚全部出城充当俘虏。我想，有没有可能，当时你们彭家的先祖彭路充当了某个皇亲国戚的替身被送到了金人那里，而那个身份尊贵的皇族人士则继承了彭路的身份活了下来？因此，他才会带着这枚金币。

"想到这里，我又联想到之前曾经无意间和你说过的，有两个人冒充越王次子的事情。"

尧卯书想起来，那应该是二人第一次见面的时候。

"我想，这两个人大概真的是越王的儿子赵有仪和赵有德，并不是冒充的。靖康之乱发生的时候，赵有德并不在开封，逃过一劫，但是赵有仪又为什么活了下来呢？恐怕就是因为越王赵偲拿彭路当了赵有仪的替身，此二人在年龄上十分接近，相貌应该也比较相似，因此能够瞒过金人的眼睛。彭路为了自己家人的身家性命，没有办法只能答应，但他心有不甘，为了报复赵偲便想出了一个阴招。

"那便是伪造宋徽宗的诏书，并将它交给了赵有仪。当时时局混乱，赵有仪没有想到彭路竟会抱着恶意伪造诏书，便不疑有他。在保住性命后，他在逃亡途中与赵有德相遇，二人会合后一路逃窜到现在彭家河村所处的位置。这片区域都处于金人控制之下，想必二人一路担惊受怕，只能隐姓埋名。借用彭路的身份，二人暂时在彭家河村安顿下来。

"彭路临死前给他的这封诏书内容非常荒谬，却对渴望功名的二人有极大的吸引力。而赵偲全家都被金人俘虏，他本人也已经死在去金国的路上，已经没有人认识这两个人了，所以一经查实肯定会被杀掉，这就是彭路的报复手段。虽然二人已经死去，但他们的后人却保守着这个秘密，屈辱地在彭家河村活了下来，直到今天。

"现在想想，我们追查这一切事件的开端，也就是你拿着的那枚象征着大功告成后隐迹避祸的壶中仙，实在是太讽刺了。赵有仪虽然因为有替身而成功地避免了杀身之祸，却又因为贪图功名被杀，这不正与出世退隐、淡泊名利的张良形成了鲜明的对比吗？"

"也就是说，他们拼死守护的秘密其实是，我们家的先祖是北宋皇室的正统后代？"

"没错，而且是在绝大多数北宋皇室都被金人屠杀的情况下，遗留下来的极少数皇室的后代。从彭永年和彭根喜来看，掌握这个秘密的，很有可能只有彭家每一代的嫡长子。在今天用嫡长子这个词可能有点太荒谬了。"

"可是，仅仅是为了保守这个秘密，就值得去杀死那么多人吗？哦对了，你可能还不知道，除了彭根喜想要杀死关水，杀害赵雨和彭生的真凶都是彭永年。"

"是这样吗……"她思索片刻后说道，"虽然完全不理解，但是我大概能猜测到他的想法。恐怕，他的人生无比失败，便将守护这个秘密看作他人生唯一的意义了吧。所以，他才会在秘密可能被曝光的时候以如此残忍的手段杀害彭生，以激发村民们对祖先的敬畏，从而让村民们不敢再窥探祖坟。"

"至于他杀死赵雨和婴儿的原因，我想，应该是为了保证血统的纯正。"

"血统的纯正？"

"没错。他大概坚决不能容忍，自己纯正的皇室血统，竟然和满族女性生下了血统不纯的杂种。"

尧卯书顿时感到头皮发麻。"所以说，他才将婴儿替换了……"他喃喃道。

"什么，婴儿被替换了？"

"对，他把赵雨和马翠兰的孩子替换了。之前我一直非常困惑，他到底为什么要替换婴儿。现在想来，他错过了杀死那个婴儿的机会，但又不能容忍自己的孩子竟然是和满族女人生下的杂种，在看到有机可乘的时候，自然会选择调换婴儿。但是他没有想到，马翠兰竟然也是满族人，所以在看着黄眼仁的彭生不断长大的时候，恐怕他的内心早已累积起庞大的杀意吧！"

多么可怕、多么扭曲的心灵……尧卯书想到那个被砍断双臂的老人尸体还静静地躺在窑洞中，便感到一股邪气似乎从他的尸身上升腾而起，一路沿着密道扩散到这墓室之内，不由得打了一个冷战。

既然为了保持血统的纯正，能做到如此程度，那么……尧卯书的内心不由得涌起另一个恐怖的猜测。

为什么彭家会一直遗传着六指的基因？难道是因为彭家祖祖辈辈为了保持血统纯正而一直采取近亲结婚的方式？

然而，到了彭怀存这一代，他的三个孩子，彭永年、彭兆年、彭庆年却全部都是男孩。

至少应该给嫡系留下一个血统纯正的后代……

尧卯书想到了彭庆年日记中记载的话语，现在看来竟隐藏着这样令人胆寒的意味——

母亲宿疾多年，听说前几年最严重时甚至卧床一年不得动弹，恨余无法在旁尽孝，幸而最近似乎有所好转。今日见母亲时，她似有话讲，然言之又止。

莫非，那个传言中生下彭平又跑掉的女人根本就不存在，而彭根喜则是彭永年和彭淑兰留下的后代……

```
                        彭怀存 ——————————— 彭淑兰
          ┌───────────────┬────────┬──────────────┐
  赵雨 ——— 彭永年      彭淑兰   彭兆年 ——— 赵清雅   彭庆年 ——— 马翠兰
          │               │          │           ┌──────┴──────┐
 黄家卫 ——— 彭巧玲      彭根喜      彭双喜      彭生 ——— 刘巧兰   彭美玲
          │                                          │
        彭天永                                      黄丽
                                                     │
                                                   尧卯书
```

彭家关系图（第五次反转）

尧卯书摇了摇头，将这个不祥的想法驱逐出去。

"到了彭根喜这一代，"此时，关晓琳继续说道，"随着时代的变化，恐怕他对于血统已没有执念，但对守护的这个秘密的兴趣却丝毫没有减弱，只是这兴趣源于对金钱的渴望。

"恐怕1991年那时，他便是瞒着彭双喜，偷偷拿着那枚宣和元宝的金币来西安寻找可能的销路的，因此才会天天都在外面不知道在干些什么。但没有任何门路的他屡屡碰壁，没能将那枚金币卖掉，最终才到了父亲手中。也正因如此，他才会对父亲抱持着如此强烈的敌意，毕竟这可是价值数亿元的秘密啊。"

原来这才是彭根喜想杀死关水的动机。他当然会不择手段阻止别人发现彭家的这个秘密，而此时又恰好遇到地震，因此他便想到可以将关水的死因伪造成意外，便趁机下了手。

"如果我猜的没错的话，这里应该就是当年的赵有仪与赵有德的墓室了。不过，他们二人都被斩首示众，因此，这里留下的大概率是两个空棺。"

关晓琳在黑暗中站了起来。"我们……就让父亲安睡于此吧，这大概也是他的愿望。你也来帮我一起开棺吧。"

"好。"

尧卯书没有多言，二人来到了墓室中央其中的一口棺材旁。只见这口棺材用红木制成，虽然历经了久远的时光却丝毫没有腐化，用手抹去其上厚厚的一层灰尘后，下面的红木仍然光洁如新。令人惊讶的是，棺材板上的铆钉竟早已被人拔除了，因此，二人站在同一方向，将棺盖使劲一推，便将棺材打了开来。

关晓琳将手机手电筒的光对准棺材内部，只见棺材内部并不是空空如也，但也没有躺着彭家先祖的尸骨，取而代之的，是大量的银器、首饰、杯碗等陪葬品，还有一个漆木制成的大箱子。那个大箱子上面竟然没有什么灰尘，似乎是最近才被人拿出过一样。

"原来如此……"

"怎么了？"

"我一直很奇怪，关水到底是怎么找到密道的入口的。已经过了这么多年，那里又没有任何标记，想要在那么短的时间内找到洞口几乎不可能。而且，密道的门肯定是从里面闩死的，不可能开着，那么他就算找到密道，也无法从那里进入彭永年居住的窑洞。

"看来他是使用了引蛇出洞的战术。当时，他故意让彭永年目击到我们拿着铁锹和探测器的模样，彭永年为了保险起见，一定会来到墓地监视我们的行动，而他只要时刻留意有没有什么奇怪的动静，一看到彭永年出现，便立即过去控制住他的行动就行了。当然，如果彭永年没有出现的话，关水也会采取别的方法进行复仇的，不过事情显然如他料想的一般。

"彭永年应该就是用这个大箱子作为垫脚物，踩在上面打开墓穴通往山上的出口吧。后来，关水为了在和我一起再次来到这里时不露馅，便将这个大箱子放进了棺材之中。我们一起把这个箱子拿出来吧。"

说着，尧卯书便与关晓琳一起，一人抱着箱子的一边，将它从棺材中抬了出来。箱子很重，但拿起来的时候却没有什么动静，似乎里面已经被塞满了。二人吃力地将箱子放在一旁的地上。

"呼……呼……这里面到底装着什么？"

"我想，大概是书。"关晓琳沉声说，"说不定，就是记载了你们家历史的书，不然，不会只有这个箱子上没有灰尘，恐怕是时常被人打开的缘故。"

尧卯书蹲下身，靠近箱子的一边。箱子没有上锁。他打开了漆木制成的箱盖，里面果然放着很多线装的书本。随意打开其中一本，里面的内容全部都是手写的，是十六世纪前后彭家先祖对于家族内发生的大小事宜的记载。这应该是自宋朝以来由一代又一代背负着这个沉重命运的彭家人所共同记载的彭家的编年史吧。

"有了这个，或许可以证实我之前对那段历史的猜测是否正确。"关晓琳也凑近他身侧，看着书中的内容。

"就让它们尘封在历史里吧。"尧卯书将书放回了箱子里，盖上了箱子沉重的盖子，将它推到一旁的黑暗中。

"说的也对。"

接着，二人便走向了躺在墓室一旁的关水遗体，沉默着将其放入了棺材里。二人均默契地没有提到周围的陪葬品的事情，就让这些在此地埋藏了千年的物品，继续随关水一起永远地在此尘封下去吧。

将遗体端正地放入棺材之后，尧卯书拔出了仍旧插在关水胸膛上的匕首。血已经基本干涸了，因此没有多少血液流出。尧卯书将匕首也放在了尸体的一旁，而后，最后看了一眼关水——他面带笑容，双眼平和地闭着，似乎正陷入沉静而安稳的睡眠。

尧卯书和关晓琳对视一眼，便合上了棺材。

"我们出去吧。"片刻的沉默后，关晓琳提议。

"好。"

关晓琳用手电筒照向头顶上方，看到墓室的角落里有一个地方有些奇怪，就好像有一块砖嵌在那里一样。那多半便是密道的出入口了。

二人合力将那个木箱搬到了出入口下方。尧卯书自告奋勇地站在木箱上，双手摸索着上方的石板。墓穴的高度并不算太高，他站在箱子上便要半蹲下身来，以免碰到头。摸索了一会儿后，他便铆足全身力气，用力推上方的石板，然而，似是因为过于疲倦，他双腿突然一软，跌坐在地上。

"还是我来吧。"说着，关晓琳便代替他站上了箱子，双手伸向上方摸索着。

"怎么样，能推动吗？要不还是我来？"

就在此时，他的头顶正上方突然漏进了一丝光亮，紧接着，随着一声闷响，墓穴的顶端突然出现了一个口子，久违的阳光从口子照射进来，一时间刺得尧卯书睁不开眼睛。

从口子看出去，墓穴外的蓝天下，雨后洁白的云朵正在天上惬意地飘动着，一只鸟儿从狭窄的视野里飞过，一股清新的空气涌了进来。

关晓琳用双肘撑住口子的边缘。

"能上去吗？要不要我帮忙？"

她没有回答，一使劲，便将整个上半身撑了上去。

尧卯书也跟在她后面，准备从那里上去，但因为双臂酸软，没有力气将自己送上地面，只能搭在出口边动弹不得。

此时，他看到一只雪白的手向自己伸了过来。

"我拉你一把吧。"

"谢谢。"他握紧了那只手，紧接着，一股强大的力量将他从墓穴拉了出来。他感到那只手充满了暖意，似乎让自己此刻冰冷的心也恢复了些许温度。

洞口外便是昨天下午走过的那片茅草地，高高的茅草间分布着许多石板，当年的石板路竟然还在，只是在茅草的覆盖下几乎已经看不到了。作为密道出口的石板也混杂在众多石板之中。

终于离开了那个充斥着死亡气息的空间，尧卯书做了几个深呼吸，望向四周。四周仍是一片死寂，没有任何人的踪迹。周围十分潮湿，草上都挂着水珠，远方的树林里似乎有树木因昨天的大雨而倾倒。

但是，太阳也已经出来了，想必这里很快便会恢复往日的宁静吧。

"话说，我们为什么要从这边出来，因为发生了滑坡，从这里我们没办法下山。"

"滑坡?"

"也对，你没有从那边走，所以不知道。不过，我基本也已经在地下待到极限了。"说罢，尧卯书便感到浑身酸软，躺倒在一片茅草间。

"说起来，还找吗?"

"什么?"

"你的银圆。"

尧卯书眯着眼，望着天上被云朵遮蔽的太阳散发出的微光，嘴边露出一抹苦笑："说真的，经历了这么多，我真的已经觉得，无所谓了。"

关晓琳的眼泪又流了下来，她猛地吸了一下鼻子，擦干眼泪："是啊，无所谓了。"

后来，二人回到山下，找了一个偏僻的地方将彭永年的尸体埋了起来，而后将那个窑洞内的痕迹清理干净，想办法把已经断掉的栅栏粘了回去，并从里面上了锁。彭永年已经孑然一身多年，没有人会在意他的去向，而与关水有密切联系的也只有关晓琳而已。他们的失踪就仿佛一滴小水珠从大海里消失一样，无声无息。

回到西安后，尧卯书便平淡地和关晓琳道了别。他过了一段什么都不想的颓废日子，每天只是麻木地躺在床上，看着日升日落。关水留下的那枚价值连城的金币还在他的手里，虽然他想将这枚金币还给关晓琳，却始终提不起劲去联系她。

就这样，三个月的时间如同眨眼般过去了。父母给他的期限到了。

最近的日子里，他时常梦见关水。在那个梦里，关水总是在远处微笑地望着他，而后张开口，说了一句什么话，但他一直听不清楚。每当他想靠近关水的时候，那道身影便会逐渐淡去，最终在光里消失不见。

但是，就在昨夜的梦中，他终于听到了关水的声音。

"替我照顾好晓琳。"

那是关水留下的最后一句话。尧卯书在此之前，竟将此事忘得一干二净。

第二天早上醒来，他在床上呆坐片刻，想起前些日子浑浑噩噩的自己，不禁想要抽自己两个巴掌。明明此时比他更加痛苦的应该是关水唯一的亲人关晓琳，但自己却忘记了他临终时的叮嘱，将她置之不理。

他又想起了自己和关晓琳曾经的对话——

"你知道，对一个人来说，最重要的是什么吗？"

"生命？金钱？理想？"

"是家人啊。"

如果说，关水是他的舅舅，而关晓琳又是关水的女儿的话，关晓琳便是他的妹妹。现在在这个世界上，他恐怕是她唯一的亲人了。

不知道为什么，他涌起了一股冲动，不想用电话联系关晓琳，而是想直接去关水的事务所找她，不论她在不在，仿佛这是对自己迟来多日的勇气与责任心的一种验证。他曾经听关水说过事务所的地址，于是便马不停蹄地赶了过去。

事务所就坐落在雁鸣湖边，是一栋仿古样式的木质斜顶二层小楼。从外面看，不知情的人一定会以为是哪个有钱人置办的别墅或者钓鱼小屋，只有正面那个不起眼的门匾——关水咨询事务所，展示了这里的真实用途。

事务所门口，双开的玻璃门紧锁着，门上挂着一个大大的木招牌，上面写着"CLOSE"。

"喂！关晓琳，你在吗？"尧卯书砰砰地敲着事务所的大门。

里面一片沉默。

五分钟后，仍是毫无动静。但他一直站在原地默默地等待着。

又过了五分钟，她出现在门口，拿下了门上的锁。

她穿着一身白色的小熊图案睡衣，头发没有像往常一样扎成双马尾，而是整个放了下来，在脑后披散成一片瀑布。她的表情看起来有点呆呆的，眼睛肿了起来，不知是没睡好还是因为哭过。

"我就知道是你，如果是其他人，应该会叫关水的名字。有什么事吗？"她的声音听起来有点沙哑，不过还是十分动听。

"我想再次委托你，帮我找到当年姨外婆埋下的银圆。"

她虽然注视着尧卯书，眼睛深处却在看着他所不能触及的远方一般。"我拒绝。如果没有其他事情的话，我要回去了。"说着，她便转过头去。

"等等！"尧卯书拉起她的衣袖，将关水留下的那枚金币塞到了她的手里。

关晓琳默默地凝视着手心里的那枚金币。

"你还记得你第一次见到我的时候，是怎么叫我的吗？"

她疑惑地抬起头来，二人四目相对。

"你叫我，大学毕业不好好找工作妄图靠着奇遇一夜暴富的尧卯书先生。"

"噗……"原本面无表情的她，不禁扑哧一声笑了出来。

"现在的你可不像你啊，大小姐。"

"别叫我大小姐。"关晓琳似乎在掩饰羞涩般整理着头发，将自己的脸埋在手臂之间。

"他应该也希望你能快点振作起来吧。"

二人沉默地对峙了片刻。

"我知道了，这个委托，我就接下了。这也是他希望看到的吧。"她握紧了手里的那枚金币，喃喃道。

"另外，关于报酬的话，因为我没有钱，可以让我在事务所打工来偿还吗？"

"啊？"她愣住了，不解地望着尧卯书的脸。但他严肃的神情让她意识到，他是认真的。

"那么，合作愉快。"尧卯书向关晓琳伸出了自己的右手。

"合作愉快。"凝视了他的手片刻之后，关晓琳也伸出了自己的右手。

二人的手紧紧地握在了一起。